阴阳师

[日] 梦枕貘 著

胡欢欢 译

醍醐卷

南海出版公司

新经典文化股份有限公司
www.readinglife.com
出 品

目录

阴阳师 —— 醍醐卷

- 吹笛童子 … 3
- 心飞万里向大唐 … 20
- 蜈蚣小鬼 … 35
- 月驱道人 … 50
- 夜光杯之女 … 58
- 治痛和尚 … 71
- 犬圣 … 84
- 白蛇传 … 106
- 不言中纳言 … 119

阴阳师 —— 醉月卷

- 饮铜酒的女人 143
- 首樱 160
- 首大臣 177
- 道满饮受美酒之事 198
- 无眼 208
- 新山月记 222
- 牛怪 238
- 望月五品 260
- 夜叉婆 272

阴阳师

醍醐卷

吹笛童子

一

源博雅正在吹笛。

他一边吹，一边走在二条大路上，向西而行。

此时已是深夜时分。他独自一人信步走在大街上，没带任何侍从。

从他在朱雀门前取出名为"叶二"的竹笛，贴在唇上悠悠地吹奏，已经不知过去多长时间了。

空气中充满细碎的小水滴，非雨又非雾，周遭笼罩着一层淡淡的银光。明月高挂在空中，比针尖还要细小许多的水滴反射着月光，看上去散发着朦朦胧胧的光亮。

原本看不到月亮挂在何处，但夜空的一角隐约有微光从云层里透出来，云层的后头无疑便是月亮。

这日黄昏，接连下了十天左右的雨终于停了。看来梅雨期总算是过去了。

天上的雾气渐渐散去，露出澄澈的夏日夜空，点点繁星闪烁其上。地面仍旧笼着一层淡淡的薄雾，接映着天上星辰落下的星光。

博雅像是追随着渐渐西斜的朦胧月亮一般，旁若无人地吹着笛，往西边走去。

虽还未到湿透的程度,但吸收了四周的潮湿水汽,博雅的衣袖已经变得有些沉重。

每当笛声响起,那一颗颗细碎的水滴仿佛都会闪闪发光,那是和月光不一样的光亮。

博雅走着走着,不知不觉间来到了广隆寺的山门前。他在山门前止步,一个人继续吹着竹笛,直至破晓方才停下来。

二

天已放晴,一轮明月出现在夜空中。

梅雨季已在昨晚结束,风意外地干燥,吹得庭院里的草丛摇曳生姿。黑暗中,三三两两的萤火虫轻飘飘地飞舞着。

安倍晴明和博雅坐在屋外的廊檐下,优哉游哉地喝着酒。

酒杯空了,随侍一旁的蜜虫就用白皙的手托起酒瓶,往空杯里斟酒。

"说起来,昨天晚上真是心情舒畅啊。"博雅说道。

晴明背倚着立柱,正举起酒杯准备往嘴里送,突然一顿,酒杯停驻在唇边,开口问道:

"昨晚发生了什么吗?"

"连续下了这么多天雨,到昨天傍晚的时候不是停了吗?"

"是停了。"

"然后啊,到了夜里,浓云飘散开,月亮浮现了出来……"

"嗯。"

"那月亮水灵灵的,就像刚出生的小娃娃一样……"

"后来呢?"

"月亮实在太美,我就带着笛子出门了。"

"是吗……"

"到了外头,升起一阵薄雾,把月亮遮蔽起来,不过路面还不至于难走,我就吹着笛子往西边走。"

"往西边走?难道你就这么一路走到了广隆寺的山门前?"

"是呀,晴明,不过,你为什么会知道?"

"我听到了一则传闻。"

"传闻?什么样的传闻?"

"传闻里说,兼家大人被女人骂了。"

"我不知道这事。是怎么回事?难道兼家大人被女人骂,和我吹笛子还有什么联系不成?"

"你别着急,我慢慢说给你听。"

晴明说完,将杯里的酒一饮而尽,放下杯子,开始讲了起来:"事情是这样的。兼家大人有位相好的女人住在西京……"

"嗯。"

"昨天晚上,他又去那个女人那里了。双方事前以和歌递话,兼家大人也提前告知了对方什么时候过去。就在兼家大人兴冲冲地出门后……"

"怎么了?"

"听说他在途中,快到那女人的住处时,听到一阵笛声传来……"

当时,兼家命令侍从停下牛车,在原地凝神听了好一会儿笛声。他听得很是入迷,还听出了笛声似乎是从广隆寺的山门附近传过来的。

"哎呀,今夜竟邂逅了如此风流的笛声。"

他细细聆听了好一阵子,才继续往女人的住处驶去。抵达时,东边的天空已渐渐泛起了鱼肚白。

"听说那女人假装已经安寝,没让兼家大人进门。"

兼家回到自己的府邸后,当天中午,女人送来了一封信。她在信中连声泣诉,责怪兼家大人是不是因患上恶疾才没有赴约,让她十分忧虑。

信中还附有一首和歌：

"日日相思日日深，病入心田思人狂。若问相思何时了，唯与佳人共聚时。"

和歌的大意为："你相思成疾，是因为太想见那位见不到的人。除非与对方相见，否则此病将遥遥无期。"

这首和歌将兼家没有赴约的原因，归结为他患了病，并且患的还是相思病，而想要治好这个病，除非兼家去见女人，否则无药可救。短短数句，不仅保全了女人的颜面，也给兼家留了台阶，文思还十分奇巧幽默。

兼家觉得非常有意思，见人就说，四处宣扬，转眼间这桩妙事就传遍了整座皇宫。

兼家还说："不过，那天夜里听到的笛声简直宛如天籁，悠扬婉转，让人沉醉不已。说到笛声，虽然源博雅大人的笛声也非等闲之音，但恐怕还是远远比不上我昨晚听到的。"

晴明将这则传遍皇宫的传闻从头到尾讲完，又说道："不过真没想到啊，博雅，昨天晚上的笛声原来是你吹的……"

晴明的红唇露出一抹淡淡的微笑。

"兼家大人所谓的'博雅大人也远远比不上'的笛声，竟然就是你吹的，看来连他也没听出来那吹笛之人就是你啊。"

"可是晴明，我怎么一点都不知道有这样的传闻呢？"

"那些听到传闻的人都对你有所顾虑，才没跟你提起吧。"

"对我有所顾虑？"

"传闻里可是说，有人吹笛吹得比源博雅还好，你觉得有人会当面把这种话说给你听吗？"

"这事真奇怪，我都不知道是该高兴，还是不高兴了。"

"你就高兴吧。难道你要跑去跟所有人说，昨晚那笛声其实就是你吹的？"

"我怎么可能跑去说那种话？"

"那就这样放着不管吧。等上三天，流言自然就会散了。"

"说的也是。"

博雅点了点头，这才举起自己的酒杯，往唇边送去。

三

然而，流言并没有消散。翌日——

"听到了，我又听到那笛声了。"

兼家来到皇宫，又对人这样说道。

原来昨天夜里，兼家又去了住在西京的女人那里。途中，他又隐约听到了笛声。

停下牛车后，他认真听了片刻，笛声从广隆寺山门的方向遥遥传来。他很想过去看看，但如果接连两个晚上都不去赴约，未免太让女人蒙羞了。所以他听了片刻，就命侍从驱车往女人家中驶去。

这则消息，晴明是从连续两晚都来家中做客的博雅口中得知的。

博雅跟晴明讲完后，又道："事情变得很不对劲啊……"

"哪里不对劲呢，博雅？"

晴明盘坐在廊檐下，支起单膝，和昨晚一样背靠着柱子。

"晴明，其实我……"博雅站在廊檐下，一脸不安地说，"其实昨天晚上，我一直和你待在这里，既没去广隆寺，也没有吹笛。"

"你说什么?!"

"所以，兼家大人昨晚听到的笛声，不是我吹的。"

也就是说，兼家前天晚上听到的笛声，是博雅吹的；而昨天晚上听到的，则是另一个人吹的。

"如果事实真是如此，那的确不对劲。"

"嗯。"

"这样吧博雅,我们去看看。"

"去看看?去哪里?"

"广隆寺的山门前啊。幸好太阳才刚落山不久,在那个人开始吹笛之前,我们还有时间赶过去……"

"那个人今天晚上也会吹笛吗?"

"所以才要去确认一下啊,博雅。"

"呃……"

"如何?去还是不去?"

"唔,嗯。"

"那走吧。"

"走吧。"

两人遂一起往广隆寺出发。

四

一棵巨大的古樟树下,晴明和博雅侧身躲在阴影中。

月光下树影婆娑,两人躲入树影,与周围的黑暗融为一体,完全看不见人在何处。

不远处就是高高耸立的广隆寺山门,缀着繁星的夜空被山门黑色的影子区隔成几块。月亮悬挂在山门的上空,银色的月光洒满大地。

晴明和博雅的头顶上,古樟树的叶子沙沙作响。

"晴明,那人会来吹笛吗?"博雅小声问道。

"希望会来。我也想听听那笛声呢。"

"我更想听。"

不知道是不是过于兴奋,博雅的脸颊比平日微红,不过他站在树影中,脸色究竟如何看不太真切。

"到底是谁会在深夜里来此吹笛呢？"

"你不也在前天晚上来这里吹过一回吗？"

"话是没错……"

两人正低声说话，"嘘——"晴明伸出一根纤细白皙的手指贴在博雅的唇上，将他拉往自己身侧，在他耳边轻声说，"有人来了。"

博雅登时浑身僵硬，噤若寒蝉，同时，笛声毫无阻碍地传入两人耳中。

对方开始吹笛了。

笼罩在四周的月光忽然微微震颤起来，仿佛发出了音响。

笛声响起的瞬间，原本被晴明环住、浑身僵硬的博雅，渐渐不再紧张，身体也随之放松了下来。

"太棒了，晴明……"

博雅压低声音说道。虽然是轻声细语，但还是难掩其中饱含的赞叹之情。

笛声在夜间的空气中，和银色的月光交织在一起，熠熠闪光，如同一股细线，时而伸展，时而摇曳，时而又鼓胀起来。

博雅的身体几乎快被笛声融化了。

"啊，为什么会这般好听？为什么会这般好听？晴明，原来这世间还有这样悦耳的笛声……"博雅压低的声音中满溢着欣喜。

"这样悦耳的笛声，人能吹得出来吗？"

笛声犹如五彩腾蛇，飞升入高空，继而渗染入地。以山门为中心，天地间仿佛不断有某种东西聚集而来。似乎是栖息在天地之间的精灵被笛声所吸引，来到这里。

这些精灵没有引起任何骚动，只是安安静静地听着笛声。

"吹得真好啊，博雅……"甚少夸人的晴明如此说道。

慢慢地，晴明和博雅都不再作声，全身心地沉浸在醉人的笛声中。

就在此时，山门附近出现了几道晃动的人影。

"博雅……"晴明正打算提醒博雅，那些人影中传来一声声叫唤，然后朝山门的位置走了过来。

"在这里！就在这里！"

"哦，在这里啊。"

看来除了晴明和博雅，还有人躲在别的地方听着笛声。

"失礼了，请问阁下尊姓大名？"

声音听起来很熟悉——是藤原兼家。

"阁下为何每晚都在此吹笛呢？"

然而，笛声并没有因为兼家的问话而停下。

少时，一道惊呼声响起。

"咦——?!"

"这是一名童子！"

"还是一个只有十来岁的孩子啊！"

"这到底是怎么回事？"

人群骚动起来，一片嘈杂声中，笛声仍然没有丝毫停顿。

山门下又出现了几道新的人影。

"噢，在这里！"

"就在这里！"

这些新出现的人影穿过山门。

"博雅，如果不想被人发现的话，我们还是暂时先回去吧？至于这里到底发生了什么事，事后兼家大人应该会主动谈起。"晴明向博雅提议。

"好、好吧。"

"或者，我们从树影里出去，混进那帮人当中？"

"不、不用了。"

"那我们先往南边走吧。从四条大路或五条大路出去后，再回家。"晴明催促博雅动身的时候，笛声也停了下来。

博雅趁机小声说："就这么办吧。"

"那走吧。"晴明往南迈步走去，从山门那边看过来，这儿刚好在古樟树的树影里，是个死角。

"我、我也一起。"博雅急急忙忙地追在后头。

五

已经过去三天了。

皇宫内到处都在谈论那个被兼家带回来的童子。

事情的经过是这样的。那天晚上，兼家为了得知吹笛人究竟是谁，提前带着侍从躲在广隆寺山门一旁的暗处，等待着笛声响起。

等着等着，果然听到了笛声。兼家在暗处听了片刻，就想去会一会那名吹笛人，于是带着侍从自暗处离开，走向山门。

一行人来到山门后，发现山门下方正中央的柱子旁，站着一位正在吹笛的人。

那人身量矮小。再仔细一瞧，那人竟不是成年人，而是一名年约十岁的童子。

童子的身上只穿着一件粗布衣裳，双足赤裸。他将竹笛贴在唇上，闭着双眼，神情温和地吹着竹笛。

众人出声唤他，童子也没有应答，兀自吹着竹笛。

兼家的侍从叫了他几次之后，便把手放在了童子肩上。直到这时，童子才发觉周遭来了许多人，停了下来。

众人后来才发现，童子并不是闭着双眼在吹笛，而是他的眼睛本就无法睁开。也就是说，童子不仅双目失明，耳朵也听不见声音，连话都不会讲，似乎无法自口中发出声音。

这也是为什么此前侍从们连声唤了童子那么多次，他一点反应也没有。

不管如何，兼家牵着那个童子的手，将他带回了自家的府邸。

"你叫什么名字呀？"

"你为什么会在那种地方吹笛呢？"

"你有爹娘吗？"

兼家把童子带回家后，问了他许多问题，童子却一次也没有回答。但如果给他一支竹笛，他便会将笛子贴在唇上，开始吹起来。笛声悦耳动听。

兼家把童子带进宫里，让他站在庭院中，吹笛给天皇听。

村上天皇①听了，也为童子的笛声倾倒。

"比起博雅的笛声来，真是有过之而无不及。"

听完村上天皇的品评，兼家接道："不，若论技巧，这孩子比博雅大人更加优秀。"

"既然如此，那就找个机会把博雅也叫进宫来吹笛，比比看究竟哪位的笛声更胜一筹。"

"真是个好主意。"

"就是一场吹笛比试。让他和博雅比比看。"

村上天皇的敕令一下，事情就此决定。

于是兼家赶到博雅家中，对他说："天皇陛下决定让您和那孩子比一场，看谁吹得好。博雅大人，您意下如何呢？"

博雅听后，张着嘴说不出话来。

"博雅大人，您该不会违抗天皇陛下的命令吧……"

兼家这么一说，博雅就是想拒绝都拒绝不了，只得应承下来。

"那么，五日后，请务必来清凉殿。"

兼家说完，便回家去了。

---

①村上天皇（926-967），即日本第62代天皇，乃第60代天皇醍醐天皇的第14皇子。

六

"晴明啊，我该怎么办才好……"

博雅带着满脸疲惫的神色，小声嘟囔道。

屋外的廊檐下，晴明和博雅相对而坐。

"明天就要比试了，晴明……"

隔天，就是博雅和广隆寺山门那位童子进行吹笛比试的日子。

"你要逃走吗？"晴明说道。

"我都已经答应陛下一定会出席了，怎么可能逃走？"

"那你打算怎么办？"

"只能参加比试了，还能怎么办……"

"是吗？"

"不过晴明啊，我总觉得自己赢不了那孩子。但我又不想输……"

"难得见你这副模样啊。"

"就是说呀，晴明。我还从未跟任何人切磋过吹笛的技艺。吹笛的时候，也从来没有想过胜负之事。但是，我现在满脑子想着一定要赢。可好像赢不了啊……"

博雅一脸憔悴，不仅双眼凹陷，眼下还出现了大大的黑晕。

"我还是生来头一次嫉妒别人的才能……"

博雅微微地摇了摇脑袋。

"不行，我没办法胜过那孩子。那孩子的笛声浑然天成，就像天空、大地、树木和花草那般自然无痕。他是从天上吸取仙乐，再通过自身的吹奏将其释放出来。面对这样的对手，我怎么可能赢得了呢？帮帮我吧，晴明。请你告诉我，我到底该怎么办？我究竟是怎么了？"

就在此时，从院子里传来一道声音。

"您怎么了，博雅大人？"

博雅抬眼望去，站在庭院里跟自己打招呼的，原来是蝉丸[①]。

"蝉丸大人……"

"听说明天就是您与他人比试吹笛的日子了，我也想到场听一听究竟，便冒昧来访。"

"对不起啊，蝉丸大人，我明天吹不了笛子了。"

"这又是为何呢……"

"无论我怎么吹，笛子都响不起来，发不出任何声音。这样的话，还不如干脆不吹。"

"发生什么事了？这不像往常的博雅大人啊。"

"请您告诉我，蝉丸大人。双目失明的人，可以看见一般人看不见的东西吧。那双耳失聪的人，是不是就可以听见一般人听不见的天籁？果真如此的话，那我把自己的眼睛挖出来，把耳朵也割掉，是不是也可以……"

博雅的声音微弱又沙哑，小得几乎听不见。

"晴明啊，你是不是知道那孩子到底是什么东西？你觉得我能赢过他吗？"

"博雅，这不是输赢的问题。明天你只要专心吹笛就好了。事情就这么简单。其余的，我也不知道该说什么。"

"原来你知道！你知道那孩子是什么来历！既然知道，那你快告诉我，我应该怎么办？我应该怎么办才好？"

"你只要做你自己就好了。事情就这么简单。"

"你不要再说这些让人听不懂的话了。我本来就是我。无论发生什么事，我还是我自己啊。"

"就是那样，博雅……"

"唉，算了，晴明——"博雅无力地说着，从廊檐下起身。

[①] 日本平安时代著名的歌人、盲人琵琶大师，据传曾经传授博雅秘曲。

"你要去哪里,博雅?"

"我想起有个地方非去不可——"

"是什么地方?"

"不告诉你。"博雅说完,独自一人离开了晴明家里。

七

月光下,博雅抬起头望着朱雀门。

他从怀中取出名为叶二的竹笛,朝着大门的方向举了起来。

"喂,鬼怪!你在吗?"博雅喊道,"我是来还你笛子的。"

叶二是鬼怪送给博雅的笛子。

有一天夜里,博雅曾和朱雀门上的鬼怪相对吹奏了一夜的竹笛,双方分别之际,交换了各自的笛子。这支叶二就是当时鬼怪赠予博雅的。

"怎么了,三品大人[①]……"

朱雀门上传来一道低沉的声音。

"我已经没资格拥有这支笛子了,所以特地拿来还给你……"

"我知道,你明天要和那东西比试吹笛,对吧?"

"你知道此事?"

"噢,我当然知道,当然知道。"

"那么,鬼怪,你知道那东西到底是什么吗?"

"算是知道。"

"那东西不是你的亲戚?"

"不是。"

"不管它是什么,总之不是人,对吧?"

[①]源博雅当时的官职是从三品的皇后宫权大夫。

"三品大人，你只猜对了一半，另一半错了。"
"什么?!"
"那东西既是人，也不是人。"
"那它肯定不是普通人吧？和它比试，我怎么可能赢得了……"
博雅刚说完，鬼怪就哈哈大笑起来。
"你真没出息啊，三品大人。明天我也会去听，所以叶二还是先交由你保管。不过，你要是在明天的比试中吹得不像样，我就当场打死你，把这支笛子收回来。"
"既然如此，鬼怪啊，你不必等到明天了，不如当场打死我好了。"
"明天，我会去听……"
"等等，鬼怪！你等一下……"
鬼怪没有回答他。不管博雅怎么呼唤，朱雀门上只有蜷缩成一团的黑暗。
这时，一道声音传来："哎呀，这不是博雅大人吗？您在这里做什么？"
博雅朝声音传来的方向转头一看，一个须发凌乱的老人站在一旁，是芦屋道满。"道满大人……"
"听说明天有一场有意思的比试啊，我也很想听一听，便过来了。"道满说道。
"道满大人，您这么厉害，应该知道明天和我比试的对手究竟是什么东西吧？"
"嗯，大概能猜得出来。"
"那您告诉我，那东西到底是什么？"
"这个嘛……"道满无言地笑了笑，"看来，晴明什么都没跟你说？"
"我什么都不知道。"
"你现在这张脸可真不错。"道满很开心似的说道，"这才是人该有的脸。博雅大人，你现在这张脸看起来总算像个人了。"

"我现在的脸看上去很吓人吧?"

"不、不,你的脸很不错哦。"

"请不要戏弄我。"

"这不是戏弄。我只是觉得有意思罢了。"

"您知道的话,就告诉我吧。那东西到底是什么?"

"不告诉你。"

"为什么?!"

"因为这样更有意思啊。明天的比试,不要让我失望哦。"

道满说完,大大咧咧地往朱雀门下一躺,以臂为枕,立即呼呼大睡起来。

八

清凉殿里,村上天皇的面前站着一名少年。

少年双眼紧闭,拿着一支竹笛。

以藤原兼家为首,落座于四周的都是朝廷的股肱之臣。除了左右大臣之外,蝉丸和晴明也在席上。只有博雅神色憔悴地坐在众人之中。

少年,也就是那名吹笛童子,本来没有资格站在清凉殿中。

不过,仅仅为了此刻的比试,兼家不单将童子收为自己的养子,给他取名"笛丸",还特别赐了一个官位给他。

"笛丸啊,你先开始吧。"兼家说道。

然而,童子没有动。

兼家半起身,挪动膝盖来到童子身边,伸手碰了碰童子的后背。童子便举起手中握着的笛子,将其贴在唇上。

优美的笛声响了起来。

笛声入耳之际,所有人齐声叹道:"噢……"

赞叹声低低地响彻殿内。

童子的笛声就像是从天界发出的仙乐刚刚传到大地上,一点也不像是世间人所能奏出的音乐。那是一种以温柔的力量抚慰人心,而非入耳即逝的音色。"啊,真是绝妙无比的乐音。"博雅打心底发出赞叹。他心想,如此悦耳动听的笛声,自己一定赢不了。

太好听了。真是动听极了。

美妙的笛声一入耳,博雅刚才还在烦恼的问题瞬间都消失了。

我只想好好地欣赏此刻的笛声。

就在这么想的时候,博雅突然意识到一件事。

这笛声,是不是曾经在哪里听过?肯定在什么地方听过。

这声音徘徊在脑际。博雅急不可待地回忆着,陡然间想了起来。

原来如此,是那个时候的笛声啊。

这不正是梅雨期结束的那天夜里,自己在广隆寺山门下吹到天将拂晓时的曲子吗?这个童子正在吹奏的,和那晚自己所吹的笛声,是一模一样的啊。

还有,那天晚上和晴明一起在古樟树下听到的笛声,和现在的不也完全相同吗?都是自己吹的曲子。

博雅终于发现了,他现在听到的,正是自己吹的笛声。

眼前这个童子,难道是自己吗?

原来如此。这就是真相。

想到这里,博雅等不及轮到自己,当即站了起来。

他将叶二贴在唇上,开始吹了起来。童子吹奏的笛声和博雅的笛音完美地合而为一。两股笛声合成一股,音色比一人独奏时更加清远悠扬。

"噢噢噢噢噢……"列席在清凉殿中的众人全都情不自禁地发出惊叹,博雅却不为所动,只是一心一意地吹着叶二。

笛声袅袅,婉转动人。

博雅神情恍惚,已经进入了忘我的境界。

吹到最后,笛声渐渐和缓,直至止息。一如那晚他在广隆寺的山门前吹至拂晓时分一般。

笛声完全停下之时,"哐当"一声,一尊木雕像倒在了地上。

博雅愣愣地注视着那尊雕像。

晴明从座上站起,走到雕像旁将它扶起,让它立在地上。

"这是广隆寺山门上的音声菩萨大人。"晴明说。

"你、你说什么?!"兼家吼道。

"广隆寺山门的阁楼上,以毗卢遮那佛为主,供奉着诸位菩萨和神灵。其中四尊是音声菩萨,一尊打鼓,一尊吹笙,一尊弹琵琶,还有一尊吹笛的,就是诸位眼前的这一尊。"

"这是怎么回事?"兼家又问道。

"兼家大人第一次听到笛声的那个晚上,吹笛的是源博雅大人。当时,山门上这尊同为吹笛者的音声菩萨有所触动,就开始吹起和博雅大人一模一样的笛声。"

晴明向村上天皇俯首道:"这尊雕像,便由我负责送回广隆寺山门的阁楼中吧。"

晴明话音刚落,"太好了啊,博雅……"不知从哪里传来了朱雀门鬼怪的声音。

鬼怪又道:"这支叶二,暂时还是交给三品大人保管吧……"

说完,声音就此消失。

九

道满坐在清凉殿的屋顶上,抬头看向空中,喃喃自语般点头说道:"哈哈,看来就这样完满结束了啊……"

心飞万里向大唐

一

秋虫在鸣叫。

紫竹蛉、金蛉子、马蛉、石蛉、金琵琶、蛐蛐、黄脸油葫芦……

咳呖呖呖呖呖呖呖呖
唧——唧——唧——唧——
呤——呤——呤——呤——
咭嗯咭嗯咭嗯咭嗯咭嗯
呖呖呖呖呖呖呖呖
咳喽咳喽咳喽咳喽咳喽
咳哟喽喽咳哟喽喽喽
咭嗯咭喽呤咭嗯咭喽呤

咳呖呤——唧咭嗯呖呖
呖呖咭嗯唧咳哟喽喽喽
咳喽咳喽咳喽咳喽呤——

呖——嗯唧——咭嗯吟咭嗯

咳哟喽喽喽咭嗯唧咭嗯

咭嗯咭嗯吟——吟——唧——

咳呖呖呖呖呖唧——吟——

咭嗯咭喽吟咭嗯咭喽吟

  繁茂的草丛里、树木的枝条上、叶片的阴影中，各种各样的昆虫鸣叫个不停。明明是此起彼伏，但不同的鸣叫声交织混杂在一起，竟如同在演奏一首和谐的乐曲。昆虫的叫声时而停顿，时而重叠，像是心意相通般，令曲子的音色更加美妙。

  月光映照着庭院，一声声虫鸣都清脆如闪闪发光的琉璃，在暗夜中跃动。

  这是安倍晴明家中的庭院。坐在廊檐下的博雅拿起酒杯正要往嘴边送，突然一顿，出神地闭上了双眼。

  晴明还是跟往常一样，身上穿着白色狩衣，背倚着柱子而坐。

  "这样的音色，真是悦耳至极啊……"

  博雅说完，睁开了眼，庭院里空气清新，朦胧的月光照在院子的各个角落，月色如诗如纱，又好似花香般漂荡开来。

  "晴明啊——"

  "什么事，博雅……"

  晴明的红唇微微一动，轻声答道。

  他似乎也不愿让自己的声音打扰庭院中交织流淌的华美乐章。

  "如果有人问我，人一生之中，最好的年华在什么时候……我想，似乎并不都在年轻气盛之时……"

  "嗯。"

  "对于有的人而言，或许要等到不惑之年，也可能是在年岁更大的时候，才能迎来他们自己最好的年华……"

"可能吧。"

"不管怎么说,这跟每个人自身的心境息息相关,可能直到生命终结的那一天,都无法得出一个确定的答案。甚至还有一些人认为,他们根本没有什么所谓最美好的年华……"

博雅似乎不是在冲着晴明说话,更像是说给自己听。因此,晴明的回应也非常简短。

"虫儿这般高喊着'如今就是我最美好的年华',不是让人更加深刻地体会到秋天来了吗?"

说到这里,博雅才端起酒杯,一饮而尽。随侍一侧的蜜夜忙往博雅的空杯子里斟酒。

"对了晴明,近来京城里出现了一名不可思议的女子,这事你听说了吗?"

"如果你说的,是那名离去时会留下奇楠①香气的女子,我倒是略有耳闻。"

"我说的就是她。"

"然后呢,这名女子怎么了?"

"其实也没什么,我只是觉得,这世间竟然有这样古怪的事……"

博雅所说的,是一名近半个月来在京城各处频繁现身,却又消失踪迹的奇怪女子。

"据我所知,她第一次出现,是在半个月以前,地点是神泉苑……"

十五日前,神泉苑举行了一场赛诗会。

参加赛诗会的歌人们分成左右两组,每组所用的和歌笺各自放在备好的洲滨矮足盘②上,场面十分热闹。

传闻那名女子当时就混迹于在场的女眷之中。

---

① 沉香中的一种顶极香料。
② 日本古代一种宴会摆设,形如沙洲。

据所见之人称，那名女子当时穿着一件唐衣，以红叶袭[1]为配色，笑容满面，神采飞扬。左组负责吟咏和歌的藤原家常将歌句念错的时候，她还"咯咯咯"地高笑出声。

事后回忆起来，众人才发觉与这名生面孔的女子皆是初次相见，都以为她大概是某位权贵家中的女眷。

然而在赛诗会将要结束之际，那女子竟在众人的眼皮底下不知不觉地消失了踪影。没有一个人看到她何时离席，只知道这名女子不见后，她的座席上还残留着丝丝入鼻的奇楠香。

三天后的相扑节上，相扑力士们聚在一起互相比试切磋技艺，围观的人群之中，那名女子又一次出现了。

她混迹在外围，颇有兴致地跟着周遭的男子一同观看场内相扑力士们的对战，在不幸战败的那一方狼狈倒地时，还很开心似的拍拍手。

寻常权贵人家的女眷，通常都是坐在垂帘的后头观看比试，极少像这名女子般混迹在一群男子当中。那些在现场看见女子的人都十分在意，暗中猜测着她究竟是哪一家的小姐。而就在相扑节将要结束之际，女子又一次悄无声息地消失了踪影，只留下一股奇楠香气在空中沉浮。

如此情形之下，平安京中便渐渐有了该女子四处现身又骤然消失的传闻。

不管是什么样的场合和活动，必会出现那名女子。然而，竟没有一个人知道她到底是何方神圣。

每次都只见那名女子在场内喜笑颜开，回过神来，才惊觉她已消失踪迹，只留下一股奇楠香气。

"三天前，兼家大人的府上据说也出现了那名女子。"博雅说。

---

[1] 以秋季浓淡不一的红叶色为配色。

三天前的夜里，一轮明月高挂在空中。藤原兼家命奴仆们在府中的庭院铺上地毯，备好美酒，举行了一场小小的宴席。

席间管乐齐鸣，弹琵琶者有之，吹筚篥者亦有之，正在众人沉醉于美好月色之时，一道声音从天而降："今晚的月亮真美哪。"

说话的是一名女子。众人往话声传来的方向抬眼望去，只见一名身穿唐衣的女子坐在兼家府邸屋顶的最高处，正望着月亮发出银铃般的笑声。

这女子究竟是谁？从何处而来？

看上去似乎就是近来传闻中的那名女子，但眼前这副高坐于屋脊的模样又实在与妖异之物无二。众人心里正嘀咕之际，女子身上的唐衣衣袂像是被风托了起来，身子也跟着飘浮到空中。

宛如被清风带走一样，女子的身影自众人眼前消失不见，只留下一股奇楠香气在鼻间萦绕不散。

"关于这名女子，我这儿也有一则新的传闻。"晴明说道。

"哦？"

"是从露子小姐①那里听来的。"

"是那位喜欢亲近虫子的小姐吗？"

"对。"

昨天中午，露子带着黑丸②和蝼蛄童子③来晴明家中玩耍。

"晴明大人，我前些天碰见了一个很奇怪的姐姐。"露子说道。

露子是一个总作男子装扮的女孩。她身穿一件白色水干，一头乌发向后扎成一束，脸上没有任何遮住容貌的物件，俨然一个少年。

据露子说，七天前，她带着蝼蛄童子到鸭川隔壁一条小河里抓鱼。两人赤脚下到河里，将河底的泥沙用竹篓装起，然后把竹篓底部浅

---

① 从三品官员橘实之的女儿，酷爱昆虫。
② 露子养的毛毛虫，后成为式神。
③ 专门为露子捉虫的男童，也是式神。

浅浸入河里，泥沙经河水冲走后，便会有各种河鲜鱼贝留在竹篓中。

小鲫鱼、泥鳅、平颌鱲鱼……如果淘洗芦苇丛下的河泥，有时还会捕获鲶鱼和鳗鱼，甚至河蚬之类的贝类。

虽然小河不深，水面最高处也只堪堪没过两人的膝盖，但捞着捞着，难免会被扑溅的水花打得衣裳俱湿。

露子看上去像个少年，实际上是个年满二十的女孩，双足肌肤娇嫩，走动时被河岸边的芦苇杂草划伤，留下了许多伤口。但她丝毫不以为意，继续在河里捞鱼。

竹篓中有时会捞到龙虱和桂花负蝽，还有另外一些露子喜欢的虫类。对她来说，真是再快乐不过的时光。

露子正捞得忘我，一道声音传入耳中："你好像玩得很开心啊。"

她抬头一看，一名穿着唐衣的女子不知何时站在了河岸边，正笑盈盈地看着她和蟋蟀童子。

"很开心哦。"露子回答道。

"你是哪位公卿世族家中的小姐吧？这般尊贵的出身，还能行如此逍遥的游戏，实在是令人羡慕。"女子说道。

女子满面春风，笑靥如花，就是不知在为何事欣喜。

"你也要玩吗？"露子用满是泥巴的手擦了擦额头上的汗，对女子说道。

"我也很想玩，只是……"

"只是怎么了？"

"啊……可惜，真是太可惜了……"

"给你。"

露子走上前，想把竹篓递给女子。女子伸出手，似要接住竹篓，竹篓却径直落在了草地上，滚落在露子的脚边，在河水中浮浮沉沉。

"啊……"

露子捡起竹篓抬头一看，女子已经不见踪影。

清风拂面,一股奇楠香气静静地流淌在四周。

二

"原来如此,是露子小姐把这件事情告诉你的啊,晴明。"博雅说道。

"嗯,就是这样。"晴明将右肘支在屈起的膝上,回答道。

"不过,晴明啊,你怎么看?"

"什么怎么看?"

"从种种传闻听来,那应该是同一名女子吧?"

"应该没错。"

"传闻还说她总是在不知不觉间出现,又在不知不觉间消失……"

"嗯。"

"这个女人,到底是何方神圣?"

"我怎么知道?"

"破解这些奇闻怪事,不一向是你的分内职责吗?晴明。"

"的确如此。不过,只凭这些坊间的流言,我可难下决断。何况到目前为止,除了那名女子的种种传闻,我连见都没见过她一面。"

"我还以为你多少知道点什么呢……"

"我也不是无所不知的人啊。"

"说的也是……"博雅失望地叹了口气。

"对了,博雅。"晴明说。

"怎么了?"

"明天,如果你没什么要紧事的话,要不要跟我一块儿去?"

"一块儿去?去哪里?"

"京城西边的西光寺。"

"去那里做什么?"

"今天傍晚，就在你来我家前不久，西光寺一位叫明镜的僧人登门而来，说有事找我商量。"

"商量？什么事？"

"他说寺中庭院里的蜘蛛网上，挂着一个古怪的东西。"

"什么古怪的东西？"

"就是不知道是什么，才说它古怪，他们就是为此特地过来找我商量的。"

"也对。"博雅颔首，接着问晴明，"他们找你商量什么？"

"他们不知道拿那个古怪的东西怎么办才好，问我能不能去寺里看看情况。"

"哦，这样啊。"

"我答应明天过去一趟。"

"嗯。"

"然后呢，你不是刚好来我家了吗，所以顺便问问你要不要一起去……"

"我可以一起去吗？"

"当然可以。"

"唔。"

"如何？你去吗？"

"唔，嗯。"

"一起去吧。"

"去吧。"

这件事便约定下来。

三

西光寺位于平安京的西面。

乘着牛车,晴明和博雅中午前便抵达了西光寺。

"欢迎两位,博雅大人,晴明大人,两位大驾光临,真是令我寺蓬荜生辉。"出来迎接的明镜说道。

"不必多礼,先带我们去庭院那处看看吧。"晴明说道。

"两位请随我来。"

晴明和博雅闻言走上石阶,明镜在两人前方带路。

三人绕过正殿,来到寺院的西侧。那里有一汪用石子围住的小池塘,池塘边上种着一棵老枫树。

明镜站在枫树下,说:"便是那处。"

晴明和博雅抬头往明镜所指的方向望去,见枫树的树梢间赫然撑着一张蜘蛛网,网上挂着一个不知是何物的东西,正在蠕动。

"昨天早上,这棵枫树的树梢不知为何在没有风的情况下摇晃起来,我觉得奇怪,就过来看看,没想到发现了这个东西。"

"这是什么?"博雅低声询问道。

"我不知道,所以才去晴明大人府上拜访,希望他能过来看看。"

挂在蛛网上的东西,单从外表根本无法判断究竟是什么。

看上去像是一只巨型蝴蝶,跟山斑鸠一般大,样子却跟博雅见过的蝴蝶都不一样。

它背上似乎有一对透明的翅膀,躯干也像是透明的,形状却和蝴蝶的躯干不尽相同。如果是蝴蝶,躯干上应该有六条腿,但蛛网上的那东西却只有四条腿,看起来还有点像人的手足。

那东西似乎是想从蛛网上挣脱逃离,翅膀拼命地挥动个不停,却还是被牢牢地困在蛛网上。

每次想要集中视线,好好地看清楚那究竟是何物,那东西的轮廓就会变得模糊起来,连蝴蝶的外形都分辨不出了。越是想凝神细看,那东西看上去就越是混沌一片,视野里只留下一个软绵绵的团状物。反倒是随意望去时,那东西看起来又像是一只蝴蝶了。

博雅打量着，不住地揉了好几次眼睛。

"晴明啊，我怎么感觉越是想看清楚，它就变得越模糊……"

"的确如此。"晴明点头道，"明镜大人——"

"是。"

"那蜘蛛网，并非只是一张普通的蜘蛛网吧？"

"不，那的确是一张蜘蛛网……"

"我不是这个意思。那张网的确可以称为蜘蛛网，只不过形状有些离奇。按理说，蜘蛛应该不会结出那种形状的网……"

"嗯，您说的没错。这张蜘蛛网其实是我们从正殿移到这里的。"

"从正殿移过来的？"

"对。"

"怎么移的？"

"我们每天都会打扫寺里的正殿，不知为何，打扫时，常常在正殿主位的阿弥陀佛像上，发现佛像的手臂和躯体之间结着蜘蛛网。"

"嗯。"

"每次发现蜘蛛网，我们都将它取下来。但是怎么取也有点难办，结网的位置实在太特殊了，随意取下的话……"

"位置特殊？"

"那毕竟是结在阿弥陀佛像上的蜘蛛网，如果用棍子或别的工具捣掉，跟在菩萨眼前杀生没什么两样。所以我们琢磨了很久……"

"嗯——"

"然后想到一个法子，可以用竹竿取下那蛛网。"

"用竹竿？"

"对。我们在竹竿的前端，捆了一个用细细的竹条编成的圆圈，然后用它将蜘蛛网连蜘蛛整个儿取下。这样一来，一整张蜘蛛网就被套在竹圈里，再拿到外面，便可以原封不动地将完好无缺的蜘蛛网挂在庭院的树上。"

"枫树上的这张蜘蛛网就是这样移来的?"

"对。"明镜点了点头。

"晴明,你怎么知道那不是一张普通的蜘蛛网?"博雅问道。

"博雅大人,在通常情况下,蜘蛛网最外一圈连着树枝的蛛丝,会拉伸得更长一些。我方才也说过了,正是因为这张蛛网的形状和寻常所见不同,才让人觉得离奇……"

"哦哦。"

"还有一点可疑之处。"

"哪一处?"

"挂在蜘蛛网上的那个东西,一般情况下也不会那样被蛛网所困。"

有其他人在场时,晴明对博雅说话的语气总是格外彬彬有礼。

"不会被蛛网所困?你是指……"

"比如妖怪、死灵等阴态之物。"

"妖怪?"

"我本来只以为那不是一张普通的蜘蛛网,听明镜大人一说,那原来是结在阿弥陀佛像上的蜘蛛网,才一下子明白过来。"

明镜听晴明说完,便问道:"那么,晴明大人,这东西该如何处理呢?"

"把它从蛛网上放了吧。放走它,应该也不会有什么危害。"

"要怎么做呢?"

"交给我吧。"

晴明走近枫树,将右手手掌贴到树上,嘴里小声地念起某种咒文。

过了片刻,念完咒文的晴明抬头往蜘蛛网看去,轻声说道:"好了,请你离去吧。"

话音刚落,那个挂在蜘蛛网上的东西便随着拂过的清风,轻飘飘地脱离了蛛网,在晴明等人的头顶上方飞舞了片刻,像是融入大气般,瞬间消失不见了。

这时，在场的三人都闻到了一股气味。

"晴明，这是奇楠的香气啊。"博雅说。

"好像是呢。"

"既然是奇楠香气，不就代表那东西是……"

"也许就是这半个月来引得平安京内议论纷纷的那名女子吧……"晴明说道。

四

晴明和博雅入寺饮了热水，正打算离开西光寺时，刚好有人来访。

"晴明大人，博雅大人，外头有人想要拜见两位大人。"

两人听完寺里人的通报，出外一看，来人是一名年近四十的女子。

"您有何事？"晴明问道。

"我家主人这半个月来一直陷入沉睡，不省人事，方才突然醒了过来……"女子回答道。

女子接着向晴明和博雅转述了她口中那位主人的原话："安倍晴明大人和源博雅大人此时正在西光寺做客。这两位大人助我良多，我想向他们道谢。你去寺里转告两位大人说：本应由我亲自上门道谢，但事出有因，实在万分抱歉，能否烦请两位大人过来一趟……"

"博雅大人，我们就去一趟吧。去了之后，所有不明白的事，或许就能弄清楚了……"晴明说道。

五

晴明和博雅跟着那名传话的女人向西走，来到一栋距离西光寺不远的小房子，四面围着矮树篱笆。房子虽然没有官员府邸那般的规模，但无论是矮树篱笆还是庭院，都看得出经过一番精心的打理，品位不俗。

"两位大人请这边走——"

传话的女人走在前面,领着晴明和博雅进到屋里,登时传来一阵奇楠的香气。

"晴明,这是……"博雅小声地说。

"我知道……"晴明也小声回答。

两人被带到一个房间里,屋里铺着一副被褥,一名女子躺在被中。

"晴明大人和博雅大人尊驾已到。"

带两人前来的女人说完,那躺在被褥中的女子便坐起身来,是一位年约九十、满头白发的老媪。

她深陷在皱纹里的眼眸中,渐渐浮起一抹柔和的笑意,向两人说道:"在此多谢二位。晴明大人,博雅大人,劳烦二位专程到寒舍小坐,实在过意不去。"

老媪说话的声音如同银铃般清脆动听,又道:"我落入蜘蛛网中被困多日,方才多亏两位出手相救,实在感激不尽。如此大恩,本应由我亲自登门向两位道谢,奈何拖着这副病躯无法出门,还望两位大人多多包涵。"

老媪的被褥周围,放满了琉璃杯、琉璃珠、像是来自大唐的陶制胡人像及玉香炉等物件。

香炉里燃着香,一道散发着奇楠香气的轻烟,淡淡地自炉中升腾而起。

"很久以前,我曾受过太祖陛下的恩宠……"老媪环视着枕边,"周围这些物件都是太祖陛下当时赏赐我的。大概是见我病情恶化,家里人便把这些钟爱之物摆在了我的被褥四周。"

老媪又怅然说道:"我的身子本就柔弱,病倒之后更是几乎没有出过这个家门,虽一心在此调理休养,心头却常常挂念着大唐和那些番邦之国……"

"您很想到那些地方去走一走吗？"晴明问道。

"嗯。"老媪微笑着点了点头，"但我生来体弱多病，一直居于家中休养，就连这座平安京也未曾好好逛过。不过也亏得如此，拖着这副病躯还能安然活到这把年纪……"

老媪微微叹了口气，眼神随之一变，如同一个想起从前恶作剧的孩子，看向晴明，说道："然后呀，晴明大人，我好像经历了一次让人诧异不已的旅程。"

老媪边说边点头。

"刚才经家里人告知才知道，原来我半个月前昏迷倒下，一直不省人事，方才才睁眼醒过来。但是，在昏迷不醒的那段时日，我做了个梦，梦里还去了很多不同的地方……"

"嗯。"

"我想验证一下那个梦是真的还是假的，就让家中的奴仆去一趟西光寺。倘若晴明大人和博雅大人都在西光寺，我在梦中所经历的事情便是真的。"

"嗯。"

"我因为在空中飞得高兴过头，一不小心掉到了那张蜘蛛网上。很好笑吧？"

老媪笑着说。

"被困在那张蜘蛛网中的时候，我从明镜大人的口中，清楚地听到了晴明大人和博雅大人的名字。醒来后便想，假如两位真在西光寺做客，务必要请两位大人来寒舍一趟——"

"我们便依言来了。"

"还有哪，晴明大人，博雅大人，应该是七八天前，我在鸭川附近的一条小河岸边，看到有孩子在用竹篓，这个样子抓到了泥鳅和鲫鱼呢，真是有趣极了。"

老媪用双手做出用竹篓淘鱼的样子。

"当时有一位穿着男子装束的女孩,看上去玩得特别开心。我便情不自禁地跟着笑起来,真想和他们一起玩啊……"

说着说着,老妪突然泪如泉涌,眼泪啪嗒啪嗒地掉了下来。

"呐,晴明大人,那样的女孩子真的存在于这世间吗?明明是女儿身,却能自由自在地嬉闹玩耍,我到现在还觉得不真实……"

"有的。"晴明回答道,"那女孩叫露子,是一位喜欢亲近虫子的大户人家的小姐。"

"是吗?大户人家的小姐还可以那样行事,真是令人羡慕。"

老妪用指尖抹了抹从脸颊滑落的泪水。

"晴明大人,博雅大人,感谢两位今日能屈尊前来。我虽命不久矣,但真心感激两位出手相助……真是感激不尽……"

老妪低头言谢后,仰面躺回了被褥中。接着,她又再次抬起头说道:"晴明大人,博雅大人,我这半个月来,真的过得很愉快——"

带着欢欣般的微笑,老妪闭上了双眼。

她歪头转向一侧,轻微的鼾声响起,随即陷入了沉睡。

六

那位老妪安详离开人世的消息传到晴明和博雅的耳中,已经是第二天的事情了。

秋夜夜半中,目醒难再眠。心飞数万里,且向大唐去。

——大式三位[①]

[①]本名藤原贤子,日本平安时代女歌人,《源氏物语》作者紫式部之女,先后任中宫藤原彰子的女房、冷泉天皇的乳母。

蜈蚣小鬼

一

时值晚秋。

夜间的空气愈发寒凉起来，秋虫的鸣叫已经过了全盛期，音量大不如前，音色也渐渐式微了。相反，庭院里尽数绽放的菊花开得正好，浓烈的花香充溢在夜间的大气中。

"真的好香啊，晴明——"博雅说着，将杯中的酒一饮而尽。

"菊花香和酒香融合在一起，好像随着这杯酒一起，渗入到我的体内了。"

博雅手里就那么拿着空酒杯，出神般地闭上了眼睛。

这里是晴明屋宅外头的廊檐下。清透的月光下，蟋蟀正用愈发微弱、几近残破的声音鸣叫。

"博雅，你别喝太多了……"晴明看向庭院，对博雅说道，"今晚我们还要出门一趟。"

"我知道。"博雅放下酒杯，接着说，"这本来就是我拜托你的事。如果我喝醉的话，不就让你为难了？"

"我是不会。恐怕到时为难的是你吧，博雅。"

"为什么我会为难？"

"如果你醉到连路都没办法走，我就不去了，哪里会为难呢。"

"你的意思是，如果我喝醉了，你就不去吗？"

"不是你喝醉了就不去，而是你醉到不能走路的地步，我才不去。"

"这个你就不用担心了。"博雅说着，收紧下巴点了点头。

蜜夜往博雅的空酒杯里斟酒。一只飞蛾往廊檐下点着的唯一一盏烛火靠近，绕着火光不停地飞舞。

"不过，你愿意应承下这件事，可真是帮了我一个大忙，毕竟这是藤原实贞大人的委托。"

"没什么。正好我最近也有点闲。"

"说起来，实贞大人身上到底发生了什么事呢？"

"今晚去一趟不就知道了。"

"去了就能弄清楚吗……"

"去之前，我想再好好整理下头绪。对不住，博雅，你能把刚才说过的事，再从头讲一遍给我听吗？"

"好。"博雅点点头，又一次将发生的事说给晴明听。

二

藤原实贞身上开始出现不对劲的情况，约是在十天前。

那日早上，实贞迟迟没有起床。

家里人去叫他时，他俯趴着躲在被褥中，不肯出来。

"实贞大人，今天是您进宫面圣的日子，再不起来洗漱更衣，可就来不及了。"

经人提醒后，实贞还是没有立刻起来。他微微掀开被子，从里头睁着一双发亮的眼睛，沉默地瞪着外头的人。

如此看来，实贞似乎早就醒了，只是不愿从被褥里出来。

尽管不情愿，在家里人的催促下，实贞只得勉勉强强地爬起来。
"这么刺眼的阳光，真是照得人不舒服啊。"
实贞说着，总算没有错过时辰，进宫去了。
同样的情况持续了两天，到了第三天，实贞依然没有起床。和前两天一样，他虽然醒了，却不愿意从被褥里出去。
"今天有一件很重要的事情需要大人处理，还是请您快些起来吧。"
家里人像是争抢般把被子掀开后，只见实贞双手双脚伏在地板上，"沙沙"地爬进了幔帐的阴影中。
"实贞大人。"
就在家里人伸手要碰到他时，实贞朝那只手"咔"地咬了一口。
这样的情况接连发生了三天。加上之前的两天，一共五天过去了。
到了第六天，实贞以常人无法企及的速度在地板上爬来爬去，接着爬到了院子里，躲进一块大石头后面。
追在他后头的人一喊"实贞大人——"，实贞就再次移动起来，以飞一般的速度"沙沙"地在地面爬行。
亲眼看到如此情形的仆人们都说："大人身上长出了六只手、六条腿，用这些手脚在地上爬……"
长出六双手脚的实贞就那样爬进了地板下，不再出来。
仆人们钻进地板下寻找，发现他躲藏在最阴暗的深处，肚子紧贴地面趴着，两只眼睛发出黄色的光芒，朝仆人们看去。
仆人们虽然怕得不行，还是出声唤道："实贞大人……"
"嘶——"的一声，一股腥臭的气息自实贞口中吐出，往仆人们脸上喷去。
眼下这种情况，仆人们既没办法接近实贞，更没有勇气把他从地板下弄出去。
仆人们从地板下钻出来，其中一名男仆说道："那已经不是实贞大人了。"

众人出于恐惧，暂时将此事放置不管。

白日里，实贞一直躲在地板下。仆人们每次去查看的时候，只要发现地板下方最深处的阴影中，有一双发着黄光的眼睛朝这边看过来，就知道实贞还活着。

一到夜里，实贞便从地板下爬出来，在庭院里四处乱窜。有时将院子里的石头翻开，像是在大口吃着埋在石头下的东西。

他原本穿在身上的衣物，不知道是被他脱掉了，还是不知不觉间脱落了，总之现在的他未着寸缕，身形变得十分细瘦，躯干两侧似乎长着好几对手脚。而且夜间，他两只眼睛发出的光芒会由黄转绿。

所有人都不知所措。

正巧昨天，源博雅有事去了实贞家里一趟，仆人们趁机向博雅说明情况，并拜托他："能不能麻烦您请安倍晴明大人过来看一看？"

"所以，这就是我来你家找你的原因，晴明。"博雅问道，"怎么样？愿不愿意跟我去一趟？"

"既然是你拜托我，我当然不能拒绝了。"晴明回复道。

两人遂决定一同前往实贞的府邸。这是发生在今天傍晚的事。

三

"如何？有没有好的方法可以解决？"博雅向晴明问道。

"我想想……"晴明思忖着，抬头望向屋檐对面天空中的月亮。

明明是人类的身体，却长出了好几对手脚，还在地面爬来爬去，实在是令人深感恐怖的事。

"对了，博雅，有件事想问你……"晴明收回看向月亮的视线。

"什么事啊，晴明？"

"实贞大人的府上，有没有养鸡？"

"鸡？"

"对。"

"这个，我不清楚。"

"也罢，今晚去他府上问问看，到时候便知道了。"

"鸡怎么了？为什么你要问到鸡？告诉我吧，晴明……"

"去了再说。"

"晴明，你不要卖关子了，现在告诉我也可以。"

"先去一趟再说。我们差不多也该出发了。"

今天傍晚，博雅过来把事情从头到尾告诉晴明后，晴明回道："既然如此，那我们晚一点再过去。"说完便和博雅在廊檐下喝起酒来。

当然，决定好时间后，晴明已派人前往实贞家里，告知他们今晚和博雅晚一点才过去。现在，约定好的出发时间快到了。

"那么，我们走吧，博雅。"

"嗯，好。"

"走吧。"

"走吧。"

四

两人是步行过去的。

实贞的府邸位于神泉苑南侧，和晴明家相距不远。月亮虽已西斜，好在还是有月光洒落在路面，无须提着灯笼照明。

晴明和博雅沿着朱雀大路走到实贞家附近时，从府邸里传来一阵喧闹声，甚至可以听到有人说话的声音。

两人走到大门前，发现门下聚集着好几个人。看样子似乎是在府中做事的女仆和孩子，还有几个男人。

接着，大门内侧传来几个男人的叫喊声。

"他跑起来了！"

"就在那边!"

"快逃啊!快逃!"

不一会儿,里头又传来"哇——"的一声尖叫。

"我被、被咬了!"

"是脚!是脚!"

门内传来的声音比刚才更嘈杂凌乱。

"失策了,博雅。"晴明说道,"我本以为事情要到明天早上才能全部解决,所以想先和你喝会儿酒,半夜才来实贞大人家。看现在这个情形,我们应该早点来才对……"

大门口的人们一见晴明和博雅,脸上瞬间露出了不安的神色。

"我是源博雅。"

博雅说完,人群中走出一个男人,说道:"哦,原来是博雅大人,那这位应该就是安倍晴明大人了。"说话的男人是实贞的长子,名叫藤原实通。

"哦,实通大人……"博雅走向实通。

"晴明大人和博雅大人光临寒舍……"实通站在两人面前,低头致意道,"实在非常感激。在下藤原实通——"

晴明打断实通还未说完的话,直接道:"无须寒暄,还是先请您讲讲府上到底发生了什么事吧。"

"好。"实通点点头,开始说了起来。

事情是这样的。

每过一夜,实贞的情况就变得更加诡异,而今天夜里特别严重。以往一到晚上,实贞就会从地板下出来,在院子里四处爬动,但是今晚他竟从院子里爬到了屋内。

往常即便有人逗弄实贞,也都平安无事,今晚的情况却大不一样。实贞只要一见着人,便会"沙沙"地爬过去,毫无来由地乱咬一通。

如果只是单纯的怪物,无论是用长矛刺杀还是用大刀砍死都无所谓，但清楚地知道怪物其实是府邸的主人实贞，以上方法就绝对行不通。幸好府中的人都知道晴明半夜会来，所以打算先把人聚集在大门处，撑到晴明到来。

众人刚来到大门处，晴明和博雅恰好也到了。

门内之所以不时传出喧闹声，是因为里头的仆人正用棍子牵制着到处乱跑的实贞，尽量不让他接近大门。

但是沦为怪物的实贞着实可怕，实通正打算让众人全都逃到府外后，索性把大门关上。

"总之，我们还是先进屋吧。不过在进屋之前，有件事想向实通大人打听一下。"

"什么事？"

"请问贵府有没有养鸡呢？"

"鸡？"

"有吗？"

"身为一家之主的父亲大人，认为鸡头看起来很像蛇头，十分不喜，所以没有养……"

"是吗……"晴明颔首道。

"喂，晴明，鸡怎么了？"博雅问道。

"博雅大人，现在还不是说明此事的时候。"

晴明恭敬地微微低头，说道："实通大人，您能不能命人在天亮前搜罗六七只鸡来？"

"这好办……"实通随即下令，三名男仆立刻跑出去找鸡。

"那么，我们就先进屋吧。"

晴明走进大门后，发现有几束火把在黑暗中移动。

"在那里！"

"往你那边跑过去了！"

火光中传来几声叫喊。仔细一看，原来是四名男子手里拿着竹棍，在月光和火把的映照下半蹲着身子摆出架势。

"这是晴明大人和博雅大人。"实通说着,将那四名男子招呼过来。

"实贞大人现在何处?"晴明问道。

"好像从那个角落又爬进地板下面去了。"

其中一名男子指着黑暗中的另一端,回答道。

"那么,接下来的事情,就交给我来办吧。"

晴明低头致意,接着独自一人跨步走向方才男子所指的角落。

"等、等等啊,我也要去。"

博雅急急忙忙地追在晴明后头,走到他身侧。两人在墙角处停下脚步,不动声色地往地板下看去,发现深处有两个发出绿光的圆点。

"晴明,他在里头。"

博雅刚说完,两个绿色的圆点就动了起来,径直往晴明和博雅所在的位置逼近,速度十分惊人。

当那东西从地板下面冲出来时,博雅"哇——"地大叫一声,身子往后仰,倒向一旁躲开了。晴明则倒向另一侧。

沙沙沙沙沙沙——那东西已经冲了出去,是个全身上下一丝不挂的人——藤原实贞。

他的躯干两侧长着不知多少只手脚。据先前的传言,应该只有十二只,现在看来,手脚的数量似乎又增多了。实贞挥动着那些手脚,像在地面奔跑一般,飞快地爬行。那绝非人类可以达到的速度。

狗之类的动物在奔跑时,头部和背部一定会大幅度地上下起伏,但实贞移动时,头部和躯干几乎没有起落,只有手脚在动。

月光下,实贞掉转过头,又开始飞速爬行。他不是朝向晴明,而是冲着博雅。

"晴明,他过来了!"博雅大声喊道。

"你别动,博雅。"晴明边跑边喊。

"你叫我别动?"

博雅本来打算飞奔逃离，听到晴明的话，又当场止住脚步。

那头，实贞已爬到眼前，正欲往博雅身上扑过去。

飞奔过来的晴明向半空一跃，在快要下落至地面时伸出右手，朝实贞的背上重重地击了一掌。

实贞当即停了下来。

虽然停下了，他身上的手脚还在兀自"沙沙"地挥动个不停。

"怎、怎么了？"博雅面色苍白，走近问道。

此时，几名手持火把的男人和实通也刚好过来了。

在火光的映照下，那东西实在可怕得令人不敢直视。

构成身体的部件——头、胸、手、脚的确和正常人类是一样的形状，但是手脚的数量和躯干的长度则完全不同。不仅躯干变长了，身侧更是长出十二只手和十二条腿，总计二十四只手脚。像是想从这里逃走似的，这些手脚正拼命地刨着地面，只不过仿佛被一只看不见的大手按住了背部，一步也动弹不得。

嘶——嘶——

实贞一边吐着飞沫一边呼出浊气，左右摇晃着脸，两只发着绿光的眼睛瞪着所有靠近他的人。

拿火把一照，众人这才发现实贞的背上贴着一张纸。看来正是那张纸压着实贞令其无法动弹。纸上写着几个字：东天红。

"晴明，那是什么？"博雅问。

"就是我刚才贴在他背上的东西。"

"这我知道。我是问你，纸上写的是什么意思？"

"东天红，表示鸡的鸣叫声，有时也可以用来指代鸡本身。"

"什么？"

"有这张纸贴着，实贞大人暂时动不了。等到天一亮，就该进行最后的善后工作了。在此之前，实通大人能不能回答我几个问题……"晴明说道。

43

"当然可以。"实通走上前来。

"府上的院子里,是不是有很多虫?"

"您果然是无所不知,说得一点也没错。这些虫里头,就数蜈蚣最多,偶尔还会咬伤家里人,让我们头疼得很。"

"在这件事上,最近有没有发生过什么?"

"这件事是指……"

"就是蜈蚣的事。"

晴明一说,实通便侧着脑袋想了一会儿。

"有。"实通看着晴明,答道。

五

约在十多天前……

"抓虫啦。"

"抓蜈蚣啦。"

实贞的府邸外面传来一阵叫喊声。

府里的众人此时正为府中过多的虫子头疼不已。

"去外头把那人叫进来。"实贞命人去唤在府邸外面叫喊的人。

仆人将其带进屋中,实贞一看,对方是个大约刚满十岁的赤脚童子,腰间挂着一只肚大肥圆的大葫芦。

"你会抓虫吗?"实贞问。

"会。"头发乱糟糟的童子回答道。

"我家有很多蜈蚣,非常烦人。你能不能帮我们将这座府邸内的蜈蚣都抓起来?"

"好啊。"

童子用右手从怀中取出一双筷子,迈步走进院子里。

随意翻动一块石头,下方便会爬出密密麻麻的蜈蚣;拨弄任何一棵树树根处的枯叶堆，也有蜈蚣从那里爬出来。

每见到一条蜈蚣，童子就用手中的筷子利落地夹起来，放进挂在腰间的葫芦里。

"这手抓蜈蚣的功夫真是好极了。"

实贞起初还在一旁看着童子抓虫，可没过多久就腻了，转身回到了内室。

暮色四合时，一阵叫喊传来："抓完了！我都抓完了！"

实贞闻声来到廊檐下一看，那名捉蜈蚣的童子正站在院子里。

"你瞧瞧，我一共抓了一万两千又十一条。还是第一次碰到有这么多蜈蚣的宅子。"童子说道。

"真是太感谢你了，谢谢你出手相助。"

实贞说完，童子却没有走，仍站在原地。

"怎么了？"实贞问道。

"我帮你们抓蜈蚣，可不是免费的。要么给我钱，要么给我东西，不然我就回不了家。"童子说道。

"让你抓蜈蚣，要付钱给你吗？"

"对。"

"可是，孩子啊，你一开始对我说过捉蜈蚣要付钱吗？"

童子确实没说，只好神情沮丧地回答："没有。"

"是吧？既然你没说过，我当然不必给你任何东西。"

"可是……"

见童子一副要哭出来的样子，实贞便道："你等等。"

实贞命仆人准备了一条用纸包着的鱼干，说了句"给你——"，就将鱼干扔在了童子的脚前。

"这足够当你的报酬了吧。"

据在场的仆人所言，实贞说完这句话，转身便走进了内室。

45

六

"看来这就是原因所在。"晴明说。

"这是指什么？"实通问。

"详细情况目前还不清楚，但可以确定的是，实贞大人会变成这样，必定和此事有关。"

晴明刚说完，方才被实通命令出门去找鸡的几个男人回来了。

"我们找来了。"

一共八只鸡被男人们装在笼子里，拎了过来。

"晴明，为什么要找鸡来？"博雅问道。

"自古以来，鸡便是以各种虫类和蜈蚣为食。我推想是否正因为这处府邸没有养鸡，蜈蚣才特别多。"

"蜈蚣啊……"

"养鸡的人家，通常不会发生昆虫的妖异之事；养猫的人家，也不大会有什么鼠妖作怪之事。适才我仔细打量了一下实贞大人的样子和行为，想来应是蜈蚣精作怪，所以才向实通大人询问府上有没有养鸡。蜈蚣这种爬虫，比起白天，更多是在夜里活动，我便判断晚上更容易抓到蜈蚣，才选择在深夜时分前来府上。"

晴明说这话的时候，东边的天空已经渐渐泛起了鱼肚白。

"天马上就要亮了，大家别睡了，在太阳升起时，先把事情快速了结了。总不能让实贞大人一直以这副模样示人。"

七

初升的太阳光照射在实贞身上。

"唔唔啊……"

"嗯唔唔……"

实贞的身体痛苦地扭来扭去。

晴明单膝跪在地上,伸出右手的两根手指,放在自己贴上的那张写着"东天红"的符纸上,口中小声念起了某种咒文。

"啊……"

"啊……"

实贞扭动得比刚才更厉害了,二十四只手脚来来回回地胡乱挥舞,那副模样令人毛骨悚然。

就在这时,博雅叫了一声:"啊……"

实贞的皮肤上,咕嘟咕嘟地冒出许多像是黑斑的东西,这些黑色的斑点还在不断变大。

"在动。"

博雅说得没错,那些黑色的斑点的确在动。一大串一大串地,从实贞的皮肤里不断钻出来。

是一条条不知道有多少手脚的蜈蚣。刚才那些像是黑色斑点的东西,其实是蜈蚣的头。

接二连三钻出来的蜈蚣在实贞的皮肤上爬来爬去。

"放鸡。"

晴明一说,拎着笼子的男人立刻把关在笼子里的鸡放了出去。

鸡来到笼外,爬上实贞的身体,用尖尖的鸡喙一条又一条地啄起蜈蚣来。

即便如此,从实贞体内钻出来的蜈蚣还是多得数不胜数。

大半的蜈蚣被鸡啄掉,剩下的则四散逃向院子的草丛里、石头下,以及宅子的地板下方。

渐渐地,实贞的体内没有蜈蚣钻出来了,身体变回了正常的模样。他神情恍惚,盘腿坐在地上,实通将一件窄袖中衣披在他的背上。

"父亲大人,过去了,事情都结束了。"实通说道。

八

当日黄昏，晴明和博雅一同坐在晴明家屋外的廊檐下，再一次喝起了酒。

"话说回来，实贞大人那个样子真的太恐怖了。"博雅说，"晴明，人的模样会有那种翻天覆地的变化吗？"

"被那么多只蜈蚣精钻进身体，变成那副模样也不奇怪吧。"

晴明一副无关痛痒的表情，端起酒杯送到微笑的红唇边。

蟋蟀不知什么时候鸣叫了起来。叫声听来比昨天更微弱了，大概是秋天马上就要结束的缘故吧。

晴明和博雅一杯接一杯地喝着，院子里似乎来了什么人，两人抬眼望去，只见一个头发蓬乱的老人正从对面走来。

天色渐渐暗下来，老人随着不断加深的夜色迈步走来，到了晴明和博雅的面前，便停下脚步。

来人是芦屋道满。道满的身侧还跟着一个赤脚童子，腰间挂着一只肚大肥圆的大葫芦。

"这不是道满大人吗，真是好久不见了……"晴明说道。

"哈哈，这次多亏你出手啊，晴明。"道满挠着头，说道。

"晴明大人，多谢您帮忙。"站在道满身侧的童子挺直了背脊。

"这个蜈蚣丸闯的祸，本来应该由我来收拾，没想到你替我把事情解决了，这次多谢你了，晴明。"

"蜈、蜈蚣丸?!"博雅放下酒杯，问道。

"博雅大人有所不知，我身边这个童子叫蜈蚣丸，受我之命去采集虫的精气。比起山野中的虫，那些栖息在人类居所内的虫的精气会让术法更加灵验，所以我让他在这一带到处找找。"

"灵、灵验？"

"不管是哪一种术法，都是用在人身上的。所以沾有人类精气的虫，用起来也更加合适。"道满笑着说道。

"这小子啊，因为实贞那家伙吝啬，只给他那么点东西而赌气，半夜偷偷溜进实贞的房里，掰开他的嘴巴，把白天捉到的那些蜈蚣的精气全都灌了进去。"道满说着，再次畅快地笑了起来。

"昨天晚上我才听他说起这事。如果放着不管，会闹出大事。其实置之不理，也不是不行，只不过万一事情闹大了，那些检非违使①手下的小吏来找我问话，也是麻烦事一件。昨晚我打算去收拾残局，到了实贞家，才发现你已经把事情都给解决了，晴明。"

"举手之劳而已。"

"不，这次算我欠你一个人情。以后如果发生什么事需要我帮忙，往北斗七星方向射一支写着'道满'二字的箭矢，我便会出现。不过，我还真想不到有什么事情能难住你，而不得不向我求助呢，晴明……"

"您这句承诺，我先收下了。"

"那我告辞了。"道满说道。

"您这就离开了？"

"嗯。"

"不和我们一起喝酒？"

"我也很想和你们一起喝酒，但今晚就算了吧。我们还得趁着夜色，多采集一些虫子的精气。"道满说完，随即转过身去。

"晴明大人，真是多谢您了。"

名为蜈蚣丸的童子朝两人点头行了个礼，也转过身去。

道满和童子静悄悄地离开了庭院。

两人走后，院子里只余两三只秋虫在月光下，轻声鸣叫。

---

①日本平安时代官职名，为检非违厅最高官职，管辖京都的治安、民政等。

月驱道人

一

传闻，那位老人每天都会爬一次坡。

老人看似已至高龄，须发皆白，但究竟多大年纪，却没有人能说得清楚。说七十五岁也像，说八十岁、一百岁也差不多，甚至一千岁也不是没有可能。在老人究竟岁数几何这个问题上，实在难下定论。

老人通常是从大津，也就是从琵琶湖那边上坡，一路爬坡直达逢坂山，再从逢坂山下坡往京城去。

自东往西行。

老人一直是照着这条路线走，还没有人见过他反向从京城那边上坡，再下坡走向大津。

当然，并非有人特地调查他的行迹。也许他曾不为人知地从京城回到大津，或许也有人在这途中见过他。只不过目前没有人知道事实究竟如何。追根究底，到底是谁断定老人是从琵琶湖那头过来的呢？说不定老人是京城人，每天都前往琵琶湖那边办事，归途再从大津爬坡至逢坂山，然后凑巧被人们看到。

老人身着像是唐朝道士的装束，手中拄着一根拐杖，拐杖上雕刻着蟾蜍和兔子。

不过，他一天只来一次。这既不是有人特地去调查，也不是直接询问老人后得知的。只是在不知不觉中，大家好像都认定了这个事实。而老人是什么时候开始爬坡的，仍然是个未解之谜。

从很久很久以前开始的——也只能这么说了。

老人每天都会爬一次坡，不过，爬坡的时间却不是固定的。

有时候是早晨，有时候是中午，还有时是在傍晚，甚至有几次是在夜里。

传闻这位老人行走时，口中总是念念有词，不知在说些什么。

"快走快走，不能迟到，嘿呦嘿呦。"

"走啊走啊，不能太快，嘿呦嘿呦。"

无论是上坡还是下坡，老人都以同样的速度行走。

只不过，有一点令人不解。关于老人的体形和容貌，那些声称见过老人的人，描述完全不一致。

有人说："那老人很瘦削。"

也有人说："不对，那是个胖乎乎的老人。"

还有人说："才不是，他既不瘦也不胖，就是普通身材。"

没法判断哪个人的描述是对的。但是，这位老人确实一天一次从琵琶湖的方向爬至逢坂山，再下坡前往京城。

二

那天夜里，蝉丸法师在逢坂山上的一间草庵中弹着琵琶。

他独自一人坐在屋外的小廊上弹奏《啄木》。这是一首自唐国传入的琵琶秘曲。

院子里白梅绽放，丝丝缕缕的梅香弥漫在夜色中。

蝉丸兴致高涨，把《啄木》弹了一遍又一遍。

弹着弹着，他觉得自己的心似乎融化在琵琶的琴音中，逐渐向四方释放开去。也许是从未有过这样的状态，他感觉连身体都变得透明起来，体内好像有什么特别明亮的东西，从内往外映照着自己。

蝉丸本是失明之人，眼睛看不见任何东西，现在却感觉有什么明亮的东西在眼皮内扩散。

蝉丸非常清楚，如果自己弹得太过投入，最后可能会走火入魔，以致连自身都化为妖物。于是，他适时地停了下来，把琵琶放在一边。

四周一片寂静，院子里不时飘来一阵白梅的香气。

就在此时，蝉丸听到类似呻吟的低沉声音：

"唔……"

"唔……"

"唔唔……唔……"

像是有人因为痛苦而发出轻微的呻吟声。

发生什么了吗？蝉丸带着疑问，拄着拐杖走下小廊来到院子，顺着呻吟声传来的方向走去。那声音正是从梅树下传来的。他拿着拐杖探了探，发现树下好像躺着一个人。

蝉丸蹲下身子，放好拐杖，用手摸索着，果真有一个人正微弱地呻吟着。

"请问，您怎么了？是生病了吗？"

对方没有回答。

蝉丸心里暗暗想道：是不是有人来探访自己时，因为什么急病体力不支，倒在了梅树下？

不过，那呻吟声蝉丸从来没听过。

如果是熟人的话，只要摸一摸对方的脸，就能知道是谁。蝉丸想着，便用指尖碰了碰对方的脸，没想到那张脸竟瘦得惊人。

对方不是自己认识的人。

下巴有胡须，应该是个男人。细长的下巴尖那儿好像正在发热，热度从触碰的指尖传来，想来应是倒在地上的时候撞到了下巴，留下了伤口。

　　姑且不论当时到底是何情形，蝉丸费了好大的劲儿，才把对方抬进了草庵内。

　　可过了一夜，那男人仍旧昏迷不醒，只从口中不断发出微弱的呻吟声。问他叫什么名字，也毫无回应。

　　一天、两天过去了，男人的情况仍不见好转，不清楚是什么原因。平日里，住在附近的人每天都给蝉丸送来大米、柴火、鱼鲜和蔬菜，但这几天，却一个人也没有过来。

　　蝉丸家里还存着数天的大米和柴火，倒不怎么担心断粮。古怪的是，每次他想到附近的村舍喊些人来帮忙，却怎么也无法从庭院里出去。每当他以为已经走出了院子，结果又回到了草庵。

　　蝉丸一筹莫展。

　　难道是弹琵琶弹过头，招来了妖怪，被卷入了什么怪事之中？

　　倘若能够出门，还可以去找安倍晴明商量对策，现在既然连家门都走不出去，真是无计可施了。

　　没办法。

　　蝉丸死心地在家待了三天。

　　最奇怪的是那个昏倒的男人。从蝉丸把他抬进屋的第一天起，他就没喝过水，也没吃过东西，但伸手触摸，却一点没见瘦下来，似乎还变得越来越胖。比起前三天，男人脸上的肉明显多了起来。

　　到了第四天，晴明和博雅登门来找蝉丸了。

三

　　蝉丸先是听到外面传来一阵脚步声，像是有人过来了。对方似乎已经进了院子里头。

"啊,这是……怎么会……"说话的声音听上去很激动。

那声音,蝉丸十分熟悉,是源博雅的声音。

"看来您平安无事啊。"

这是安倍晴明的声音。

听到晴明的声音,蝉丸总算松了一口气。

只要有晴明在,不管招来了什么妖怪,也不管这几天自己家里到底发生了什么,一切都将迎刃而解。

"是,勉勉强强……"蝉丸答道。

"博雅啊,你踩在那根树枝上是没什么大问题,不过院里的白梅难得开得这么好,小心别折断了。"

晴明冲博雅说道。

"没事,万一折断的话,我就把这根梅枝带回家去,搁在水桶里养着。"

蝉丸听到博雅说话的声音从上方传来,从他和晴明的对话来看,博雅现在大概正往梅树上爬。

"博雅正在做最后的一点善后,马上就结束了。"晴明的声音在一旁响起。

"都好了,晴明——"

蝉丸听到博雅的话声,耳边紧跟着传来一阵"唔……唔……"的声音。

呻吟声自屋中传来,从那晚起一直躺着动也不动的男人,此刻似乎突然起身了。

四

事情是这样的。

据说三天前,月亮停止了运转。

傍晚时分,西边的天空中,本该升起的月亮一直没有出现。

众人纷纷猜测这究竟是怎么一回事。到了半夜,才忽然发现东边的天空上挂着一弯新月。

可是从平安京的方向望去,那弯新月刚好出现在逢坂山附近的山顶,一动也不动。

有人心下觉得奇怪,打算去月亮停止不动的地方,看看究竟发生了什么事。但就算判断出月亮停驻的位置,也无法抵达该地。不知月亮所在之处是否有某种结界,总之,只要有人朝月亮的方向迈出步伐,就一定会被送回原来的地方。

更奇怪的是,随着日子一天天过去,月亮依然停驻在山顶,形状却从新月慢慢变成上蛾眉月、上弦月,一点一滴丰盈起来。

终于,藤原兼家下令遣人前去探探事情的究竟。于是,晴明和博雅便自告奋勇,来到蝉丸的住处。

两人到了一瞧,月亮看样子似乎就停在蝉丸所住的草庵上方。但是,不知是谁下了结界,即使两人想往蝉丸的住处走,也无法踏入结界一步。

晴明将结界解除后,两人终于能进入蝉丸的草庵里头,四处一打量,发现月亮原来卡在了院子里那棵梅树高处的树枝之间,无法动弹。

"所以,博雅就爬上梅树,把月亮取了下来。"晴明说道。

"我也没做什么,月亮都已经变得这么圆了,这些树枝快卡不住了。我轻轻用手碰了一下,它就落了下来。恐怕我什么也不做,月亮估计也会在今天晚上,从卡住它的树枝中脱离出来吧。"博雅说道。

此时,晴明和博雅已进到了屋内,坐在蝉丸的对面。

带着一脸奇妙的神情坐在屋中一角的,是一位身旁放着拐杖、白发白须的老人。

这位老人就是那晚蝉丸抬回屋里的昏迷的男人，方才醒来之后，便开始向三人解释事情的来龙去脉。

五

这几天给大家添了很多麻烦，实在是对不住。

我叫月驱道人，奉天帝之命与月亮一起巡回大地，并担任守护月亮一职。

自我领受这项任命以来，已经护着月亮在大地上走过无数个甲子。路过这座逢坂山时，偶尔会听到十分悦耳的琵琶声，让我心驰神往。我曾经无数次想就此驻足听个尽兴，但是职责所在，最后还是不得不跟着月亮一起走。

然而，就在三天前——

那天晚上传入耳中的琵琶琴音，竟是未曾耳闻的婉转动听，胜过以往任何一次，欲罢不能之下，我便悄悄地躲到这间草庵的庭院里。

原本只打算稍微听一会儿就离开，再让月亮行进的速度快些，便不会误了时辰。

但我害怕万一被天帝发现，不知会受到什么样的惩罚，便在这里设下结界，然后躲入结界中听琵琶的弹奏。哪知蝉丸大人弹出的琵琶琴音实在美妙动听，令我一度忘了时间的流逝。

等我回过神来，才发现原本和我一起停驻在院子里的月亮，竟然卡在了那棵梅树的树梢间，无法动弹。

由于月亮和我之间存在一定的联系，它被卡住后，我的下巴也形同被吊起来一样，喉咙被钩住，连声音也发不出来。

多亏晴明大人和博雅大人及时把我救出来。

虽然不知道天帝将如何惩罚我，但一想到那晚听到了妙不可言的琵琶曲，无论是被责骂还是被处罚，我都甘愿领受。

月驱道人深深地朝三人低头致歉后，站了起来。

"那么，晴明大人，博雅大人，蝉丸大人，就此告辞了……"

月驱道人说完，便转身离去。

老人后来如何了呢？

据说，此后仍有人在逢坂山见过那位老人，老人仍和往常一样，一边爬着坡，一边在口中念念有词：

"快走快走，不能迟到，嘿呦嘿呦。"

"走啊走啊，不能太快，嘿呦嘿呦。"

看来，天帝即便训斥了他，处罚应该也不太严重。

或许，就连天帝也甚是喜爱蝉丸弹奏的琵琶曲呢。

夜光杯之女

一

　　樱花已经开始静悄悄地飘落。
　　春日和煦的阳光下，一片又一片的樱花悄无声息地散落飞舞。从树梢间透下来的阳光让花瓣闪闪发光，看上去像是数不清的仙女在空中舞蹈。
　　"晴明啊……"
　　源博雅拿起蜜虫刚刚斟满酒的酒杯，叹了一口气，说道。
　　"虽然是每年春天都会见到的景色，但无论看多少次，也无论看多久，都一点也不会让人感到腻烦。"
　　此处是安倍晴明的府邸。晴明和博雅一起坐在屋外的廊檐下喝酒，已经有好一会儿了。
　　盛开的樱花从三天前就开始飘落，大概从今天起，就算没有风吹拂，花瓣也会接二连三地从枝头脱落。
　　"我就是想在樱花散尽前，找你一起喝酒。"
　　中午过后，博雅手里拎着酒瓶，跑来找晴明。
　　从博雅刚过来那会儿算起，两人已经喝了一个多时辰。

"博雅啊,你之所以觉得不腻,是因为看到的是时光吧?"

"时光?"

"对。"

"等等,晴明,我看的明明是飘落的樱花,怎么到了你口中,就变成了在看时光呢?"

"人们看不见风。"

"唔。"

"但是,人们看见草叶摆动,就等于看到了风。"

"嗯。"

"人们看不见时光。"

"唔,嗯。"

"但是,看见消逝之物,就等于看到了时光。"

"消逝之物?"

"也可以说是那些会移动的事物。"

"呃……"

"时光的流逝,只能借助观看移动的事物来衡量,此外别无他途。时光就寄宿在那些会移动的事物中。无论是看花,还是看河,本质都是相同的。花和河川一样,都是会移动、会消逝的事物。而时光就潜藏在这些会飘散消逝的事物里……"

"你说时光潜藏在事物里?"

"没错。比如,在那些飘散的樱花花瓣中,就潜藏着许多的时光。"

"……"

"花瓣从离开树枝到飘落在地的时光,冬去春来、季节更迭的时光,樱树至今为止历经的岁月和几度花开花落的时光——还有,我们目睹飘散的花瓣而思及自身时,从中看到的自己的时光。"

"自己的时光?"

"也就是说,你可以从飘落的樱花花瓣中,看到源博雅这个人从出生到现在所有经历过的时光。"

"等等，等等，晴明。"

"怎么了？"

"你说的这些，确定不是在糊弄我？"

"当然不是。我有什么理由非得这样糊弄你呢？"

"哼，就算你不是存心糊弄，听你讲了这么一大通晦涩难懂的话，我的头又要疼起来了。"

"抱歉。这算是我的一点坏毛病。一碰到各种事件和现象，我就忍不住去寻找它们背后的原理。只要去寻找……"

"就是这样，你看，你又要说这种艰深的话。"

"那我不说了。"晴明苦笑道，然后挠了挠头，说道，"我们换个话题吧。"

"换什么？"

"我本打算等你来，给你看一件东西。"

"什么东西？"

"蜜虫，你去把那东西拿过来。"

晴明说完，蜜虫便立刻起身，从两人面前消失，须臾又回到了两人眼前。

她手里拿着一个桐木小盒，一边坐下，一边将小盒放在博雅跟前。

"这是什么？"

"打开看看吧，博雅。"

晴明这么一说，博雅便将盒子打开，里面放着一个用锦缎包裹的东西。博雅将锦缎掀开，一只酒杯露了出来。

酒杯是黑色的，光彩照人。

博雅用右手捏着杯脚，将它举了起来。

"这是……"

"夜光杯。"晴明说道。

博雅举着酒杯,朝着洒进庭院的阳光一看。

"是星辰啊……"博雅陶醉地叹道。

只见那夜光杯黑色的杯身在日光的映照下,透出星星点点的淡绿色亮光。那是因为有丝丝缕缕青绿娇艳的玉色,隐隐掺杂在杯身黑色的质地中。

"真美啊……"博雅赞叹道。

"我想让你看的,其实不是这个。"晴明说道。

"啊?那是什么?"

"先用这个杯子喝口酒吧,博雅。"

晴明往博雅手中的夜光杯里倒入酒。

"如果可以的话,我倒是想往这个夜光杯里斟满葡萄美酒,可惜那酒太难得了。就用三轮山的美酒将就一下吧……"

"说什么将就,对我来说,有三轮山的美酒就足够了。"

博雅说着,端起了夜光杯,含了一口酒在嘴里,然后慢慢地咽下。

"好酒。盛放的容器一变,酒的滋味似乎也会跟着变化。"

放下酒杯后,博雅又和晴明说了会儿话,视线不经意地扫过庭院。

"喂,晴明……"博雅望着院子问道,"那一位是谁?"

"哪一位?"

"就是那个穿着大唐的服饰,站在樱树下的人啊。"

"你看见了?"晴明微笑着说,"博雅,我方才想让你看的,正是那人。"

晴明接着又说:"你仔细看看,博雅,那人并非这世上之人。"

"什么?!"

博雅定定地望着那位站在樱树下的女子。

女子穿着一身唐风的衣裙,肩膀到手臂披着一条轻薄的披帛。

仔细一看,那些自枝头飘落的樱花花瓣,竟从女子的身体里穿了过去。

"确、确实如此……"博雅小声念叨。

晴明伸手拿起自己盛满酒的酒杯,说:"你明白了吧,博雅。"

樱树下的女子带着清冷又柔弱的神情,静静地注视着博雅。

"晴明啊,那一位究竟是什么人?"

"集大唐玄宗皇帝三千宠爱于一身的杨玉环殿下。"

"什、什么……"

博雅太过震惊,一时间连话都说不出了。

杨玉环——就是那位无人不知、无人不晓的杨贵妃。

唐朝天宝年间,杨玉环还是玄宗皇帝的儿子寿王的王妃时,其倾国倾城的美貌令玄宗皇帝惊为天人,竟不惜从儿子身边将她抢夺过来,封作了自己的贵妃。

唐玄宗与杨贵妃的年纪相差三十四岁。他因耽于美色,以致政务荒废,社稷动荡,终于引发了安史之乱。战乱之际,唐玄宗和杨贵妃不得不仓皇逃离长安,前往蜀地避难。

逃亡途中,随行的亲兵卫队在马嵬驿再掀反旗,向玄宗上书请命,皆言:"今国之动乱,皆因贵妃而起。若不杀此妖姬,臣等再难相随陛下尊驾左右。"

唐玄宗被逼无奈,含泪令宦官高力士将杨贵妃缢死在马嵬驿的佛堂之内。那年,杨玉环只有三十七岁。

唐代诗人白居易以此事为背景写下的叙事诗《长恨歌》,早在多年前传入日本,博雅自然也读过。

"真是没想到……"

博雅会如此震惊也是理所当然。毕竟从晴明和博雅所在的年代往前推,那已是两百三十多年前的事了。

"为什么你会知道?"博雅问出了心中不解之处。

"她亲口说的。"

"什么——"

博雅瞠目结舌了好半天，才道："晴、晴明，这到底是怎么一回事？快点告诉我。"

晴明微微颔首，将杯中的酒一饮而尽，然后放下酒杯，说道："好，你且听。"

接着讲了如下的事情。

二

传闻藤原成俊的家中，出现了一名女子。

那女子并不是每天都会出现，也不是只在白天或夜晚等特定的时间出现。

她有时在白天现身，有时在夜里现身。虽然夜里出现的次数较多，但也有人曾在明亮的阳光下见到过她。

年纪大约三十岁，有些时候看上去似乎更老一些，有些时候却看起来又年轻许多。容貌甚是美丽。

无论她现身时是日光明媚的白天，还是夜色深沉的晚上，她的身体总是散发着微弱的光芒。

成俊一开始以为是不知来何方的女子无意中跑进了自己家中，但他很快就发现，事实并非如此。

那女子通体透明，甚至可以透过这具身体，看到她身后的风景。

成俊向家里人说起这女子，却没有一个人看见过。看得见她的只有他一人。他便也绝口不提女子的事了。这样做并非是因为他也看不见了。相反，他自始至终都看得见那位女子。

女子每次现身后，都只是站在那里，默默地注视着成俊。

虽然没有做任何坏事，成俊却十分介怀她的存在。某天在宫中，成俊偶然遇到贺茂保宪，便找他商量起来。

保宪与晴明同是阴阳师，他是晴明的师父——大阴阳师贺茂忠行的儿子。

"请保宪大人务必帮忙……"

在成俊的恳求下,贺茂保宪答应到成俊家中看一看。

保宪在成俊的屋宅和庭院走了走,环视了一圈后,进了内室。

"就是这个了。"

他拿起放在架子上的一个小盒,问成俊:"里面装的是什么?"

"是夜光杯。"成俊回答。

打开盒子,里面果然放着一只夜光杯。

"这只杯子的来历是……"

"是我家代代相传的东西。是老祖宗藤原葛野麻吕在延历二十四年从东土大唐带回来的。他当时任遣唐使,在异国他乡发现了这个据传是阿倍仲麻吕遗物的酒杯,归国时便一并带回了家中。"

"您最近用过这只夜光杯吗?"

"用过。大约两个多月前开始,我偶尔拿这只杯子喝酒。"

"这样啊。"

"在那之前,我不知道家里竟藏有如此贵重之物,约两个多月前偶然发现这只杯子后,就开始用它喝酒……"

"那女子每次出现,是不是都在您用这杯子喝了酒之后?"

"啊,您这么一说,确实如此……"

"那女子,就附身在这只夜光杯中。"

"什么……"

"不如这样吧,这位美人既生得美貌,也没有什么恶意的举动,干脆保持现状,我想也没什么大问题。"

"不。就算她没有恶意的举动,也令人心生恐惧。她最好永远不要再出现。保宪大人,您有没有办法能让那女子不再现身呢?"

"这也不是办不到……"保宪侧着头想了一会儿。

"既然这样,把这件事交给晴明去办更合适。您带着这只杯子,到土御门大路晴明的宅子去找他,只要恳请他帮忙,我想他一定不会袖手旁观的。"

保宪对成俊如此说道。

三

"哦,原来是这么回事。"

博雅的视线在晴明和樱树下的杨玉环之间来回打转,点了点头。

"师兄真是太滑头了……"晴明絮叨道。

"滑头?"

"我是说保宪大人。明明没有他办不到的事,他却总是把麻烦事都推给我处理。"

事实也的确如此。

"不过,为什么杨玉环殿下会附在这只夜光杯上呢?"

"博雅,你这么在意的话,何不直接去问一问她?"

"我去问吗?"

"是啊。喝下用这只酒杯装着的美酒,微醺时便能看见站在樱树下的她,我想只要你想问,对方也会愿意跟你说说话。"

晴明说完,博雅便往樱树下望去,杨玉环清冷的嘴角似乎微启着。

"离、离得这么远,她能听到吗?"

博雅说完,樱树下的杨玉环便瞬间消失无踪。再次出现时,竟已端坐在了博雅身侧。

"想问什么,请您随意……"杨玉环用风一般轻柔的声音说道。

"你、你会说日本话?"

"我跟着这只杯子,辗转来到这个国家已经一百多年了,这期间不知听过多少人说话,多少也会说一点。"

虽然还带有一丝大唐的乡音,杨玉环的确在用日语说话,词的间隔和语调都是对的。

"你究竟为什么会附在这只杯子上呢？"博雅柔声问道。

"嗯……"杨玉环垂下眼，默默无言。

"啊，如果你不想说，也不必勉强。"

"不。"杨玉环轻轻摇了摇修长如柳枝的脖颈，"我愿意说。"

她抬起双眸，看着博雅。又大又圆的眸子，水润得像是含着一汪秋水。

"安禄山领兵造反之际，我们逃出长安城，一路往蜀地避去……"

"我知道。"

"逃至马嵬驿时，护卫的将士们突然叛变，我的姐姐和兄长都被杀了。"

正如杨贵妃所言，跟着她一同逃亡的兄姐全都在马嵬驿丧命于禁军之手，并被枭首示众。禁军将领把杨贵妃兄姐的头颅用长矛挑起，高举于前，逼迫玄宗皇帝赐死杨贵妃。

"太残忍了……"博雅的眼里浮起一层水雾。

究其本源，安禄山造反一事，错不在杨贵妃，是唐玄宗耽于享乐，宠幸杨贵妃，以致朝政懈怠，更不用说杨贵妃原本只是玄宗之子寿王的王妃。

宦官高力士曾言："叛变的禁军士兵以雷霆手段，残酷地杀死了贵妃娘娘的亲人。就算贵妃娘娘当场原谅了他们，那份仇恨也不会从心中消失。如果留下贵妃娘娘继续在陛下身旁侍奉，娘娘总有一天会向陛下提及此事，将当时动手作恶的将士们处以极刑。只要贵妃娘娘活在这世上一日，将士们便永无安宁之时。"

说得很合情合理。

"陛下当时找来阿倍仲麻吕大人，问他有没有法子带我逃出马嵬驿，前往倭国。但在当时的情势下根本办不到。"

"后来呢？"

"天意如此，最后我便死在了马嵬驿。"

"可是，你现在不是身在日本吗？"

"是啊。"贵妃点了点头。

"到底发生了什么事，才变成现在这样？"

"是陛下他……"

"玄宗皇帝？"

"陛下当时用这只夜光杯喝下了我的血。"

"喝了你的血?!"

"陛下在我死后，割开我的喉咙，用这只杯子接了血，喝了下去……"

"什么?!"

"陛下还说，'啊，仲麻吕啊，晁衡啊，把这杯子当作我的爱妃，等你回国之时，一并带过去吧……'"

不可思议的一幕出现了。杨玉环说着说着，竟一点一点地变了声音和容颜。

"噢，贵妃，我深深地爱着你……"

自她口中发出的，是一个男人的声音。而且，连她的容貌和体态也变成了男人。

"我仲麻吕，多少个夜里都只能在华清宫外偷偷地看着你与陛下耳鬓厮磨。我深深地爱着你啊，贵妃。比谁都爱你，比任何人都爱你……"

博雅下意识地往后退。

"你、你究竟是谁？"

"我是来自日本国的阿倍仲麻吕。思乡甚笃、归国心切，最后因为这份思念之苦离开尘世的仲麻吕啊……"

变成男人容貌的"杨玉环"双眼落泪，泣如雨下。

"呜呜呜——"

"啊——"

男人的声音和女人的声音接连自她口中发出,"杨玉环"起身走到庭院,跳起了舞。

"这是霓裳羽衣曲。"

"是你跳过的舞曲。"

"是我舞过的曲子。"

"多么美的曲子!"

"多么美的曲子!"

"杨玉环"在樱花树下翩翩起舞,男人的说话声和女人的说话声交织着,自她口中发出。舞蹈仍在继续。

"晴、晴明,发生了什么?她到底是玄宗皇帝的贵妃杨玉环,还是阿倍仲麻吕大人?"

"可以说两者皆是,也可以说皆不是。不过,这两人都死在了大唐的土地上……"

"那、那么,眼前的又是什么?!"

"是这两人的情感和执念,附在夜光杯上后生出的东西……"

"那、那……她方才说,玄宗皇帝用这只夜光杯喝下了她的血,这事是……"

"应该是真的吧。玄宗皇帝把这只夜光杯托付给仲麻吕大人,想必也不假。"

晴明说话间,樱树下舞动的人影又变成了第三个人的模样。

"啊,爱妃啊,爱妃啊,朕当初为何要下旨取你性命呢……"

一道犹如诅咒般的沙哑声音响起。

"朕怎么会铸下如此错事,怎么会铸下如此错事……"

跳着舞的"杨玉环"变成了一位流着两行血泪的老人。

"陛下的确爱过我。"老人再次变回了女人的模样,说道,"但是,比起我来,陛下更爱的是您自己啊……"

"啊——"

"杨玉环"说着，又变成了玄宗模样的老人。

"啊，贵妃啊，贵妃啊，我多想带着你一同回日本国。"

旋即，玄宗又变作了仲麻吕。

三人的模样不停地轮换变化，在落着花瓣雨的樱树下舞动。

"晴、晴明，这要怎么办才好？"

"先不用管。"

晴明一边看着那模样变幻不定、翩然起舞的人影，一边不紧不慢地将杯中的酒往嘴里送。

"是这么回事。他们三人的魂魄早已不在这里了。那道起舞的影子不过是他们留下的一股执念，它附身在这只夜光杯上，从遥远的大唐被带到了日本。"

晴明正说着，一道身影猝不及防地出现在院子里，是眉眼清俊的贺茂保宪。

"哦，已然变成这情形啦。动作挺快的嘛，晴明。不过，幸好我来得还是时候。"保宪说道。

"保宪大人，您来舍下所为何事？"

"我就是想来看一眼，你打算怎么处理这东西。"

"我还什么都没做，那东西是自己变成现在这副样子的。"

"自己？"

"大概是因为在意想不到的情况下，被博雅大人关怀地问了话，三个人全都现身了……"

"你说什么？晴明，你是说，情况变成这样是出于我的缘故？"

"很有可能。"

"……"

"他们估计也是初次被你这种毫无私心的人问话，才会如此惊慌失措。"

"什么?!"

博雅还未说完,纠缠在一起的三道人影慢慢地浮到空中。

明明没有风,樱花却纷纷从枝头飘落而下。漫天飞舞的花瓣簌簌作响。飞雪似的樱花雨中,三人的身影缠绕着,逐渐升上天去。

"了不起啊,博雅……"晴明喃喃道。

澄澈的天空中,飞舞的花瓣和杨贵妃的人影缓缓地飞升而上。

花瓣熠熠生辉,仲麻吕的人影跟着不停地舞动。

高空吹来一阵清风,玄宗的人影也在风中起舞。

渐渐地,青空之上只余飘动的花瓣。

"你实在是了不起啊,博雅。我本想设个巧妙的计策,将这只夜光杯收为己用,没想到你在机缘巧合之下,竟让那三位大人一同升天了。"

"升、升天……"

"正是。"晴明苦笑着说。

"晴明啊,此事正好说明,毫无私心之物才最令人畏惧。"保宪一边笑着,一边说道,"好了,现在这只夜光杯已经和普通的杯子没有分别了,只能将它还给成俊大人。"

"就这么办吧。"晴明说。

博雅还是一副困惑的模样,愣愣地抬头看着天空,空中仍有两三片花瓣在飘舞。

博雅眼前回廊的地上,那只夜光杯孤零零地立着。

治痛和尚

一

自午间开始,紫藤花的香气便一阵阵蹿入鼻中。

风不大,花香却能传到这里来,说明空气里的花香已经相当稠密。

"这么浓烈的紫藤花香,都不用喝酒,光闻一闻就醉了。"源博雅闭着双眼说道。

这是在安倍晴明家屋外的廊檐下。

晴明穿着白色的狩衣,背倚着柱子,单膝屈起,正在眺望庭院。

院子里的紫藤花长势正旺,藤蔓攀缘在松树的树干和枝条上,许多看起来沉甸甸的紫藤花串垂落而下。

坐在晴明对面的博雅闭着双眼,右手拿着一只空酒杯。

"所以,你就不喝酒了,是吗?"

晴明朝一旁的蜜虫吩咐道:"听着,博雅说不用给他倒酒了。"

博雅急忙睁开双眼,争辩道:"喂,晴明,我什么时候说不用给我倒酒了?"

"刚才啊。"

"我没说。"

"说了。"

"我不是只说了一句'光闻一闻花香就醉了'……"

"不,在此之前你说了。"

"我没说。"

"说与没说,再争执下去也没意思。让你喝就好了。"

晴明刚说完,蜜虫立刻捧起手中的酒瓶,往博雅的杯子里倒入酒。

博雅盯着手里那只斟满的酒杯,一脸忿忿不平的表情。

"又怎么了?"

"没什么。既然有酒可喝,我不会再有怨言。只不过刚刚那说与没说的争论还没得出结果,现在就喝下这杯酒,我难免有些不服气。"

"唉,博雅,你就喝吧。"晴明微笑着说。

不过是嘴角轻轻扬起的一抹浅笑,却像有股吸力一般,让人不由得沉浸其中。

"好吧,我喝。"仿佛下了什么决心,博雅拿起杯子送至唇间,一饮而尽。

把空酒杯放回原处,博雅方才忿忿不平的神色已然从脸上消散。

"对了,晴明。"

"什么事?"

"高山的那位正佑法师,你听说过他的事吗?"

"如果你说的是前段时间那位巧施圣手,让天皇陛下抱恙的御体恢复如初的正佑法师,我倒是略有耳闻。"

"你果然知道了啊。"

"那位正佑法师发生什么事了吗?"

"明天他会来我家做客。"

"是吗?那又怎么了?"

"说是想听我吹笛。我本来回复他说,这点小事不用麻烦他特地跑一趟,我主动过去拜访就好。然而正佑大人说,是他提出想听我吹笛的,所以理应由他主动登门拜访,坚持明天要来我家……"

"这样啊。"

"是那位正佑法师要来我家。明天之前,我可得把要吹的曲子先练习一遍。"

博雅会这么激动,甚至两眼放光地说出这番话来,也不是毫无理由。正佑法师可是一位只用一次祈福,就让天皇的病痛不药而愈的大人物。

事情要追溯到大约半个月前。那天,天皇称自己肚腹不适。

二

半夜,天皇被肚腹传来的剧痛惊醒。

在梦里,他被来自地狱的鬼卒穷追不舍。那些鬼卒拿着长矛般的凶器往他的肚腹猛刺了许多下。

"好痛啊、好痛啊!"

天皇不由自主地惨叫出声,一下子从被褥中惊醒过来。心神平复后,才发现肚腹处真的传来一阵疼痛。痛感还非常剧烈,就像心窝里被硬生生塞进了什么异物一般。

"来人啊!"

天皇满头大汗地唤来内侍,立刻服下治疗腹痛的御药,却一点效果也没有。

难道是昨晚吃了什么不干净的食物,又或者腹中有虫在作祟?

到了第二天早上,天皇的腹痛仍不见好转,接连痛了整整三天。

因为腹痛难耐,天皇只能坐卧,无法站立,连饮食和排便也力有不逮。在多日与疼痛的抗争中,他已经耗尽了所有精力。

第四天,宫里找来祈祷师作法祈福,但天皇仍旧腹痛不止。第五天,宫里又传召了五名僧人,举行了五坛御修法。

所谓五坛御修法，是一种在东南西北及中央的祭坛上分别供奉五大明王，向明王请愿，以求降妖伏魔、消灾避邪的密宗法事。

中央的祭坛供奉不动明王，正东方的祭坛供奉降三世明王，正南方的祭坛供奉军荼利明王，正北方的祭坛供奉金刚夜叉明王，正西方的祭坛则供奉大威德明王。每处祭坛均由一名阿阇梨负责坐镇施法，总计五人同时进行。

这是法力最为强劲的御修法。

中央的祭坛由广泽遍照寺的宽朝僧正[①]坐镇，供奉金刚夜叉明王的正北方祭坛则由比叡山的余庆律师守位。

宽朝僧正是来自广泽遍照寺的僧人，曾用单脚把手持凶刃的强盗踢向半空，不仅法力高强，也孔武有力。

还有一段故事广为人知，一次晴明去遍照寺拜访宽朝时，正巧遇上几位贵族子弟和寺里的年轻僧人聚在一起，晴明应了他们的请求，施法飞射出柳叶，击杀了院子里的蟾蜍。

余庆律师的奇闻轶事也颇有意思。

一日，一只名为智罗永寿的法力高强的天狗[②]，千里迢迢从震旦来到日本国天狗的住处。

震旦是古代印度对中国的称呼，在这个故事中特指大唐。

智罗永寿对日本天狗说："震旦也有不少法力高强的僧人，但没有一个打得过我。虽然我可以百般戏弄、狠狠教训他们，让他们吃尽苦头，不过所向无敌之后，也无聊得让人无可忍受。我这次来这里，就是想捉弄捉弄日本国的僧人，你知道哪里有比较厉害的和尚吗？"

"哦，你说的有点意思。想捉弄日本和尚是吗？跟我来吧。"

日本天狗说完便振翅往空中飞去，来到比叡山，就落至地面。

[①] 僧正，僧侣中最高官职；后文的僧都、律师位列其后。
[②] 日本民间传说中的一种妖怪，栖居于深山，赤面长鼻，有翅膀，可自由飞翔，常阻挠佛法传播。

智罗永寿也并肩而行。

二者降落在大岳峰的舍利石塔附近。

"他们都认得我,所以我只能躲在附近的山谷里看看情况。你待在这里,只要有僧人路过,不管是谁,你想怎么戏弄就怎么戏弄。"

"好嘞。"

智罗永寿应道,然后化作一名老和尚的模样,蹲在舍利石塔旁边。

少时,一名乘坐步辇的僧人自山上而来。

躲在山谷里的日本天狗很好奇震旦天狗会使什么招数,兴致勃勃地在旁观察,哪知竟什么事也没发生,那名僧人径直走了过去。

到底发生了什么?日本天狗心下蹊跷,回到舍利石塔旁一看,却不见智罗永寿的踪影。四下寻找了一会儿,才在南边山谷的密林中发现屁股朝天、趴在地上吓得全身发抖的智罗永寿。

"是何缘故?你怎么什么都没做就放他走了?"日本天狗问道。

"不、不行!那东西我不能下手。太可怕了!"智罗永寿说道。

"到底怎么回事?"

"那东西不是人。那坐在步辇上的,是不动明王的熊熊烈焰。如果我无端挑衅,一定会被烧死的。"智罗永寿一边哆嗦着,一边问,"那个和尚到底是谁?"

"是比叡山千寿院的余庆律师。"

传闻,当时日本天狗是这般回答的。

三

五坛御修法的五名施法僧人中,一位是宽朝僧正,另一位是余庆律师——两位佛法高深的大师一施法术,天皇的腹痛立刻平息下来,看似已然痊愈。

但是,这五名坐镇僧人一从祭坛上离开,天皇又开始腹痛不止。

"呜呜呜……"

"呜呜呜……"

天皇忍着疼痛发出压抑的呻吟,偶尔有剧烈的疼痛袭来时,只能不由自主地高声惨叫:

"啊啊啊——"

"呜呜呜——"

"哎哎哎——"

没办法,五名坐镇僧人只好再次回到祭坛,继续修法,天皇的腹痛便当场止住。可当五名僧人一离开祭坛,天皇的腹痛又立刻发作。

这究竟是怎么一回事?

此后出手的便是来自高山的正佑法师。

不知道是谁先提议的,总之有人建议,既然事情已经到了这种地步,不如找高山的正佑僧都试试看。

正佑僧都佛法修为精绝,近来在平安京名声大噪,听说不管是什么疑难杂症,只要他一出手,当场便能痊愈如初。

抱着试一试的心态,天皇遂命人前往高山将这位僧人请进京里。

高山是指位于奈良的香具山。

正佑法师进京时,还发生了一件不可思议的事。据说,在他从奈良前往宇治的途中,各式各样的花瓣从天而降。而且在这些飘落的花瓣中,还夹杂着熠熠生辉的金粉。

抵达皇宫内院后,正佑法师马上掐诀念咒,施术一完成,天皇的腹痛也立刻痊愈了。

宫里的众人战战兢兢地在旁察看,害怕正佑法师一停止施术,天皇陛下的腹痛又会发作。没想到病情没有反复,缠绵数日的腹痛被完完全全地治好了。

这位正佑僧都尚在平安京,所以,便有了博雅对晴明说的"正佑法师明天会来听我吹笛"这件事。

"关于此人……"晴明对博雅说道。

"此人？"

"就是正佑大人。既然他打算明天到你家中做客，你顺便帮我做件事吧。今天你说要来我家时，我就打算拜托你了。"

"是什么事？你要我帮你做什么？"

"明天，你能不能也来一次腹痛？"

"腹痛？"

"对。"

"可是我肚子不疼啊。"

"嗯，我知道你肚子不疼。假装一下就可以了。"

"假装？"

"明天，正佑大人到你家之后，你就让仆人们这样跟他说：'今日家主博雅大人突发腹疾，身体不适，无法为正佑大人吹笛。因此，我们想请正佑大人施以援手，略施法术将我家主人的腹痛治好。'让你家的仆人这么说就好。"

"为什么？我干吗要做这种事？"

博雅话音刚落，蜜夜便来通报："余庆律师大人和宽朝僧正大人来访。"

"噢，来得真是时候。既然两位大人来了，那就请两位大人一起来议此事吧……"

晴明对仍旧一脸茫然的博雅说道。

四

"事有蹊跷。"

晴明一说，宽朝僧正便附和："没错，非常可疑。"

余庆律师也点头道："的确可疑。"

屋外的廊檐下，被领到此处的宽朝僧正和余庆律师坐了下来，和晴明、博雅一同交谈。

"毕竟发生了天降花瓣之事。"宽朝僧正的脸上浮起笑意，说道。

"更古怪的是，除了花瓣还有金粉呢。"余庆律师也笑着说。

"听说，落下来的那些花瓣都是真的紫藤花、荷花和紫菀花。"晴明说。

"那些金粉据说是云母的碎屑。"

"听说，这场花瓣金粉雨到了伏见城附近才停了下来。"

"果真可疑。"

"的确不对劲得很。"

宽朝僧正和余庆律师相视而笑。

"到底是什么事？听两位大人和晴明方才所言，是在怀疑那位正佑大人吗？"

"对。"

"正是。"

两人点头。

宽朝僧正抬手挠了挠头，说："不过，再怎么怀疑，我们也不能说出口。"

"如果这些怀疑出自我俩口中的话……"

余庆律师抚着脸颊，晴明接着说了下去：

"没有人会相信，是吗？"

"嗯。"

"所有人都会认为，我们是因为不服输才怀疑对方，事情就会背离我们的初衷。"

"所以，两位大人才要我出面，是吗？"

"嗯。"

"对。"

两人一起点头。

"我想也是,所以刚才就跟博雅大人提起了。"

"是吗?"

"听博雅大人说,那位正佑大人明天会去他府上听他吹笛。"

"然后呢?"

"我便请博雅大人帮忙,明天假装突发腹痛,不便吹笛,刚说到这里,两位大人就大驾光临了。"

"哦,请博雅大人假装突发腹痛……"

"原来如此,有趣,有趣。"

宽朝僧正和余庆律师一边点头,一边乐呵呵地笑了起来。

"喂,喂,晴明,我完全听不懂你们在说什么。到底是什么意思?"博雅问道。

"没什么,明天你照办就是。"晴明含糊道。

"突发腹痛啊……"

"好主意,好主意啊……"

宽朝僧正和余庆律师再次乐呵呵地笑着,点了点头。

五

垂帘内,博雅正高声叫着:"好痛啊、好痛啊……"

偶尔在口中低声哼哼:

"啊……"

"唔……"

有时也忍不住疼痛发出呻吟:

"哦……"

垂帘的外侧坐着正佑法师,他手持一串念珠,正专心地念着佛经。为了听博雅吹笛特地前来的正佑法师听闻博雅突然身体不适,肚腹疼痛不止的消息，便开始为他掐诀施法。

从午前到午后，正佑法师把各式经文和真言都唱诵了一遍，博雅的病状却一点好转的迹象都没有。

正佑法师诵经的声音越来越大，额头也开始冒起了冷汗。

此时，屋宅的地板下突然传来一阵狗吠声。

"咔叽咔叽——"

"吭哧吭哧——"

像是有什么东西正在地板下相互撕咬，打斗激烈。

过了片刻，屋外又传来博雅家奴仆们说话的声音。

"就是这家伙！"

"这家伙躲在屋子底下！"

听到这里，正佑法师再也念不下去、顾不得施法了，他走到外头一看，只见博雅家里的仆人们围着晴明、宽朝僧正和余庆律师三人，站成了一圈。

"啊——！"正佑法师大叫一声，拔腿就逃，但众人似乎早已料到，十来个人即刻堵截住他，将他抓了起来。

六

晴明的脚边蹲着一只雪白的大狗，大狗的嘴里叼着一只游行僧打扮的鸳鸟。

这只鸳鸟头上戴着头巾，右边的翅膀卷着一把羽扇，腹部被狗紧紧咬住，双翼还在"啪嗒啪嗒"扑棱着，却怎么都无法逃脱。

"就是这家伙！这家伙躲在屋子底下，拿着这把羽扇往上面扇风。"一名家仆说道。

这时，被抓住的正佑法师被带到晴明等人的面前。

"暗地里让天皇陛下腹痛不止的人，就是你吧？"

面对晴明的质问，正佑法师一声不吭。见此，晴明便转身朝着鸢鸟，问道："你怎么说？"

鸢鸟耷拉下脑袋，点了点头，说道："这把羽扇，左手持扇轻摇，可以令人患上腹痛；停止摇动，腹痛也会跟着止息。若是右手持扇轻摇，便可以令真正患有腹痛之人不药而愈。我就是用手里的这把羽扇，让天皇腹痛不止的……"

"是谁让你这么做的？"

"就是那个正佑僧都，都是他指使我干的。"

所有人的视线都集中在正佑法师身上。

"到底怎么回事？"

晴明再次质问，正佑法师仍旧一句话也不说。

反倒是鸢鸟一副死心认命的模样，开口道："我是三年前漂洋过海来到你们日本国的震旦天狗，名叫智罗永寿……"

鸢鸟接着说："刚从震旦飞到日本国时，我本想找那位余庆律师较量较量，却碰了一鼻子灰，正沮丧得要死的时候，遇见了这个正佑和尚。"

"然后呢？"

"正佑和尚对我很是尊崇，而且野心勃勃。他从很早以前就想在京城扬名立万，遇到我之后，这个念头就更强烈了。前阵子，我们谋划从寝宫的地板底下用这把羽扇朝天皇扇风，让他患上腹痛，后来便这么做了。"智罗永寿坦白道。

晴明等人把视线投向一旁的正佑法师，正佑法师总算下定决心般承认："正如他所说。"又颔首继续道，"平安京的僧侣非常吃香，总是受到一群人追捧，真是让我眼红极了。那天遇到这个震旦来的天狗智罗永寿，他拿着手里的羽扇冲我扇风，我的肚子一会儿疼一会儿不疼，反反复复。此后，我便对他的法力极为推崇。"

"智罗永寿还对我说：'你看，只要有这把羽扇，就能让人腹痛不

止！你想不想用这把扇子去耍耍京里的那些秃驴，吓他们一个出其不意？'

"所以我决心借助这把羽扇的力量，让自己的名号在平安京变得无人不知，便让那震旦天狗去天皇寝殿的地板下扇风，令天皇患上腹痛，最后再由我出面治好。"

"宽朝大人和余庆大人他们坐镇五坛御修法时，天皇陛下的腹痛曾一度止住，这又是为何？"晴明问道。

"如果让两位大人和其他人，一共五位大师联手施法都治不好天皇陛下的腹痛，我们的把戏肯定很快会被识破。所以每逢五位大师一同施法，我便让智罗永寿停止用左手摇扇，然后逃到空中。只要找不到智罗永寿，就算宽朝大人和余庆大人再厉害，心里再困惑，肯定也不会找到天皇陛下腹痛的真正原因。"

正佑法师回答道。

"我没法和两位大人硬碰硬，所以才会避开正面冲突，只趁他们离开祭坛的时候，让震旦天狗继续摇动羽扇，让天皇陛下的腹痛复发，借此让两位大人失尽颜面。"

听到这些，众人都恍然大悟般点了点头，只有博雅出声问道："宽朝大人和余庆大人都曾说过，天降花瓣和金粉非常蹊跷，这究竟又是怎么一回事？"

"博雅大人，自古以来所有的天降祥瑞，都是天地间的灵气凝聚成形，继而落在凡人的身上。如果是落在了地上，没过多久就会消失不见。"

"而这次的天降花瓣金粉雨，落在地上的却是真的紫藤花和荷花，而且没有消失，所以，这一定不是祥瑞，而是有人从天上撒下来的。能做到这一点的，想必除了这位智罗永寿阁下，也没有其他人了吧。"

宽朝僧正和余庆律师分别说道。

智罗永寿仍旧被狗咬着，低头承认："是我干的。"

"那么，为什么在伏见城的附近，花瓣和金粉就不下了……"

"因为事前准备好的花瓣和金粉这些骗人的玩意儿，刚好在伏见城附近用光了吧。"

晴明说道。

七

雪白的大狗松开嘴，原本被咬着的鸢鸟重获自由，立刻化身为天狗的模样，振翅飞入高空，片刻后就消失在了天际。

正佑法师按理已是死罪之身，但宽朝僧正丢给他一句："别让我们再见到你了。"他便有气无力地离开了。

晴明捡起掉在地上的那把羽扇，问道："接下来，这把扇子要作何处置？"

"当作你施以援手的谢礼，你收下这把羽扇如何？"

"对，就这么办。"

宽朝僧正和余庆律师都劝道。

"可是，这次出力最多的是博雅大人啊，这把羽扇应该送给他才对。"

晴明将手中的羽扇递了出去。

"不，我才不要。万一不小心扇到了我自己，肚子真的疼起来怎么办？"博雅慌慌张张地使劲摇头，说道。

"既如此，便由我收下吧。"

晴明双手捧起羽扇，再次向众人致谢。就这样，震旦天狗的羽扇留在了晴明手里。

犬圣

一

梅雨期过后,天空中悠悠地漂浮着几朵白云。蝉鸣声此起彼伏。夏季才刚刚开始。

晴明和博雅坐在檐廊上,正喝着酒。檐下正好有块阴影,让从庭院反射进来的阳光不那么晃眼。

迎面拂来的风不大不小,恰好能将浮在皮肤表层的汗水吹干。

晴明穿着一件松松垮垮的白狩衣,背靠着柱子,正看着庭院。

此时的庭院犹如一片原野。鸭跖草、卷柏、蕺菜,各种各样的野草长势葳蕤。但是,看起来并非像是无人打理的样子,并无荒芜之象。垫脚石从草丛间露出来,未被野草掩埋,踏行其上可以一路走到庭院的池塘。

池塘附近的绣球花开着淡紫色的花朵。

两人的酒杯一空,蜜夜便分别往杯子里斟满酒。

廊上放着一个盘子,盘里装着盐烤的香鱼。香鱼是从鸭川捕捞上来的,千手忠辅今天早上送到了晴明的府上。

晴明和博雅从中午开始,就一边吃着烤香鱼,一边举杯对饮。

"晴明啊。"博雅端起酒杯正要往嘴边送,中途停了下来,开口说道。

"怎么了,博雅?"

"现在正鸣叫得沸沸扬扬的那些蝉,意外地引人怜惜……"

"你怎么了?怎么突然说这些……"

"前阵子,我听露子小姐说,蝉这种小虫,要先埋在土里好几年才能爬出地面,而爬出来后,居然只能活十天左右。"

"嗯。"

"在这十天内,它们要经历恋爱、生子,然后死去……我一想到这些,就觉得虽然现在它们叫得人心烦意乱,但心里还是对它们怜惜不已……"

"如果将这些寿命短暂的夏蝉看作自己的父亲或母亲,对它们心生怜惜也是自然的。"

听到晴明这么说,博雅拿着酒杯往嘴边送的手再次顿住。

"你说什么?"博雅看着晴明。

"不用这么惊讶吧。遁入空门之人,不是多多少少都会这么想?"

"话是那么说……"

"无论是马还是狗,只要把它们当作自己的父母,自然就会慎重对待。"

"晴明啊,你是在说心觉上人的事吗?"

"对。"

"听说他最近又闹事了……"

"好像是。"

博雅听晴明说着,总算将杯中的酒一饮而尽。他把酒杯从嘴边移开,抬起脸时,晴明正抬头看着那些在空中流转的云。

"怎么了,晴明?"

"没什么,我只是有些在意心觉上人。"

"什么？你说的在意是指……"

"心觉上人原来的名字叫作贺茂保胤。"

"嗯。"

"他是我师父贺茂忠行大人的儿子，也是保宪大人的兄长。"

"你说什么……"博雅抬高声调说道。

"所有人都以为他是保宪大人的弟弟，其实心觉上人是保宪大人的哥哥。"

二

先对晴明刚才提到的贺茂保胤作个介绍。

故事中多次提到，晴明的阴阳道师父是阴阳博士贺茂忠行。忠行的儿子叫贺茂保宪，而保宪的哥哥则是前文提及的贺茂保胤，这些晴明都说过了。

贺茂保胤是个天资聪颖之人，头脑非常聪明。师从文章博士菅原文时[1]的门下时，就考取了文章得业生，后来也依靠自己的学识成为了文章博士，入仕朝堂。然而有一天，他突然萌生向佛之心，随即剃去头发，出家当了和尚，法号心觉。

因为骨子里是个较真的人，成为僧侣后，他经常扪心自问：所谓僧人，到底是什么样的人？作为僧人，在这世上到底要做些什么才最为可贵？

他严加规范自己的行为，清净度日，诵读了许多佛家典籍——这些都是理所应当的。出家为僧，这是最基本的修行方式。但除此之外，身为一名僧人，还应该做些什么呢？

心觉得出的结论是积功德。

---

[1] 日本平安时代文人、政治家。

为了他人而采取行动，为了他人的幸福而有所作为——这才是一名僧人应有的姿态，不是吗？

那么问题来了："众功德中，何者为上？"

在所有的功德里头，哪一种才是最高的呢？

对身边的人施予功德——比如身边有贫困之人，就把自己的衣服脱下给他；身边有受饥之人，就把自己的食物分给他。而自己需要的衣服和食物，能维持基本的生存即可。

但是，这些事平日里就能做到，而且早就在做了。再者，这种功德还看场合，只有碰巧遇见那样的人，才能去做。

况且，即便给这些困境中的人送去衣服、赠予食物，也只是相助他们一时，没过多久，这些人肯定又会重新陷入忍饥挨饿的处境。

那么，自己该做的是不是将佛祖的教诲弘扬四方？这样的话，修造佛堂、制作佛像才是最该做的。这是这位较真的和尚在一番推敲之后得出的结论。

人的生命有限，总有一天将离开人世。但是佛堂和佛像却可以长久保存下去，将来也一定能够将民众引向佛祖的教诲。

这是心觉的想法，可他并没有钱财。因此，他决定走遍各地，来筹措善款。

心觉来到播磨国时，在一处河滩边，看见几个人正围着一名法师阴阳师，在搭设好的祭坛前举行驱邪避灾的仪式。

所谓的法师阴阳师，是作和尚装束的阴阳师，外表看上去与和尚别无二致。

阴阳师可以粗略地分为三种。一种是朝廷御用的阴阳师，一种是在民间为老百姓服务的阴阳师，最后一种则是以播磨国为据点活动的法师阴阳师。他们既不服务于朝廷，也非普通的民间阴阳师，而是既为和尚又为阴阳师。

这类法师阴阳师在举行驱邪避灾的仪式时，大多数情况下会在头上戴一顶纸冠。这顶纸冠称为额乌帽子[①]或宝冠。在额头上贴一张三角形的纸，就像在死人的额上贴纸那样。

那位在河滩上进行驱邪避灾仪式的法师阴阳师，头上就戴着这样一顶纸冠。

心觉一看，登时飞奔到河滩上，向对方问道："大师，您在此处做什么呢？"

"此处百姓连遭不幸，在下正想为他们向祓户之神祈福作法。"法师阴阳师回答道。

他口中的祓户之神，指的是濑织津姬神、速秋津日子神、气吹户主神、速佐须良比卖神四位神灵。

"既然如此，您为何要在头上戴那顶纸冠？"

"祓户四神不喜和尚，所以我们祈福作法的时候，都会戴上这顶纸冠。"

心觉听了法师阴阳师的话，猛地一把抓起他的衣襟，呼天抢地号哭起来。在场请求祈福祛灾的百姓和法师阴阳师都惊愕不已。

"怎么回事？这到底是怎么了?!"

法师阴阳师连声问道，那些请求祈福祛灾的百姓也被这突如其来的变故吓得不知所措。

心觉将戴在法师阴阳师头上的那顶纸冠扯碎，泪涌而出，大声哭喊道："您为何在皈依我佛后，还以祈求祓户四神为民祛灾为由，破我如来佛祖的戒律，戴上这顶纸冠呢？这与制造无间地狱的业障又有何异？太可悲了！您干脆杀了我吧！"

虽然心觉这样说，法师阴阳师却不能照他的话去做。

"这位大师，您是不是走火入魔了？虽然您说的有道理，但太过头了吧。"法师阴阳师好不容易才抢下被心觉牢牢抓着的衣襟，愕然

[①]在三角形黑纸底边制细带、系于额前的纸冠，形似死者额前所粘的三角形白纸。

地看着他。

"当和尚根本活不下去，我才学了一点阴阳道的东西，勉强糊口度日。如果不这么做，我连妻儿都养不活。现在这种苦日子能不能过下去尚未可知，你还不让我干这个，我便只能等死了……"

法师阴阳师说的是实话。

"我出家，本不是为了修习佛法，成为一位圣人。虽然剃了发穿着僧服，但过着和俗世之人一样的生活。这些都不是因为我喜欢才这么做的，只是生活所迫。"

法师阴阳师的一番话说得在情在理，一般人一听后大概就会罢休，不再追究，但心觉并非如此。

"就算你说的是事实，也绝不能在三世诸佛的头上戴什么纸冠！你说是因为生活贫困迫不得已，那我把这些都给你，你都拿走吧！"

据传，心觉将四处化缘所得的财物，一件不留地全给了那名法师阴阳师。

又一日，心觉住在东山的如意堂时，突然被六条院的使者急召出门。他向熟人借了一匹马，骑马出门后，却一直耽搁在途中。

因为一路上，无论马要撒尿还是拉屎，心觉都停下来等着。马跑着跑着就止步吃起草来，心觉也不急，就在一旁候着，任马吃个够。

等到马吃饱喝足，心觉才继续驾马前行，否则就待在原地让马尽情地吃草。

每当拉着缰绳的小仆抽打马屁股让马跑得快一点时，心觉就从马背跳下，冲小仆怒喝道："你怎么能做这么过分的事？"

"你听好，无论是人还是马，世间所有生物都是经历过生死轮回，才重回人世的，这匹马也一样。说不定它的某一世就是你的父母。不，应该说，你前世的父母在这辈子投胎转生，变成了马也不一定。可能他们在生为人时，太宠爱你这个孩子，为了弥补这份执着之罪，才会转世成马。如果是这样，你刚才打马屁股，就无异于在打对你有大恩的双亲的屁股。"

"大师，您说得有理，但我家父母都还在世呢。"

"我所言并非仅指今世之事。我是说，人有前世今生，上一世还是你父母的人，这一世突然变成这副模样，你要如何是好？就算它不是你的父母，说不定也是我心觉和尚哪一世的父母。我一想到这点，便心怀感激，在心中双手合十，带着不胜惶恐的心情骑在它的背上。这匹马不过是想在路边多吃些草罢了，你为何非要这样打它？"

心觉说完，再次泪如雨下。

执缰小仆听得满头雾水，但想想和心觉在此争论也没什么意思，一旦迟到，挨骂的可是自己。

"对，大师您说得很有道理。是我思虑不周，一时胡作非为。"执缰小仆乖乖地低头道歉。

"不不，你肯听进去就好，不必向我请罪。"心觉对执缰小仆说完，再次跨上了马背。

一路停停走走，不久，路边的草丛中出现了一座舍利塔。心觉急急忙忙从马背跳下来，解开衣裳，换上由侍从拿着的袈裟，端正地整理好两侧的衣襟后，跪坐在舍利塔前，拜了又拜。

马要吃草时就停下来让它吃，遇见舍利塔也停下来不断礼拜，这样一路下来，他们虽然卯时（上午六点）就出发了，却到申时（下午五点）过后才抵达距离并不远的六条院。

还有一次，心觉住在一处名为石藏的地方时，肚子着凉，得了腹泻。他跑了好几趟茅房，住在隔壁房间的僧人每次听到动静，都觉得那声音听起来像是往盆里泼水。

"天哪，声音这么大，看来他腹泻得厉害，真是可怜。"

僧人正这样想着，却听到茅房中传来了一阵不知所云的说话声。

"哎呀，真是太对不起了，还望您原谅我。"

心觉似乎在向某人道歉。

僧人心下奇怪，难道茅房中还有其他人吗？便从茅房四周的木板缝隙往里偷眼看去，这才发现在心觉面前，还蹲着一只年迈的老狗。

僧人大吃一惊，继续窥视，心觉又说了起来。

"你这辈子要这样以人排泄的粪为食，想必也是前世结下的因果吧。"心觉对那只狗说道。

"你的前世，只怕是一个作恶多端之人，不但贪得无厌，还让其他人吃了很多污浊之物。因此你这辈子才会投胎转世成畜生，将人的粪便作为食物。"

在那时，狗吃屎这种现象司空见惯，人上茅房，狗也会跟在后头进去，并不是什么奇闻异事。

"但是，你可能是我好几世前的父亲或母亲，所以我本该天天都为你提供粪便，让你吃个够，可是这些时日，我腹部不适，实在没有像样的粪便拿得出手……"

心觉好像是因为这个缘由，才向狗道歉的。

"真是太对不起你了。这样吧，明天你就不要吃我的粪便了，我为你做些人吃的美食，你想吃多少都可以，一定让你吃个够。"

心觉言出必行。第二天，隔壁的僧人看到心觉拿出所有的稻米，煮了一锅饭，还加了很多青菜和鱼干，然后端到那只年迈的老狗面前，说："来吧，我为你准备了好吃的饭菜，你尽情地吃吧。"

那只老狗便大口大口地吃了起来。

"噢，你觉得好吃吗？这些饭菜好吃吗？太好了，真是太好了。"

心觉眯起眼睛，看着老狗吃东西。

没多久，附近的几只狗也走过来，将那只老狗挤到一边，吃起心觉为老狗准备的饭菜。

大概是被饭菜的香味吸引，更多的狗聚集过来，开始抢食。最终，它们相互对吠，龇牙咧嘴，撕咬扭打，场面一片狼藉。

"唉，你们虽然各因苦果，此生转世成了野狗，但上辈子也曾为人啊。这样胡闹真是太丢人、太悲惨了。为什么不能心平气和，一起分享这些食物呢……"心觉拼命地劝说野狗，但没有一只狗理他。

"住手！你们快住手啊！快住手啊！"心觉一边流泪一边劝说，那群野狗却吠叫得更加激烈。

骚动终于平静下来，但不是因为那些野狗听进了心觉的哭诉，而是饭菜已经被抢光了。

博雅提及的心觉的"闹事"，就是指这一件。

三

"你究竟是在意这位心觉上人的什么事呀，晴明？"博雅把酒杯放在廊上，看向晴明。

晴明看似认真地听着蝉鸣，望着庭院，说道："关于此事，你去问保宪大人吧。"

"你是说，心觉上人的弟弟贺茂保宪大人吗？"

"对。这件事本来就是保宪大人委托我处理的。"

"可是，我要怎么去问他？你说的当事人保宪大人又不在这里。"

晴明一边微笑，一边伸手抓起盘子里剩下的烤香鱼，说："他就在那里。"说着，将手里抓着的烤鱼往庭院扔了出去。

这时，繁茂的绣球花丛一阵晃动，一只牛犊般大小的黑兽从花丛后面跳出来，跃至半空中，将晴明抛出的烤香鱼咬在嘴里。

原来是一只硕大的黑猫。那只猫吭哧吭哧地吃了起来，整条烤香鱼转眼间就进了它的肚里。

一位男子侧坐在那只黑猫的背上，说道："我来了，晴明。"

"我想你也差不多该来了……"晴明应道。

那位男子，也就是贺茂保宪，从黑猫的背上下到草地上，黑猫即刻缩小了。变小后的黑猫爬到保宪的背上，绕到他左边的肩上坐好，发出一声小小的吼叫："嘶——"

黑猫的双眸散发着金黄色的光芒，尾巴的末端分岔成两股。这只黑猫名为猫又沙门，是保宪御下的式神。

"你们在喝酒啊……"保宪絮叨着，迈着优雅的步伐走了过来，在廊前止住脚步，低头致意："博雅大人，真是好久不见了。"

"你先上来吧。"晴明催促道。

保宪遂走到廊上，在晴明的身侧坐下。廊上早已备好一只新的酒杯，他将酒杯拿起，说了句："我便不客气了。"

蜜夜立即往保宪举起的酒杯内斟酒。保宪轻轻地将杯中的酒一饮而尽。

"好酒！晴明啊，每次来你家都能喝到美酒，真好。"保宪长长地舒了一口气。

空了的酒杯尚在保宪手中，蜜夜又往杯中斟酒。保宪却把盛满的酒杯"咚"的一声放回了廊上。

"事情我都在信里跟你提过了，晴明。这次的事没有我出场的份哪……"

"是要我出手吗？"

"没错。"保宪点了点头，说道。

"保宪大人，虽然我听不太懂你们刚才说的话，但你们说的事是不是和那位心觉上人有关？"博雅问道。

"没错。"

"是什么事？烦请说明一下，好让我也听得懂你们在说什么……"

"明白了。"保宪点头应道。接着便说起了下面这件事。

四

平安京的皇宫一共有十二扇宫门，其中一扇名为达智门，位于皇宫的东北方。

有一天,一个叫梶原景清的人要前往嵯峨办事,当天早上路过达智门时,听到一阵婴儿的哭声。他四下一看,发现一个出生才十来天的可爱男婴,被丢弃在了宫门下。

宫门下铺着一张草席,那男婴躺在上头,身上的衣服做工精致,一点都不像是身份卑贱之人家里的小孩。

景清虽然觉得那男婴可怜,却因急着去办事,便没有理会,径直离去。

次日早上,从嵯峨办完事回来,景清在达智门的宫门下,发现昨天被遗弃的男婴依旧躺在原地,而且还活着。

要知道,平安京内有很多野狗,通常情况下,像这样被丢弃在外的婴儿,一入夜就会被那些野狗咬死,吃进肚子里。眼前这名男婴似乎逃过了被野狗吞吃入腹的劫难。

景清打量着男婴,发现他不仅没有啼哭,面色还十分红润。

"真是、真是不可思议啊。"

景清心下虽这样想,但嵯峨那件要事还有很多后续需要他回家处理,便又将男婴放着不管,离开了达智门。

景清回到家中处理完事务后,又记挂起了宫门下的那个男婴。一直到夜里,他的心里还牵挂着男婴的安危,辗转难眠。

第二天早上,他便前往达智门,令人惊奇的是,那个男婴竟然还活着。

"这真是太不可思议了!"

为什么这个婴儿能几次三番躲过野狗的啃食,活下来呢?本来打算把男婴带回家收养的景清,突然生出了巨大的好奇心。

如果直接把孩子带回家中,不就永远无法得知他为何总能活着度过夜晚了吗?

于是,景清决定将男婴放在原地,自己到一旁的暗处,等到天黑后，看看到底会发生什么事。

他找到一面坍塌的土墙，躲在了墙背后。

夜里，月亮升了起来。

景清借着月光往宫门下望去，一群不知从何处来的野狗聚集过来，围着那个男婴。

"可不能放任孩子被狗咬死啊。"

景清心想，将手放在佩在腰间的长刀上。然而，不知怎么回事，那些野狗虽然聚集在男婴的四周，却没有想吃他的举动。

夜更深了，月亮划过天空的中央，出现了一只不知来自何方的大白狗。这只白狗径直往男婴所在的位置走去。

"难道这白狗打算吃了那孩子吗？"景清心里正暗想着，不料那只白狗竟像要在这寒冷的夜里为男婴取暖似的，伏下身躺在男婴的身侧，还让男婴吮吸自己的奶水。

景清这才心下了然，原来是这只白狗每天夜里都来给男婴喂奶，男婴才能活下来。

男婴和白狗看上去十分亲密，景清已经解了疑惑，却不忍心为了把男婴带回家，特意去赶走那只白狗，于是又和之前一样什么也没做，离开此处回到家中。

翌日，景清来到达智门，准备将那名男婴带回家时，眼前的情景让他大吃一惊。

本应在原地的男婴，竟然消失不见了。宫门下只剩下那张男婴躺过的稻草席。

五

"总之，事件的来龙去脉就是这样。"保宪对博雅说道。

"但是，事情应该没那么简单吧？不然保宪大人今天就不会特意来这里。"博雅问道。

"不错。"保宪颔首,微微扫了一眼晴明,继续说,"其实,出现了一个自称是这名男婴父亲的人物。"

"是吗?"

"梶原景清大人四处跟人说自己经历的这件怪事,结果出现了一个人,声称那个男婴是自己的孩子。"

那人名叫平伊之,是个住在西京的男人。

"那个婴儿是与我交往的一名女子产下的,大概在他出生后的第八天,突然从家里消失了。"伊之这样说道。

是遭遇了神隐①,还是被天狗抱走了?家里人找遍了所有地方,都没有发现孩子的踪迹。

据说那名女子在生下孩子后,身体一直没有恢复,加上孩子失踪的打击,心痛至极,孩子失踪后的第三天就离开了人世。

伊之不知所措,正因为巨大的悲痛一蹶不振时,听到梶原景清四处宣扬的奇事。

"那一定就是我的孩子。"

伊之马上自报家门,说明情况,众人虽然明白他应该就是那名男婴的父亲,但最为关键的男婴却不知所踪。

景清心想,或许那个男婴真正的双亲已经来过,将孩子带回去了。

众人又重新找了一遍,终于发现了那名男婴的所在。

"那孩子在哪里?"博雅向保宪问道。

"在东山的石藏寺。"保宪回答。

"石藏寺是……"

"我兄长心觉的住处,那孩子就在他那里。"

那天夜里,心觉恰好有事出门,在深夜时分路过达智门,看到

---

①即被神怪隐藏之意。

宫门下有一只白色的大狗正在给婴儿喂奶。

心觉见此，心里立刻有了判断。那定是遭人遗弃的孩子。

那只白狗发现了这个弃婴，由于自己生下的狗崽一出生就夭折了，饱尝丧子之痛的白狗很可能正在寻求代替品，所以才将宫门下这个被人遗弃的婴孩当作自己的孩子，每天晚上都来喂奶？

还是说，这只正给男婴喂奶的大白狗，上辈子其实是这个男婴的母亲？

"家兄心觉虽不清楚事实如何，却对此深信不疑。"保宪说道。

听说心觉当时将男婴抱起后，直接带回了石藏寺。

那只白狗也跟在心觉的后头，现在和男婴一起，都在心觉的僧房中。

景清和伊之得知此事后，一起去了一趟石藏寺，打算把孩子领回家。但那只白狗不知为何十分抗拒，冲着伊之就是一顿狂吠。

"这只狗或许曾是这孩子前世的母亲。既然它不允许你们将这孩子带回去，我也不会把孩子交给你们。"

心觉对景清和伊之说道，拒绝将孩子交给他们。

"然后，这件事就闹到我这里来了，晴明。"保宪说道。

"保宪大人和心觉大人是亲兄弟。能不能请保宪大人为我们向心觉大人求求情，请他让孩子回到我身边……"

据说当时，梶原景清和伊之一起来到保宪的家里，伊之声泪俱下，向保宪哭诉了一番。

博雅听完事情的来龙去脉，一边点头一边说道："原来如此，我总算明白了……"

"那您需要我做些什么呢？"晴明问道。

"我平日里多得梶原大人的照顾，也很想出份力。但我一插手，可能会让这件事变得更复杂。"保宪用右手的食指挠了挠头，回答道。

"让事情变得更复杂？"

"喂，晴明，你别装傻了。我和兄长之间的关系如何，你不是最清楚吗？"

"那倒是……"

"兄长无论是对我，还是对父亲都十分不喜。阴阳师这行当，实在不得他的喜欢。兄长身为长子，本应继承贺茂家在阴阳道的家业，他却当了文章博士，最后还出家为僧。为了让我继承贺茂家家业，家中只好对外宣称我为长子，他为次子。此外，他出家也不是为了一时意气，而是发自真心的，单单这一点就很难办了……"

"难办是指？"提问的人是博雅。

"兄长是个很较真的人。"保宪回答道，随即转头望向晴明，轻轻地拍了拍自己的脸颊，说："晴明啊，你应该能明白吧。我们从事的阴阳道，并非一个有信仰的行当。"

"嗯。"

"我们阴阳师，不祈求上天。"

"嗯。"

"我们只会念诵咒文，去命令或者委托那些'非凡世之物'，但我们不祈求上天。"

"是没有祈求上天。"

"而佛门之道，修的是信仰。"

"的确。"

"遁入佛门需要有对佛祖的祈求之心。"

"嗯。"

"出家为僧，最要紧的便是信仰，而非才能。缺乏才能的人也能一路修至佛道的尽头。但是，我们阴阳道则要求入道之人拥有一定的才能。能看见'非凡世之物'和天地法则的有才之人，才能成为阴阳师。对阴阳师而言，比起信仰，本领和法术才是最要紧的……"

"嗯。"

"说得极端一点，修习佛道并不需要才能。只要有一根名为信仰的拐杖作为凭靠，便能一路走到最后。"

"嗯。"

"但是归根究底，无论是我们的阴阳道也好，兄长的佛门之道也罢，就咒文而言都是殊途同归。"

"嗯。"面对保宪的长篇大论，晴明只是点头应是。

"晴明啊，我兄长他，看不见我和你能看见的那些'非凡世之物'……"

"……"

"不知道老天在生他的时候出了什么差错，兄长竟然没有修习阴阳道必须要有的才能……"

"……"

"而且，他比任何人都更加清楚这一点。"

"嗯。"

"不过，无论是'较真'的才能，还是'信什么就一条道走到黑'的才能，我兄长绝对是无人能及。"

"嗯。"

"晴明啊，说起来也真是悲哀，我们阴阳师必须拥有的才能不是信仰，而是怀疑。遇事先要怀疑它们的表象，再去探求内里……"

"嗯……"

"兄长他为何无法容忍那些半吊子的阴阳师和僧侣，其实我非常理解，晴明……"保宪深有所感地说，"兄长他虽然讨厌阴阳师，但是非常欣赏你啊，晴明。"

"啊？"

"所以说，这件事情由你出面处理，会比我贸然插手更好解决，晴明。"保宪看着晴明的脸。酒杯中已经重新斟满了酒。

"这么一来我就放心了，晴明……"保宪还未等晴明答复，便先伸手端起酒杯。

"由你全权处理，我就放心了。"他饶有兴致地将杯中的酒一饮而尽。

"唉，事情就是这样，博雅。"晴明无奈地说。

"什么意思？"

"看来我们不得不亲自去一趟。"

"去哪里？"

"当然是那位心觉大人那里。"

"石藏寺？"

"嗯。"

"可、可是……"

"你不去吗？"

"呃，呃……"

"走吧。"

"走吧。"

两人遂决定一同前往。

六

过了两天，晴明和博雅便一同前往东山的石藏寺。

阳光从树枝的缝隙间倾泻而下，蝉鸣声如无数石子从天而降般密密匝匝，不绝于耳。走过林间，心觉的僧房就在前方。

庭院的树荫下有一只白狗，树荫对面的外廊上坐着一位已近不惑之年的和尚，怀里抱着一个看起来尚未满月的小婴孩。

那只白狗最先注意到了晴明等人的到来，接着那个老和尚——心觉也注意到了。

"哦，你来了啊，晴明……"心觉抱着婴儿说道。那婴儿在他怀中正睡得香甜。

"好久不见了。"晴明向心觉低头致意后，介绍起博雅，"这位是源博雅大人。"

"我听说您是一位吹笛大师。"心觉说着，站起身来，抱着婴儿靠近晴明，说道，"这是上天赐予我的珍宝，怎么样，很可爱吧？"

心觉一开口，婴儿便睁开了眼睛。那双黑色的大眼睛望着晴明，眼眸中倒映着周遭的绿影。婴儿望着晴明，笑了起来。

"真是个可爱的孩子。"晴明说道。

"对吧，这孩子可爱吧。"心觉不住地点头夸道。

"我觉得这简直是全天下最可爱的孩子——"心觉正夸着，突然间跳了起来。

"哎呀，撒尿了，撒尿了。"

心觉欣喜地说着，放下怀中的婴儿，让他躺在外廊上，舔了舔被尿沾湿的手指，开始为孩子擦洗。其间，他不停对婴儿说话。

"噢，太可爱了，真是太可爱了……"

刚处理完，那婴孩哭了起来。

"哎呀，怎么哭了？你怎么了？是不是肚子饿了呀……"

这时，那只本来在树荫下转悠的白狗来到一旁，抬头看向心觉环抱在臂中的婴儿。

在心觉的示意下，白狗立即跳上了外廊，落脚的地方刚好位于廊檐下的阴影处。

心觉把婴儿放在白狗的身侧，那孩子便开始吸吮白狗的奶水。他眯起眼睛看着这一幕，对晴明道："是保宪拜托你来的吗？"

"嗯。"晴明老实地点了点头。

"保宪那小子，偶尔也会做点好事嘛。"

"……"

"让你来真是太好了。换成别人的话，事情恐怕会拖得更久。"

心觉抬头看向天空，用指尖抹了一下眼角。

"我啊，真的很羡慕、很羡慕保宪那小子。我一辈子都惶惶不安，竭力想摆脱这种阴影……"

晴明只是站在心觉的旁边，沉默不语。

"这次也多亏了保宪，才能再和许久不见的你碰面。"

"我也很想念您。"

"带走他吧，晴明。"心觉低声说着，垂下视线。

"啊？"

"把这孩子带走吧。你来得正是时候。我本来今天就想给这孩子取个名字。这孩子这么可爱，如果连名字都取好了，我肯定没办法再让他离开。"

"我可以带走吗？"

"比起上辈子的父母，还是待在这辈子的双亲身边更幸福。"

心觉声泪俱下，大颗大颗的泪珠从他的双颊滚落。

"看到你时，我就已经做好心理准备了。你来我这里，应该是梶原大人去拜托保宪，保宪再拜托你过来的吧？那小子能考虑到我，做到这一步，我也觉得满足了……"

"……"

"晴明啊，坦白说，其实我也不是很清楚。若要说这只白狗是这孩子上辈子的母亲，我从未亲眼得见，也无法知晓。只不过我佛门之道，本就相信这世间万物皆有因果相连，我只是深信这一点罢了。但是，这孩子这辈子的双亲还在，我再不舍得，也万万不能以他上辈子的父母为由，让他们骨肉分离。"

"嗯……"

"不过，有一件事我很介意。"

"是什么事？"

"上次那个叫平伊之的男人来我这里，这只白狗曾朝着他狂吠不止。这一点让我很在意。"

"如果是这一点的话……"

"什么?"

"我想让心觉大人和某个人见上一面。为了找到她,我可整整花了两天时间,所以才会拖到今日才来拜访。"

"你说的是谁?"

晴明转头看向后面,击了两次掌,唤道:"蜜虫,带到这里来……"

晴明背后的树荫下,出现了一名被蜜虫拉着衣袖的女子。

那只正在给孩子喂奶的白狗突然抬起了头,开心地吠叫着。

女子被蜜虫拉着,走到心觉的面前,停下脚步后,轻轻地对他低头致意。

女子以薄纱外衣半遮着脸。从举止看来,她并非寻常人家的女子。身上穿的衣服也是不适合在泥地上行走的夏季广袖宫装,衣裳上的薰香在风中浮动。

"我是那孩子的母亲。"女子说,"这次真是劳烦大师照顾了。"

女子声音不大,却饱含感激之情。

"您是……"心觉一问,晴明便在心觉的耳边悄声说了几句。

"什么?是左大臣藤原的……"

心觉还没说完,晴明马上插话:"这位的名字不能说出来。不然事情会变得更麻烦,到时就不好处理了。"

"嗯……"心觉点头,"那么,那个叫平伊之的男人又是谁……"

"是曾经在我家中做事的下人。"

女子回答道:"因为他闯过几次祸,我便遣走了他,没想到他竟然会做出那种事。"

"他做了什么?"

"他掳走了我刚出生的孩子,还向我们勒索。"

"也就是说,您与那位尊贵的大人交往后,怀上了他的孩子并生了下来，但是原本在您府上做事的一名下人掳走了那孩子，还打算将孩子作为摇钱树，向你们勒索钱财，是吗？"

"对。"

"那只白狗呢？"

"是我原来养在家里的狗，名叫金刚。孩子被掳走的那一天，它也跟着一起失踪。没想到它竟然从伊之的手里把孩子抢了回来，还用自己的奶水喂给孩子吃，我真是对它感激不尽。"

女子说完，将薄衣掩住的脸上的眼泪抹去。

跟着女子从家里来的侍从都在山下等候着，女子是独自一人下了牛车，被蜜虫领着爬上台阶，才来到这里的。

"我一心只想来这里见孩子一面，并发自内心地想向心觉大人道谢，所以才独自前来。"女子说道。

七

"哎呀，原来还有这样的事啊……"

博雅说这话时，人已坐在晴明家屋外的廊檐下了。

他们刚从石藏寺回来，此刻两人正在喝酒。

"话说回来，晴明，你怎么看出那个平伊之不对劲的？"

"保宪大人那时不是说过吗？阴阳师必须拥有的才能是怀疑。"

"但就凭怀疑，连他是掳走孩子的人都看得出来吗？"

"不，我也不确定。我只是从那只叫金刚的白狗对伊之狂吠这件事上看出端倪，有些在意，便让人去调查伊之……"

"然后就查出了那个伊之原本做事的府邸，知道那府上有个孩子刚出生，而且和家中饲养的狗一起消失不见了？"

"嗯，就是这样。"

"但是心觉大人没了那个疼爱不已的孩子在身边，应该很寂寞吧。"

"嗯。"

"还有啊，就算狗和小孩再亲密无间，我也从没见过有哪只狗会给人类的孩子喂奶。"

"大千世界，无奇不有。"

"啊？"

"那只狗说不定真是那孩子上辈子的母亲。"

"真有这种事吗？"

"我的意思是，可能会有。不过至少……"

"至少什么？"

"至少心觉大人对此坚信不疑吧。"晴明说道。

"大概吧……"博雅点了点头。

"他真是个了不起的人。"

"我也这么认为。"

"我没办法成为圣人啊，博雅……"

"你做不到吗？"

"嗯，我做不到。我没办法为了某些事，而舍弃自我地活着。"

"为什么？"

"因为我想这样和你一起喝酒啊，博雅……"

"又说什么混话……"

博雅有些羞赧地喝了口酒，朝庭院看去。在有限的生命里，夏蝉还在不遗余力地鸣叫着。

"这样就好……"晴明小声嘟囔道。

白蛇传

一

长乐寺位于平安京东山一带，寺中的实惠和尚，在寺里无人不晓。他出名并非因为有什么非凡的过人之处，而是恰好相反。

倘若直截了当地说，实惠和尚是个心肠不错的愚人，但是这样的评价还不足以描述他的全貌，反而遗漏了实惠和尚为人最重要的部分。

实惠和尚其实不擅记诵。

虽然已经五十七岁了，但不要说大部头的佛教典籍《法华经》，就连其他简短的经文佛典，他都无法默诵出来。《般若心经》念得也是磕磕巴巴。

传闻他年约七岁就出家当了和尚，到现在整整五十年过去了，连最基本的经文都念不好，遭人非议也无可厚非。

做事时手脚也很慢。寺里的普通僧人不到半天就可以做完的事情，他总是需要耗费整整一天才能完成。

寺里的斋饭是一菜一汤，实惠和尚每次吃饭时总会洒汤汁、掉饭粒。掉落的饭粒当然要捡起来吃掉，而汤汁不管是洒落在食案上还是衣袖上,他都会不管不顾地张口吸舔。

实惠和尚最怕与人交谈,因为没有办法将脑中的想法顺顺利利地传达给对方。而越是想要传达,嘴上便越是支支吾吾。到最后,他和别人说话的时候,总是低着头,声音也很小。

所以在寺中,实惠和尚总是被遣去做洗衣、洒扫等一些小和尚才做的杂活。

同辈或后辈的僧人时常戏弄他,抑或责骂他做事拖沓,但是骂归骂,众人心里对实惠还是相当喜爱的。

因为他的身上有一样品德。

实惠和尚这一样品德非常奇妙,和一般的温和脾性略有不同。他从来没有对谁发泄过不满或牢骚,不管在什么样的情况下,他都不出口伤人,更不会在背后恶意中伤他人。

这日,实惠和尚来到山里,想摘一束野花供在佛前。

山外还残留着夏日的燥热,山里却已经处处是秋天的气息了。

龙胆草的花朵零零散散地盛开在各处,实惠和尚一边走一边摘,慢慢走进了大山的深处,不知不觉中竟迷路了。日落西山,天色昏暗下来,实惠和尚发现了一棵大樟树,遂打算在树下过一夜。

夜里,山中的气温骤然下降,好在没有冷得让人无法忍受。比起寒冷,腹中饥饿更令人难熬,但也还挨得过去。

实惠和尚背靠着树干,正迷迷糊糊地睡着,约是亥时(夜晚十点),他察觉不知何处似乎有声音传来。

微弱的声音隐约进入耳中,是某个人的诵经声,念的是《法华经》。

那人声音优雅,一整个晚上都在不停地念着《法华经》。

实惠和尚彻夜未眠,跟着听了一夜的诵经声,原本透过树枝间看见的星星一颗接一颗地消失不见,东方的天空渐渐泛起了鱼肚白。然而,耳边那道念诵《法华经》的声音还未停下。

于是实惠和尚站起身来,朝着声音的方向跨步走去。

走着走着，他来到树林中的一块空地，那里有一间已经腐朽破败的房子。柱子倾倒了，屋顶也已坍塌，野草丛生，密密麻麻地覆盖其上，但的确是间房子。

实惠和尚心想：奇怪，难道还会有人住在这种破房子里念诵《法华经》不成？

可是，念诵的声音确实是从这个方向传来的，现在仍可以清晰地听到。

实惠和尚循着声音传来的方向，拨开草丛继续往前走，只见杂草丛中横亘着一块遍布荆棘、长满苔藓的岩石。

诵经声仍旧不断地传入实惠和尚的耳中。

他原以为是不是有仙人盘坐在岩石上念经，一见之下，那上面却空无一人。

真是好奇怪啊……实惠和尚伸出手抚上岩石，指尖传来一股微微的温热。他大吃一惊，立刻收回了手。

与此同时，"哎呀——"一道女子的叫声响了起来。念诵《法华经》的声音停下了。

就在此时，实惠和尚眼前的岩石突然变高了。他仔细一打量，发现那原来不是岩石，而是一名穿着破烂衣服的尼姑，也就是所谓的女居士。

女居士慢慢地直起身子，原本缠在她身上的荆棘也跟着断裂开来。

对方不是一名普通的女居士，而是一位年迈的老妪，看上去约有六十五岁。

两人的视线撞在一起。

"哇啊——"

女居士突然发出婴儿般的尖叫，转过身就跑。

"哇啊——"

"哇啊——"

叫声逐渐远去,女居士转眼间就消失在森林中,失去踪影。

二

夏天就要结束了。

迎面吹来的风中,似乎夹杂着秋天的气息。蝉鸣一天比一天微弱。

只要没有阳光当头照射,就不会感到丝毫的燥热。

晴明和博雅坐在屋外的廊檐下,迎着凉风正悠闲地喝酒。阳光照不到这里,清风拂面,让人很是舒爽。

过午不久,明亮的阳光照着庭院。

庭院里长势正劲的植物当中,多了许多秋天的花草。稍远处有一丛黄花龙芽草,近前的龙胆草和桔梗已经开花了。龙胆草是昨天刚开的花。

微弱的蝉鸣在这些花草的映衬下,听起来更加凄切。

杯中的酒如果喝完了,一旁的蜜虫会立即斟满。晴明和博雅便可以舒舒服服地将酒杯送至嘴边。

"呐,晴明啊。"博雅略有醉意,开口唤道。

"什么事?博雅。"

晴明的红唇里含着酒,嘴角噙着一丝微笑,看着博雅。

"近来我走在庭院中时,常常不小心踩到夏蝉的尸骸。"

"嗯。"

"不久前叫声还那么响亮的夏蝉,如今都已变成死尸躺在地面了。"

"这又怎么了?"晴明问道。

博雅沉默了一会儿,才嘟囔了一句:"晴明,那样就好了吧……"

"那样是指什么?"

"来到这个世间,在活着的每一天里都一个劲儿鸣叫,完成这项使命之后,便在某日清晨,带着沾有露水的身躯猝然坠地……我是说,这样就好了吧,晴明……"

"你怎么了,博雅?"

"什么怎么了?"

"你今天格外伤感啊。"

"我偶尔也会有忧愁之事。"

"博雅,你是不是看上哪位姑娘了?"

"喂,晴明,这种事我根本一个字也没有提起,你别乱说。"

"说话的声音变大了哦,博雅。"

"才没有。"

"你自己听。"

"你坏毛病又犯了,老喜欢这样戏弄别人。我上午看见院子里死去的夏蝉,不过是有感而发,随意说了几句而已。你不要消遣我了。"

"抱歉抱歉。"晴明说道,"再重新说说你的感慨吧。"

"我是想说,人也应该趁着还活在这个世间,尽可能地去发挥自己的才干,完成各自的使命。不过被你一打岔,我觉得刚才说的和原本心中所想的又有些不一样了,该怎么说呢,那些发自内心的感慨一下子从脑海中消失了……"

"啊,对不住,博雅,都怪我。"

"算了。"

"博雅,你不是在闹别扭吧?"

"我怎么可能因为这点小事闹别扭?"

"那就好。我还正打算让你陪我办一件事呢。"

"什么事?"

"长乐寺的念海僧都委托我办一件事,今晚必须去东山的长乐寺一趟。"

"他委托你办什么事?"

"事情是这样的。"

晴明开始对博雅讲起了下面这件事。

三

这段时间，长乐寺里的僧人都不约而同地觉得实惠和尚的情况有些古怪。

他不知为何早上老是起不了床。

实惠和尚在寺内的一个角落盖了一间简陋的草庵，独自一人在屋里生活。往常，他都是起得最早的一个，将院子里的落叶和掉在地上的小树枝打扫完后，再去吃饭。

然而，这五天来，实惠和尚每天都无法自己起床，都是寺里的其他僧人去叫他，他才勉强醒来。醒来后的样子看起来也不太好，不仅脸色苍白、面颊微凹、脚下虚浮，看人的眼神也怪异得很。

情况一天比一天严重，到了第五天，实惠和尚已经骨瘦如柴，眼眶也深深地陷了下去。

大家都劝他："你大概是生病了，还是躺下休息吧。"

实惠和尚却坚持道："不是生病。我觉得自己很精神，请各位不必担心。"

寺里几名与他交好的僧人心中暗忖："一定有哪里不对劲。"

于是他们便趁着黎明前天还没有全亮，拿着灯盏偷偷来到实惠和尚住的草庵外头，然后微微拉开格子窗，从缝隙往屋里偷眼望去，只见好像有什么东西正在里头蠕动。

他们下意识地以为是实惠和尚在翻身，但似乎又并非如此。

"嗯啊啊啊……"

"唔嗯唔唔……"

屋内还传来了一阵低沉的，听起来像是实惠和尚发出的呻吟声。

他们把格子窗继续往上拉起,打开更大的缝隙后,将手中的灯盏沿着窗缝伸进去,打算好好瞧个清楚。

"啊——"看清情况后,僧人顿时在心中尖叫起来,之所以没有发出真正的叫喊,是因为他们看到的场景实在太骇人了。

一条长约五寻①的白色巨蛇紧紧地缠绕在实惠和尚的身上,并且不停地蠕动着。它昂起脖子,用头在实惠的额头和脸颊上蹭个不停,不时还吐出青色的芯子,一下又一下地舔实惠的嘴唇。

屋外头的众人再也看不下去了,"哇——"地大喊出声,慌忙往后躲去。

格子窗失去支撑,"砰"的一声关上了。

既无法再往屋里窥视,也无法出声叫唤实惠,几名僧人魂飞魄散地拖着抖个不停的膝盖,爬也似的逃离了现场。谁都没敢在天亮前再靠近实惠和尚的草庵一步。

当天早上,实惠和尚很晚才起床。

"你还好吗?"那些逃走的僧人问他。

"我精神很好,心情也不错。"实惠和尚这般回答。

但他走路时跌跌撞撞的,一副似乎随时都可能倒下的样子。

"我们不是问你这个。难道你不记得昨天晚上发生了什么事?"

"昨天晚上?你们说的是什么事?"

看来,实惠和尚对昨晚发生在自己身上的事情一无所知。

但是,也不能就这么放着不管。众僧人决定不再对实惠和尚多说什么,转头去找僧都念海商量。

"听你们所说,实惠像是被某些不祥之物附身了。看情形,那东西还每天晚上都去实惠的屋内闹腾。这件事是从什么时候开始的?"

"大概在五六天前,实惠去山里摘花时迷了路,一晚上都没有回

---

①寻,日本古代长度单位,5 寻为 11 米。

来。第二天虽然平安回到寺里了,但从那时起,他就……"

"实惠对我说过,他那天在山里发现了一块古怪的岩石,还亲眼看见那块石头突然变成一名女居士仓皇逃走。"

"原来您已经知道这件事情了。"

"我猜想,可能正是那时发生了什么事。"

"嗯。"

"对了,实惠对此有何回应?"

"他什么都没说,似乎不清楚昨天晚上发生了什么,我们跑去问他,他还反问我们到底发生了什么事……"

"他完全不记得了吗?"

"嗯……"

"那我们也不能放着不管。"

"应该怎么做呢?"

"安排一个人,让他去实惠住的草庵守着,看看今天晚上还会发生什么事。"

"但是大家昨晚都被吓怕了,没有人敢再去。"

"也罢,既然如此,有位人物倒很适合。"

"您指的是哪一位?"

"住在土御门大路的安倍晴明大人。"

四

"博雅,事情的始末大致就是这样,绕了一大圈,最后丢到了我这里。"晴明说完,端起杯子喝了口酒。

"原来如此。"博雅颇有兴趣地点了点头。

"怎么样?你一起去吗?"

"去哪里?"

"长乐寺啊。今晚我们一起去看看实惠大人身上究竟会发生什么事吧,当是长长见识也好。"

"呃……"

"去吗?"

"好吧。"

"那走吧。"

"走吧。"

两人遂一起往长乐寺去了。

五

夜色仿佛悄然合上的幕,愈发地深了。

实惠睡觉的草庵一角,撑起了一面幔帐,幔帐的后头坐着晴明和博雅。

两人估算着实惠入睡后,便悄悄潜入了草庵中,撑起幔帐,再由晴明于幔帐四周作法布下结界,然后一起躲在后面。这样一来,妖物便看不见他们。

灯盏上亮着一簇烛光。在摇曳的烛光映照下,可以看见实惠和尚此时正仰面睡觉。

不知过了多久,晴明和博雅听见头顶上方传来一阵沙沙声,像是某种生物在爬行。

似乎有某种又粗又长的生物在房顶爬行。

一阵夹杂着腥臭味的风吹来。与此同时,屋梁上垂下一条粗大的东西。

竟是一条巨大的白蛇。

白蛇在半空中曲起颈部,脑袋一扬,由上而下定定地看着实惠和尚。

过了一会儿，白蛇扑通一声落在地上。蛇身硕大无比，约有五寻长。

大白蛇哧溜爬到实惠和尚身边，再次扬起头，定睛看了他好一会儿，然后钻进了实惠和尚的被褥。

熟睡中的实惠即刻发出了一阵呻吟："啊唔……嗯……"

白蛇从被褥里伸出脑袋，往实惠和尚的头部卷去。

明显可以看出它在被褥中不停地游走，缠绕着实惠和尚。

"啊唔嗯唔唔……"

实惠和尚发出低吟。那声音听上去倒不全像那种因为疼痛发出的惨叫。似乎在痛苦之余，还夹杂着某种快感。

盖在实惠和尚身上的被子滑落在地上。

这下可以清楚地看见，那条大白蛇将实惠和尚卷了起来，不停地在他身上滑动。

突然间，白蛇的脑袋长出了头发。

再一看，原本的蛇头已然变成人的脑袋，而且还是一张女人的面庞。粗壮的蛇身中生出两条手臂，搂着实惠和尚的头，不停地吮吸着他的嘴巴。

"晴、晴明……"博雅忍不住唤道。

瞬间，晴明在幔帐上设下的结界便丧失了效力。

人面蛇身的女子立刻转头看向幔帐。那是一张年约六旬的老媪的脸。

"出去吧，博雅。"

晴明保持着原来的坐姿，伸手掀开幔帐。现身后，挪动膝盖往前移步。

"你们看到了……"

人面蛇身的老媪开口说道。

"我这副淫荡可耻的模样……竟然被你们看了去……"

话音刚落,白蛇忽然消失不见,紧接着出现了一位用袖子遮住脸庞的女居士,坐在实惠和尚的枕边。

"好丢人啊,太丢人了……"女居士一阵悲泣。

"唔……"

这时,实惠和尚呢喃着,睁开了眼睛,发现坐在屋里的晴明、博雅,还有枕边的女居士,便坐起身来,询问道:"这是……发生了什么事……"

"在下安倍晴明,此次受念海僧都之托,特地前来叨扰。我身边这位是源博雅大人。"晴明说道。

"安倍晴明大人……噢,就是那位住在土御门大路的……"

"阴阳师。传闻实惠大人的府上近来每夜有妖物作祟,我们受托前来探个究竟。"

实惠和尚的视线从说话的晴明身上移至博雅身上,看到女居士时,停了下来。

"你、你是我在山里遇见的……念《法华经》的那位……"

实惠还没说完,女居士便趴在地上失声痛哭起来:"我真是太丢人了……"

晴明膝行至女居士面前,说道:"请您说一说究竟是怎么一回事吧。"

六

我出生在西京,不知何故,自小便性欲强烈,不管是看到野狗还是禽鸟在交媾,甚至是虫类两两交尾的场景,都会被一股欲火烧得难以自拔。

这股冲动无法消解,于是在刚满二十岁那年,我便皈依佛门,出家为尼。但是成为尼姑后,那股欲望仍旧没有消失。

二十五岁那年，家父和家母染上疫病，双双离开人世，留我独自一人。我便索性进入深山，结草为庐，离群索居，日日念诵《法华经》。如此过了四十多年，终于将心性修炼至坚如磐石之境，不会再被任何情欲勾动。

我原以为自己会这样继续过着青灯古佛的日子，直至生命终结，渡往西方极乐世界。岂料在几天前，实惠大人竟出现在我面前。

看到实惠大人的一刹那，我便心绪浮动。当他的指尖触碰到我身体的瞬间，我登时陷入了一股更胜往日许多的强烈情欲之中，再度欲火缠身，无法自拔。

这四十年来，我好不容易才修炼到冷情冷性的境界，没想到竟然这么轻易又向冲动俯首称臣……

我年岁已高，无法再耗费四十年的时间重新消灭欲念，回到心如止水的境界。既然如此，我这么多年来诵经念佛，拼了命压制欲望的行为，又有什么意义呢？

不如干脆成为情欲的奴隶，让身心都被体内那股熊熊的欲火焚煮殆尽。我脑中刚冒出这个念头，身体立刻变形，化作了一条白蛇。

接着，我抱着拉实惠大人一起下地狱的打算，潜入他家夜夜纠缠，想以此折磨他直至死亡。然后，事情就发展成你们看到的那样了。

七

女居士将她的经历说完后，实惠和尚立刻温柔地回道："如果能让你了却心事，我愿意……"

实惠和尚面朝年老的女居士，双手合十。

"你是上天派来拯救我的人啊。"

实惠和尚的眼中泛起一层薄薄的泪光，说道："我以为这辈子都无法遇见了。这世上根本没有人需要我，所以独自一人苟活于世也罢。

但是，如果这世上还有人需要我，我便会为那人活下去。我想，这才是所谓的侍佛于心。我生来蠢笨，做什么事都比别人慢一拍。如此不堪的我竟然还能为你而活，实在令我狂喜至极，开心至极。是你救赎了我啊，谢谢你，真的很感谢你……"

实惠双手合十，继续说道："明天开始，请允许我去摘花献给你。"

女居士听完实惠和尚的话，双手捂住脸庞，放声痛哭。

八

"这世上竟有如此稀奇之事啊，晴明……"

博雅坐在晴明家屋外头的廊檐下，开口说道。

两人正优哉游哉地喝着酒。

不久前，他们从长乐寺回来。一回来，便坐在廊檐下喝酒到现在。

两人离开长乐寺时，实惠和尚也拜别了念海僧都，同女居士一起离开了长乐寺。

"你们打算去何处？"晴明问道。

"我与她初次相遇的那座山里。倘若能一同化为蛇，便此生无憾。"实惠和尚回答。

两人就这样离开了长乐寺。

此刻，博雅似乎想起了当时两人相携离去的背影。

庭院中蝉鸣未绝，不过，似乎只剩下两只夏蝉仍在鸣叫。

晴明凝神静听着那两只蝉的叫声，片刻后才道："实惠大人和那位女居士大人，也啁啾相鸣而去了，博雅。"

晴明说完，抬头望向天际。

秋风瑟瑟，白云浮动。

不言中纳言

一

寒气袭人。

冰凉的大气中,残留着微弱的菊花香。

冬天的气息渐浓,现在已经是清晨时分庭院会结霜的时日了,只能从大气里的那一丁点菊花香中,感受到残留的秋意。

晴明和博雅坐在廊檐下,正喝着酒。下酒的小菜是烤蘑菇。

太阳刚下山,周围的天色一点点暗了下来。

灯台中烛光摇曳,这是不久前由晴明的式神蜜夜点上的。两人的酒杯一空,随侍一旁的蜜虫就往杯中斟上酒。

"过得真快啊,晴明。"博雅将杯中的酒一口饮尽,说道。

"什么?"晴明背靠着长廊的柱子,端起酒杯送到嘴边,询问道。

"我说的是时间,过得真快啊……"

"是吗?"

蜜虫将酒斟入晴明和博雅的酒杯中。

"感觉夏天才刚刚结束,秋天就来了,然后一晃神,秋天居然又快过去了。那句老话是怎么说的,年纪越是渐长,时间便越是过得飞快。说得没错啊，晴明。"

"嗯。"晴明点点头，伸手去拿刚斟满酒的杯子。

"本来还打算做这做那的，结果什么都还没做，秋天就已经过去了，再一晃眼，今年也马上要结束了。晴明，人都是这样在时间的洪流中慢慢衰老，最后死去的吗？"

"或许吧……"

晴明的红唇微启，喃喃自语般说着，举起酒杯送到嘴边。

"不过，那倒不算是一件坏事。"

晴明将喝下的一小口酒含在嘴里，酒杯放回了托盘上。

"什么意思？"

"正因为时光会流逝，人会逐渐老去，所以当人们与所爱之物相遇时，才会倍加珍惜，不是吗？"

"就是这样，晴明。所以人们才去吟咏和歌，醉心曲乐，乘风起舞啊。"

"嗯。"

"人也有菊花那样的活法吧？"

"什么活法？"

"在这万物萧索、花草枯萎的初冬时节，虽然踪迹不明，菊花却能凭借浮动的花香来昭示自己的存在。我说的就是这种活法。"

"嗯。"

"我虽然无法化作花香，化为音乐还是能办到的。源博雅这个人呢，终有一天会被众人遗忘，忘了他是何人，也不知道他是活着还是已经死了。但我留下来的曲子能被他人演奏，即使他们不知道我是谁，这样的活法也不错吧。"

"的确像你的活法。"

"你呢，晴明？"

"我吗？"

"你是想扬名立万,还是手握财帛?"

"嗯,不好说。"

"你不清楚吗?"

"我只想保持自我,随心所欲地活着。声名也好,钱财也罢,都是身外之物,虚无缥缈如浅梦一场,有的话便接受,没有也无妨……"

"这样啊……"

"博雅啊,我呢,只要能这样同你一起在廊下饮酒,只要有这样的时光,就非常满足了。人活在这个世上,总会有各种各样的遭遇。但是无论发生什么,博雅,只要还能和你举杯共饮,我便觉得圆满了。往后的事情,就往后再说吧……"

晴明似乎有些反常,多说了几句。

"你怎么了,晴明?"

"什么怎么了?"

"今天的你跟平常很不一样。"

"哪里不一样?"

"你平常不会说这些话的。"

"大概是被菊花的香味熏醉了吧。"

晴明说到这里,停了下来,默不作声地将视线转向夜幕笼罩下的庭院。

"对了,晴明啊。"博雅换了个话题,对着晴明的侧脸说道。

"什么事,博雅?"

"藤原忠常大人射中了一头黑色大野猪这事,你听说了吗?"

"嗯,是不是大约半个月前,发生在北山的那件事?"

"对。"博雅点头应道。

两人所说的,是这样一件事。

传闻,有一头大野猪在北山出没。

每天一到夜里,那头大野猪就从山上来到农庄,不仅大肆破坏田地，闯进村民家中，将村民贮存的鱼干和菜干吃个精光，甚至不时地把熟睡中的婴儿叼走，吃进肚子里。因为都发生在夜间，没有一个人清楚地看到过，但据那些见过几眼的目击者声称，那是一头体形巨大、身覆黑毛的大野猪。

"既然如此，我来为乡民们除去这个祸害。"

放出此话的，是藤原忠常。忠常箭艺精湛，无论是空中的飞鸟还是地上的爬虫，猎物一旦被他瞄准，便箭无虚发。他本就喜欢狩猎，猎得的野鹿或山猪数不胜数。

于是，忠常带上三名负责驱赶鸟兽的侍从，一起出了门。

夜里，一行人来到传闻中那头野猪经常作乱的村庄，等待野猪出现。果不其然，林中的草丛里传来一阵窸窸窣窣的声响，一头牛似的硕大野兽出现在众人眼前。

黑暗中，野兽的双眼发出红色光芒。

"出现了……"

忠常口中喃喃道，抽出一支羽箭搭在弦上，"咻"的一声射出。羽箭划过夜空，准确无误地命中了野兽。

顷刻间，野兽发出一阵阵令人汗毛倒竖的可怕嘶吼：

"吼吼吼吼——"

"沙沙——"

"沙沙——"

野兽吼叫着一头冲进草丛，身影很快消失在森林里。

从那以后，北山再也没有野兽出没的传闻。附近村庄的人们都猜测，那头野兽可能是被箭射中后伤势不愈，死在了山里。

"但是这三天来，不是说忠常大人的府上接连发生了许多麻烦事吗？"晴明问道。

"就是啊，晴明。"博雅说完，将空酒杯咚的一声放在托盘上。"这三天来，忠常大人的府上一到早上，就发现有仆人死去。已经发生两起了。"

每次都是到了早上，才发现尸体躺在庭院里，更骇人的是——

"身体其他部位丝毫没有被啃食，但是从鼻子到眼珠，还有脸上的肉都被吃得干干净净，连脑浆也没留下，整颗人头只剩下头发和嘴里的舌头。"

两具尸体都只有头被啃成了骷髅，身上的其他部位完好无缺。

为什么知道头是被啃食过的？因为两具尸体的骷髅上，残留着野兽的齿痕。

"为何会发生这种事？和忠常大人射中的那头野猪有关吗？"

"不清楚啊，博雅，现在还不能断定两者是否有所关联。"

"说是这么说……"

"对了，博雅，基次大人在北山遭遇神隐的事，你听说过吗？"

"如果你说的是那位中纳言在原基次大人，我倒知道一些。"

"你知道什么？"

"大概在十天前吧，基次中纳言大人不是为了搜寻药草，进了北山吗？"

"是的。"

十天前，在原基次带着两名侍从，出门到山上想采用作药草的蘑菇。

此前，听闻北山有一头为害乡间的黑毛大野猪肆虐，基次恐遇危险，一直没有上山。后来听说藤原忠常用强弓利箭击退了野猪，为民除害，他才带着侍从前往北山。

近来，对治疗头痛有奇效的冠茸铺天盖地长满了整座北山，正是采摘的好时节。可采摘的最佳时期马上就要结束了，基次便急急忙忙地出门前往北山。

基次虽然身居可以自由出入宫禁的中纳言这等要职，但他对本草学格外感兴趣，常常自己去采药草，并将采回来的药草亲手用药碾子磨碎、混合、揉成药丸，遇到自己生病的时候，就自行开方服药。

听说他亲手揉制的药丸比一般药师的药方还要管用。他还跟宫里的两位药师平大成、平中成学习过，医术造诣绝非一般爱好者可比，可说是颇有水准。有时候，他甚至不惜告假，也要亲自把一些季节性的药草采回来。

前半程搭乘牛车，后半程则沿着山间小道步行上山。进山的人包括两名侍从，共有三人。

三人进入森林中没多久，立刻发现了冠荸。

"啊，找到了。"

"不止这一点，那边还有。"

林地上长满了冠荸，三人拼命地采摘，几乎把别的都丢到了脑后。采到手中的竹篮都放不下的时候，侍从们才注意到基次不见了。

"基次大人！"

"中纳言大人！"

两名侍从拼命地呼唤着基次，四周都找了一遍，还是没有发现他的踪迹。找着找着，不知不觉间已经暮色四合。

"说不定基次大人先回去了。"

"噢，对啊，大人一定是先走了。"

两名侍从猜测着，回到牛车停驻的地方一看，基次并不在那里。

众人顿时觉得大事不妙。

第二天起，一大批熟悉山里情况的人被雇来搜寻基次的踪迹，所有人在北山一带的山谷和山岗找了个遍，用尽了各种法子，找了整整三天，还是无功而返。

就算能从山谷中的小河小溪里喝水，在没有食物的情况下，要怎么生存呢？众人都认定基次已经凶多吉少，也许连尸体都被山里的野兽吃掉了。找了三天之后，便没有继续搜寻。

然而，到了第五天傍晚，失踪多日的基次竟然毫无预兆地回到了府邸。除了神色有些疲惫，基次不仅没有消瘦，而且很有精神，脸色也十分红润。

"基次大人，我们都很担心您的安危。"

"太好了，大人您没事就好……"众人异口同声地说。

"不用担心，我这不是健健康康地回来了吗？"基次应道。

然而，当被问到"这些天都待在什么地方，都做了什么"时，基次却不作任何回应。

"我已经平安回来了，这不就足够了吗？"

"我也搞不清楚。在山里迷了路之后，我便在森林中漫无目的地走，走着走着便到了一处熟悉的地方，然后好不容易才回到了家。"

基次的一番说明完全不知所云。

在山中晃荡了五天，为什么精神还这么好？怎么想也不对劲。可每当有人向基次提出这个疑问，他都搪塞道："我平安回来就好了。"

渐渐地，宫廷里流言四起。

"哼，基次那个家伙，这几天肯定是窝在某个老相好家里。"

"还有啊，大概是和那个女人之间发生了什么不愉快的事情，觉得有失颜面，才不说到底待在哪里。"

"又或者是跟他交往的女人地位太高，不能泄露身份，所以基次才闭口不谈。"

每个流言都言之凿凿，好像真有其事似的。

而基次自从回到家里后，饭量比以往小了许多，竟一天天地消瘦下去。气色也变差了，时不时还很痛苦似的唉声叹气。

"是不是失踪的五天里发生过什么事？"

当有人这样问他时，基次也只会用衣袖掩着口，回答道："不，没有，什么事都没发生。"

这就是在原基次在北山遭遇神隐的事件。

二

"晴明啊,基次大人到底发生了什么事?"博雅问道。

"不知道,我也推测不出。"晴明答道。

"有些事既不能说,也不能告诉任何人,以前也常发生这种事啊,晴明。"

"有吗?"

"什么时候的事我不清楚,传闻有这样一件事,一个在大峰山修行的僧人,去了酒泉乡……"

博雅开始讲起故事来。

一个名字没有流传下来的无名僧人,在大峰山里行走时迷了路。

他来到一个从未见过的幽深山谷,在谷中走着走着,眼前出现了一个村庄。

正好可以找户人家问问,有没有哪条路通往高野山或吉野山一带。僧人如此盘算着,快步往村庄走去。到了村里一看,那里竟有一处涌流不止的泉眼。泉眼的四周铺满石子,装点得十分气派。僧人仔细地看了看,发现流泻而出的泉水微微带点黄色,还散发着幽香。他立刻伸手接了一捧,放进嘴里尝了尝,没想到那竟然不是水,而是酒!还是滋味醇厚的美酒。

正当僧人准备再接一捧来喝时,一道呵斥声响起:"此地不许外人擅自闯入!"

僧人这才注意到,自己已经被村庄里的人包围了,那些村民正看着他。

"我迷路了,误打误撞才到了此地。"僧人说。

一名村民上前抓起僧人的手,说道:"罢了,你先随我来。"

僧人被村民领着,来到了一栋大房子前。

屋子的主人从屋里出来,一见僧人,便道:"照惯例处置吧。"

于是，村民又抓住僧人的手，带他往屋后走去。

村民这么用力地抓着我的手，肯定是为了防止我逃跑。僧人心里这样想着，便开口问道："你们准备把我杀了吗？"

村民抓着僧人的手，回答道："没错。每当有外人闯进村子，为了防止对方回去后将这里的事情泄露出去，我们都会杀了那人，以绝后患。"

僧人一听，一边流泪一边哀求："我一定不会把这里的事情说出去的！求求你们饶我一命！"

"也罢。我就当作已经杀了你，救你一命吧。佛祖言救人一命胜造七级浮屠，何况杀一个和尚会倒霉七辈子。不过，你绝对不能跟任何人提起这个村庄的事。"

说完，村民将怎么回去的路告诉僧人，放他离开了。

谁知，僧人回到山谷外的乡里后，竟将他在酒泉乡的奇遇四处宣扬，见人就说。

没过多久，有十个年轻的汉子找到僧人，说："带我们去那个有酒泉的村子。"

"我要是带你们去，一定会被杀死。"僧人拒绝道。

"我们每一个都身怀武艺，不会那么轻易就被对方杀掉。"年轻的汉子们腰上挂着长刀，手持弓箭，逼迫僧人，"快带我们去！"

僧人听了这些人的话后，其实也颇为心动。

不管怎么说，那都是个取之不尽用之不竭的美酒泉眼。只要能据为己有，大笔的钱财和富足的生活便唾手可得。

于是，僧人带着那些年轻汉子进入了大峰山。可进山后，无论是僧人，还是那十名年轻的汉子……

"他们再也没回来过，晴明。"博雅接着说道，"类似的故事还有很多，都是因为把必须保密的事泄露了出去，从而惹祸上身，这种故事不是很常见吗？"

"的确。"

"基次大人是不是也遭遇了类似的事,才一个字也不提……"

"你很在意吗?"

"对啊,我很好奇。"

"那么,等一下当事人会来这里,到时候你直接问他怎么样?"

"基次大人要来?"

"嗯。"

"没听你提起啊。"

"今天中午,基次大人派人过来传话,说有事要商量,想和我见上一面。我们吃的这碟蘑菇,就是基次大人派来传话的人带过来的。"

"什么……"

"我已经回复对方说,基次大人来访时,源博雅大人也在场,如果不介意的话,什么时候过来都可以。基次大人应该也快到了。"

正如晴明所言,大约半个时辰后,在原基次就登门到访了。

三

"我真不知该从何说起……"

基次在屋外的长廊上坐下后,开口说道。他的神色看上去很疲惫,脸颊也深深凹陷。

"说实话,我还在犹豫要不要把这件事说出来。"

基次无法正视晴明,始终低着头。

"不过,这已经不单是我一个人的事了,所以才亲自来一趟。我想这种事应该来找晴明大人商量……不对,应该向晴明大人寻求庇护,才是最好的办法。来之前我已经下定决心,也做好心理准备了,可是一坐在这里,不安和恐惧又立刻折磨着我,嘴巴舌头都不听指挥,即便如此,我也准备把一切都说出来。"

基次伸手擦了擦自额头流下的汗水，开始说了起来。

四

那天，基次确实摘了许多冠荁。

每摘下一颗，立即又发现另一颗，摘了另一颗，又马上看到第三颗。就这样摘着摘着，不知不觉间，基次发现和侍从们走散了，周围只剩自己一个。

那么，该往哪里走才能回去呢？

深山中的森林本没有路。无论从哪个方向望去，看到的景色都是一样的，根本分不清楚自己到底是从哪里过来的。

是这边，还是那边呢？

基次在森林中四处打转，结果进了更深的山里，更加不知所措。

此时太阳已经下山，天色渐渐昏暗下来。如果就这样待到夜幕四合，极有可能遭到狼的袭击。就在基次被恐惧和不安折磨得即将崩溃之时，看见了一簇火光。

他当即朝着火光的方向往前走去，来到了一座建在山中的大宅子前。

基次不由得暗自庆幸。既然有宅子，就有人住在里面，那就可以向对方请教回去的路。说不定还能拜托对方让自己住上一晚。

"打扰了，请问有人在吗？在下叫在原基次，在山中迷了路，不知如何是好。请问能不能让我借住一宿？"

基次话音刚落，一位看上去年纪在二十五六的女子从宅子里走了出来，惊讶地问道："呀，您是人吗？"

"我、我不是什么可疑之人，只是个普通人。"

听了基次的回答，女子又说："除非有很特殊的情况，不然人是无法来到这里的。我们这里可是设了不许人类踏足的结界……"

这名女子容貌甚美。明明身处这样的深山，她身上却穿着考究的广袖宫装，衣裳上不知熏了什么香，香味娴静优雅。

只是她双唇赤红，像是染了鲜血一般。片烛光微，却仍能看得清楚。

基次想简单地说明情况，便补充道："听说人若沉迷于某些事物，就会变得如草木顽石等自然之物一样。我一采起蘑菇来，也总是专心在这件事上，慢慢也变成了自然之物。大概正因如此，我才能通过结界来到这里吧。"

"蘑菇？"

"嗯。我痴迷制药，这次也是为了找药草，才会在山里迷了路。"

"找药草？"女子两眼发光地问道。

"嗯。"

"那，你现在身上带着各种各样的药品咯？"

"有。每次进山，不知会受什么样的伤，所以我会带上解毒、疗伤等的常备药品。"

"这样的话，我或许可以救您一命。"女子忽然口出惊人之言。

"救、救我一命？"

"每个来到这里的人，都会被我家主人杀掉，吃进肚子里。但如果您身上带着的药品有用，能将我家主人的伤势治好的话，说不定可以活着回去。"

"你家主人是……"

"是我的丈夫。他不久前去山里时，受了很严重的伤。只要您为他疗伤，我就跟我丈夫说情，让他饶您一命。"

"请一定帮我说情！"基次双手合十，朝女子哀求。

女子转身走进宅子里，片刻后又出来。

"那么，请随我来……"

基次跟在女子身后进了门。宅子里不见其他人的踪迹，不过，从屋里头看不清的昏暗处,传来一阵阵"咔嚓""咯吱""沙沙沙沙"的声响,仿佛有无数的东西在蠕动。

女子手里擎着一盏灯,走在前头带路。奇怪的是,基次跟着她越是往里走,四周便越昏暗不清。而且越是靠近,越能闻到一股令人作呕的臭味,气味还越来越重。

是野兽的那种体臭,还夹杂着一股令人难以忍受的血腥味。

前方架着一帘幔帐,后面铺着一床被褥,像是有人躺在里头。盖在那人身上的被子高高隆起,正缓慢地一上一下起伏。

"呼噜呼噜……"

"呼噜呼噜……"

一阵阵不知道是打鼾还是呻吟的声音传入基次耳中。

女子故意把灯盏放在较远的地方,这样一来,就看不清躺在被褥里的到底是什么人。

"夫君,我刚才说的那位基次大人来了。"

女子说完,被褥中响起一道粗哑凶狠的话声:"是人……是人的气味……"

盖着那人的被子一阵蠕动,沙沙作响。

"夫君,您不能吃掉这位大人。基次大人是来为您治伤的。假如他没能治好您的伤,到时候您想连他的骨头都一根不剩地吃干净,我也不会阻拦,都随您,好吗?"

女子说完,轻轻地将被子掀开。由于被子没有完全掀起,只能看见一小角光景。那依稀是一具密密麻麻覆盖着黑色兽毛的身体。

基次仔细一打量,发现那身躯上还插着一支羽箭。

"这支箭射入肉中极深,怎么拔也拔不出来,还会牵动伤口使疼痛加剧,便一直这么放着不动。"女子解释道。

基次握着羽箭轻轻往上拔,一下子就拔了出来。箭伤处的肉已经腐烂多日,无法像一开始那样紧紧地裹住羽箭。

箭拔出来后,伤口涌出了大量腥臭熏人的脓汁。

基次用女子准备的布巾将脓汁擦净,然后给伤口涂上了可以促进愈合的药膏"忘痛膏",最后用一条新的布巾盖上。

"只要每天重复这样的治疗,疼痛便会慢慢消失,伤口也会逐渐愈合。"基次说道。

果然如基次所说,到了第二天、第三天,伤口渐渐好了起来,到了第四天已经愈合了。

"托您的福,夫君的伤口好多了。明天应该就能让您回去。"女子说道。

当天晚上,基次刚入睡,就听到一阵声响,于是睁开了双眼。

黑暗中,他竖起耳朵听着。"咚隆咚隆——"一阵沉重的脚步声由远而至。

随之而来的还有说话声:"吃了他,我要吃了那个男人……"

"不成啊,那位大人救了您的性命啊。"然后是女子的说话声。

"先把这个男人吃了,还有拿箭射我的藤原忠常那伙人,我也要一个一个吃了他们!"

"不成啊,您答应过我,只要他治好您的伤,就会饶他一命。"

"可要是让那小子回去,他会把这里的事情都说出去。到时候只要有人能破除这个结界,一定会把我杀掉的。"

"我会好好嘱咐他,这样他就不会……"

女子说完后,又传来一阵"哼哼哼"的鼻息声,过了片刻,鼻息声消失,"咚隆咚隆——"的沉重脚步声也逐渐远去。

这之后,基次害怕得整夜都不敢合眼,一直醒着等到天大亮。

早上,女子叫来基次,对他说:"我现在放您回去。回去的路应该怎么走也会告诉您。但您在这里看到的、听到的、做过的所有事情,一定不能跟任何人提起!"

"好、好的。"

"如果您没有遵守我们的约定,您必定性命不保,听懂了吗?"

"我一定遵守约定,不会把这里的事情说出去。"

基次向女子再三保证,才从那间大宅子里离开。

五

"我回来后一个字也没有说起,就是因为跟他们有约定。"基次向晴明和博雅说道,"我想中箭受伤的野兽,应该就是藤原忠常大人射中的那头黑毛大野猪。"

"那么,您今晚又为何要对我说出此事呢?"晴明问道。

"哪怕对方是一头怪兽,只要立了约,我就必须遵守。即便它以前破坏过田地、吞吃过孩童,但如果它能因为这次受伤而改邪归正,不也是件好事吗?何况野兽本来就有野兽的生存方式,硬把人类世界的那套规矩强加在它们身上,不是我喜欢的行事作风……"

基次结结巴巴地说。

"之所以今天晚上把这件事情告诉您,是因为我得知,忠常大人府上已经有两名下人被啃咬惨死了。肯定是那头野兽干的!事情到了这个地步,我也不能只顾自己苟活。选择告诉您,是因为我觉得那种怪物,只有晴明大人才应付得了,也只有您,能够保护我和忠常大人不被那头野兽所害……"

"原来如此,我明白了。"晴明颔首道。

"嗯……"博雅双臂交叉,环于胸前。

"你说出去了……"

就在这时,一阵低沉的声音从庭院的暗处传来。

"你再三跟我保证会遵守约定,没想到还是说出去了,基次……"

众人一看,只见庭院幽暗的深处,有两个红点正发出诡异的亮光。那两个红点就在一<u>丛</u>快要枯萎的黄花龙芽草中。

"忠常之后，下一个就是你了，我会跟主人说的……"

晴明站起身，喝道："何人？竟然擅闯我安倍晴明的府邸！"

面对晴明的呵斥，对方没有应答，只发出了一阵类似嗤笑的吱吱的尖叫。

"呼——"的一声，两个红点一动，一条大小如猫般的黑影蹿了出来，一转眼就跳到了围墙上，消失不见了。

"晴、晴明大人……"基次脸色发僵。

"请不用担心。我一定会尽我所能试试看。"

晴明拿起灯盏，走出廊檐来到庭院。他走到刚才两点红光的所在之处，打量了一会儿，又走到那条黑影跳上的墙头，举起灯盏照了照，随即唤道："蜜虫，蜜夜。"

"属下在。"

"属下在。"

一阵风吹过，蜜虫和蜜夜瞬间出现在晴明身侧。

"准备笔墨。"晴明说，"我要写几封信，你们一会儿帮我送过去。"

晴明一边说着，一边走回廊檐下，问道："博雅大人，您愿意和我一起去吗？"

"去哪里？"

"明天晚上，去忠常大人的府上。"

"呃。"

"您一起去吗？"

"呃，嗯。"

"那好，我们明晚出发。"

"好。"

"那明晚出发。"

第二天夜里，两人一起前往藤原忠常的府邸。

六

"喂,事情到底怎么样了,晴明?"

黑暗中,博雅开口问道。

这里是藤原忠常府上的内室。室内架着一面幔帐,晴明和博雅就坐在幔帐的后头。

两人是黄昏时分来到这里的。

一到门口,下人进去通传后,忠常便出来迎接。"真是太好了,源博雅大人、晴明大人,我等恭候多时了。我已经按照您信中吩咐的,一切都准备妥当了。"

"好。到时我会发出信号,您就按照计划……"晴明道。

"明白了。"忠常点头应道。

之后,晴明和博雅便被带到此时坐着的幔帐后面。

那里为两人备好了酒和下酒的小菜。晴明和博雅一边喝酒,一边在黑暗中潜伏着等待。

"再过一会儿,你就明白了,博雅。"晴明说道。

"我等不到那会儿了,晴明,我现在就想知道。"

"那样就没意思了。"

"那也是之后的事了,问题是我现在就觉得很没意思!你是不是看我现在这副没意思的模样,觉得有意思得很啊?这样的做法真是让人不舒服。"

"哈哈,这样不是很好吗?"

"不好,而且话说回来,今天晚上要对付的到底是什么东西,你弄清楚了吗?"

"差不多了吧。"

"你昨天晚上不是还说不清楚吗?"

"昨晚我是这样说过,但后来差不多弄清楚了。"

"后来?"

"那时不是有个怪东西躲在庭院里吗?"

"对。可是,那东西到底是什么?平时不可能有妖物能如此轻易地闯入你家吧?"

"没错。"

"既然如此,那昨晚为何……"

"我猜测对方可能会来,所以提前把结界解开了。"

"你是故意的?"

"嗯。基次大人过来的时候,我就知道那东西也一起跟着进了庭院里头。"

"为什么要这样做?"

"为了查清我们要对付的究竟是何方神圣。"

"那你查清楚了吗?"

"差不多了。我刚刚不是说过了吗……"

"你是怎么知道的?"

"我到庭院中查看了那东西躲藏的地方。"

"什么?!"

"地面和墙壁都有那家伙留下的足迹,它躲藏的地方长着一丛黄花龙芽草,草上沾了那家伙的毛。"

"那是什么毛?"

刚问到这里,晴明就示意博雅安静,小声道:"差不多快来了。"

"什么差不多快来了?"

"聚集成群了。"

"什么东西?"

"就是那帮家伙,你感觉不到吗?"

听了晴明的话,博雅在黑暗中竖起耳朵,专心地探听起来。

"我什么都看不到,什么也听不见……"博雅说完,接着马上道,

"不，好像有什么声音……"

他缩了缩后背，大大地打了个寒战。

"咯吱咯吱——"

"咔嚓咔嚓——"

那声音鬼鬼祟祟的。说是声音，其实更像是某种气息。

黑暗中，有东西正在聚集成群。

不止三四只，也不止十只、二十只。有成百上千的东西，在黑暗中集结。

晴明站了起来，大声喊道："时机已到，开始行动。"

说时迟那时快，屋子的地板下登时一阵吵吵嚷嚷。接着像是发生了什么骚动，地板下齐声响起叫声。

"吱吱吱吱吱——"

"吱吱吱吱吱——"

"唧唧唧唧唧——"

"唧唧唧唧唧——"

"我们走。"

晴明和博雅走出内室，来到屋外的廊檐下。

这时，几支火把从屋顶上掉到庭院中。落到地上后，火把仍在燃烧。

"这、这是什么?!"博雅倒吸了一口凉气。

只见成百上千只老鼠从屋子的地板下爬出，络绎不绝地涌向庭院。庭院大门敞开着，老鼠一只接一只地从大门逃出。

忠常领着下人站在屋顶上，拉弓一箭又一箭地射向逃窜的老鼠。

地板下还不断传来好几只猫的叫声。

就在羽箭不停地射向老鼠时，两只大得令人瞠目结舌的老鼠从地板下爬了出来。

"就是这两只！别让它们逃了！射箭！射箭！"忠常站在屋顶上

大声发令。

但在密集的箭雨中，那两只巨大的老鼠还是挣扎着逃走了。

七

基次走在前头，领着晴明和博雅在森林中行进。

跟在三人后头的是忠常，以及一群手里拿弓箭、腰间佩长刀的男人。

"原来如此……"博雅说，"你从对方留下的毛发和足迹，推测出了它们的真面目，然后请忠常大人预备了猫。"

"是的，博雅大人。"晴明边走边答。

那时，忠常府上的下人们听到晴明喊出的信号，一齐将事前准备好的二十只猫扔进了地板下。

与此同时，站在屋顶上的下人们也将火把扔了下去，借助火光从屋顶朝逃窜的老鼠射箭。

"本以为是头黑毛大野猪，没想到真身其实是大老鼠啊。"

"您说的没错。"

晴明对博雅说话如此客气，是因为周围还有其他人在场。

这时，基次停下脚步，说道："我记得，应该就是这附近……"

这森林在山里的一处斜坡上。

"是那里吧？"

一行人顺着晴明所指的方向望去，那儿有一个可以弯腰进入的洞窟，洞口敞开着。

"这不是我那时见到的大宅子啊……"基次说道。

"不，这个洞窟应该就是基次大人误以为是宅子的地方。"

"真的吗？"

"嗯。"

晴明点燃火把，拿在手中，第一个钻入洞窟。

几头硕大如猫的老鼠从晴明等人的脚边快速闪过，逃往洞窟外。

众人继续往洞窟深处走，地面上散落着不计其数的人骨和骷髅，尸骨中央躺着巨大的公鼠，身上插着好几支羽箭，已经断气了。

公鼠的尸体旁边，坐着一名身穿广袖宫装的女子，睁着两只赤红的眼睛，正看着晴明和基次。

"你这小人，我不甘心！早知那时就该把你吃了……"

女子用低沉的声音，小声地说道。

"我难得救了你一条命，你也保证不会把我们的事情说出去，没想到最后还是跟人说了……"

"你说的没错，对不住。我知道就算怎么道歉都于事无补……"

"罢了罢了。是我愚蠢，竟然信了你们人类……"

女子说完，"哐当"一声往前倒下。

基次飞跑过去，正准备扶起女子，不料女子竟伸出白皙的手，猛然用力地攥住基次的手。

"啊！"

基次一叫，女子白皙的手便松开来，一下子落在了地上。

"你活该啊！"

女子露出雪白的尖牙，笑道。然后闭上了那双赤红的眼睛。

穿着广袖宫装，背部也中了四支箭的女子当即化作一只巨大的母鼠，一命呜呼。

139

阴阳师

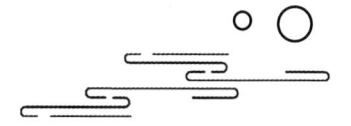

醉月卷

饮铜酒的女人

一

雪静静地下着。

柔软的雪簌簌地落在庭院的枯草上。

不过一会儿工夫,晴明屋外的庭院就披上了银装。晴明和博雅此时正在廊檐下对坐饮酒,欣赏着院中的雪景。

他们中间放着一个圆形火盆,两人时不时地将手放在火上取暖,然后端起斟满的酒杯。温过的美酒带着热度,饮入口中,酒液滑过喉管,慢慢地落在腹间,经由血液输送,那暖意很快被传递到四肢百骸。

"好酒。"博雅呼出一口白气,说道。

午后,四周仍旧十分明亮。虽然天色昏暗,地面却有雪光。还有一阵子,太阳才会完全落山。

白雪不停地落在枯萎的黄花龙芽草和桔梗花上,渐渐堆积起来。

"真是不可思议啊,晴明。"博雅望着银装素裹的庭院,叹了口气。

"你说什么不可思议啊,博雅?"晴明将杯中的酒一饮而尽。

"怎么说呢,该说那些草啊花啊虫子啊,还是该说沉睡在这片大雪下的自然生命呢……唔，不太好用语言来形容……"

博雅踌躇着闭上了嘴，歪过头思考了一阵子，再度开口："就是让这些自然生命存活于世，类似天地法则一样的东西……"

"嗯……"

"现在看似没有什么生命的迹象，但是再过一两个月，新芽会冒出地面，慢慢长大，虫子会爬出来，这些枯草也会被新长出来的小草所掩盖，消失无踪，甚至让人忘记它们曾经的存在。"

"嗯……"

"所以即便是看不见的生命，也无法抹杀掉它的存在，你不觉得这很不可思议吗？"

"因为生命也是一种咒啊。"晴明简短地回了一句。

侍奉在旁的蜜虫忙为晴明手中的空杯斟酒。

"咒?!"

"对。"

"晴明，不要把话说得太复杂了……"

"我没有把话说复杂，只是说得更浅显易懂而已。"

"不，每次只要你一提及咒，说的话就立刻难懂了。"

"没有呀。"

"有。"

"真令人为难啊。"

"为难什么？"

"你这么一讲，不是有关咒的话题都不能言及了吗……"

"我并不介意哦。"

"依你所言，生命和咒不能混为一谈，这么说也可以。但我若说这二者有相似之处，你又待如何？"

"什么意思？"

"生命嘛，没有形态，没有重量，也没有数量……"

"嗯？"

"咒呢，也一样没有形态，没有重量，没有数量……"

"什么?!"

"这就是我说的相似之处啊，博雅。"

"什么相似不相似的，你这样一说，越发让人不明白了，晴明。你说生命没有形态是吧？可蝴蝶明明有蝴蝶的样子，狗有狗的样子，鸟有鸟的样子，鱼也有鱼的样子。这些不正是生命有形态的证明吗？"

"那我问你，博雅，死了的蝴蝶、狗、鸟、鱼又分别长什么样子？"

"这……"博雅顿时语塞。

"这些动物死后，即它们的生命消散之后，是不是仍和它们生前的形态一致？"

"是。"

"由此可见，所谓形态并不是生命的本质。"

"那生命的本质是什么？"

"是咒。"

"你……"

"生命的本质与咒相似，就是这么回事。不，生命本来就和咒是一回事。也就是说，所谓的生命……"

"等、等一下，晴明。"博雅忙打断晴明的话。

"怎么了？"

"有关咒的话题到此为止。我连酒的味道都快尝不出来了。"

"是吗？"晴明轻快地说，"那我们谈点别的吧。"

于是换了个话题。

"要谈什么？"

"我本来就打算跟你说这件事，谁知你提起了生命，我也不知不觉间就说到了咒。"

"是什么事啊？"

"等会儿橘盛季大人要来。"

"是那位任天皇陛下藏人[①]一职的橘盛季大人吗?"

"正是。"

"他为何而来?"

"橘大人近来似乎正为一件怪事……不,是一件奇怪的东西困扰。此番前来,大概是想与我商量此事。"

"原来如此。"

"他昨日往我府中递了拜帖,问能否明日……也就是今日上门一叙。"

"然后呢?"

"然后我就回复,源博雅大人当日将莅临寒舍,橘大人是否择日再来?结果对方回道,只要博雅不介意,可以一同相谈……"

"这样啊。"

"拜帖上还说,总之今天他先过来一趟,如果到时你不愿谈,他会择日再来。我想说的就是这件事。"

"看来这位橘大人想找你商谈的事情很迫切啊。"

"就是如此。博雅,我知道你向来不会拒绝这样的事,如果不介意的话,陪我一同听听盛季大人的困扰可好?"

"我是无所谓啦,比听你讲什么咒之类的好多了。"

"那么,一言为定。"晴明点了点头。

少时,橘盛季的车驾就来到了晴明府邸的门外。

二

四个月前,约是夏末之时,有一名男子来到神泉苑的东边,位

---

①日本平安时代的一种官职,相当于天皇的秘书。

于东大宫大路上的橘盛季府邸前。

男子身着浅蓝色的窄袖便服,眼睛小小的。

"小人受我家小姐之命,特将此物送来府上。"

男子一边说着,一边奉上一把熏了芳香的折扇。

打开一看,扇面上以优雅的女人笔迹写着一首和歌:

"吾居草茂,无路可至。迄今无人,涉草而来。"

"请问盛季大人,大约三日前,是否前往过西市?"男子问道。

"去过。"盛季点头答道。

盛季确实在三天前去西市办过事。

"那时,我家小姐从车中偶然得见盛季大人的面容……"

对方似乎对他一见倾心,盛季却不知道这是位什么样的女子。

男子又道:"小姐还盼咐,如若方便,还望盛季大人回信。"

"既然如此……"盛季说道,随即提笔写下一首和歌。

"轰鸣之神,足踏天原。汝思吾心,露水铭记。"

女子和歌的意思是"我所居住的家宅,因为杂草生长过于繁茂,没有路可以到达,所以也没有人愿意踏过那片草丛而来……",言外之意即"恳请阁下务必前来一会"。

"亦愿小姐不要忘记喜欢鄙人的这份情意。"这是盛季所回和歌的含义。

上半句从"轰鸣"到"天原",基本无实际含义,只是气势之语。其中"轰鸣"和"足踏"是为了对应女子和歌中"涉"的动作,下半句则用"露"对应"草",强调情意之笃。盛季的回复虽才情平平,但在不知对方是何人物的情况下,至少没有不妥之处。

小眼男子回宅复命,五天后又带来了女子的和歌。

盛季与女子之间就这样以歌传情。来来回回几次之后,盛季对这名女子也动了心思,一个月后主动提出希望到女子的居所拜访。

只有一件事让盛季有些在意,传信的小眼男子在说话的时候,动不动就会露出口中的舌头，而那条舌头看上去似乎黑黝黝的。

当天晚上，盛季离开府邸，坐上了女子派来迎接的牛车。

盛季想带府中的侍从一同前往，遂挑了三名随身亲侍跟在车后。

牛车朝着京都的西边前行。

"大人，敝宅到了。"

盛季下了牛车，就着火把的光亮一看，眼前赫然立着一扇气势恢宏的宅门。

可本应跟在车后的三名亲侍却不见踪影。盛季遂询问带路的男子是怎么回事。

"可能在途中走散了吧。"男子答道，"大人请这边走。"

盛季有些不安，但还是跟着男子往屋内走去。

男子将盛季带到屋中一处架起幔帐的席上，帐中点着一盏小灯。盛季在蒲团上坐下，见面前的小桌上已备好美酒佳肴。座位的对面是一面竹帘。

"终于见到您了。"

女子的声音从竹帘后传来。

盛季抬头望去，只见一名穿着白色窄袖便服的女子从竹帘后走出，虽作男子装束，容貌却是惹人侧目地惊艳。

两人一边交谈一边饮酒，水到渠成般共度了一夜良宵。

次日天明前，盛季坐上牛车回到府中。只这一夜的经历，便让盛季的心完完全全拴在了女子身上。

三名亲侍也在天亮时返回。"属下失职，本应紧随大人所乘车驾，不知为何在途中竟走散了……"

"属下直至天亮前，都在附近全力寻找大人的踪迹……"三名随从向盛季请罪。

"无妨。"盛季身心正悦，宽大地原谅了三名亲侍。

从那以后，盛季便时常前往女子家中相会。

每次见面，女子都会派牛车前来迎接盛季。夜里，盛季坐上牛车前往女子家中，直至次日天明方归。

除了第一次，盛季再也没带过侍从一同出门，都是独自一人前去。

奇怪的是，女子遣来迎接盛季的那名男子和其他随从，露出笑容时都紧闭着嘴。

女子也是如此，在发笑或是需要张大嘴巴说话的时候，都会用折扇、衣袖或手遮住嘴。两人同床而眠时，也会熄灭所有灯烛。

尽管如此，盛季有时还是会看见他们的口腔和舌头。令人吃惊的是，无论是谁，嘴里和舌头看上去都是漆黑一片。

不过，盛季并未深究此事。世间中人，又有谁没有自己的秘密？既然对方一直有意隐藏，如果追问下去，必然会招来女子的不满，万一因此让相好的两人生了嫌隙，可就不美了。

一天夜里，牛车到得比往常要早一些。

"发生了何事？为何比平日提早前来？"盛季问道。

"回大人，从大人初次到敝宅做客算起，到今天恰好是第七七四十九天。"男子答道。

"这第四十九天是什么特殊日子吗？"

"并不是，只是大人来敝宅拜访已有这许多时日，我家小姐的亲戚朋友，都坚持要在今晚跟大人您打声招呼……"

盛季对男子的回答全然不解，带着似懂非懂的心情坐上了牛车。

牛车像往常一样抵达女子住处，屋中的人似乎比平日里要多，人声鼎沸。

盛季步入大厅，烛火已然点起，将厅中各处映照得如白昼般明亮，几名男女出来相迎。

"哎呀呀，盛季大人，平日里多得大人照顾小女。"

"今夜恰逢第四十九日，真是个宜结良缘的好日子。"

众人依次向盛季问好。

"老朽是你的岳父。"

"老身是你的岳母。"

两位老者笑着朝盛季点头致意。

盛季看向众人,一打量,发现每个人的嘴里都有一条黑色的舌头摆来摆去。谁都没有刻意掩盖的意思。

"那么,盛季大人请自便。"

"我等去做些宴席的准备……"

"请盛季大人先行享乐一番……"

众人说完便离开了,只余女子和盛季留下。

"大人,今日在我家中住上一晚可好?"女子亲昵地依偎着盛季。

怀中的女子容色艳丽更胜以往,百般讨好,花招尽出,引得盛季喜不自胜,雄姿勃发,度过了一个前所未有的缠绵之夜。

之后,不知过了多久,盛季醒来,发现周围只有他一个人。看来自己是不知不觉间睡着了。

原本相拥而眠的女子不在身侧,烛火也熄灭了,四周一片黑暗。嘈杂的声响不知从何处传来。

盛季从被褥中起身,循着声音传来的方向走去,前方一片烛火通明。

原来是之前的大厅,此刻许多男女正在厅中把酒言欢。

"哎呀,今夜真乃良宵啊。"

"如此佳婿,实在难得,难得。"

只听岳父和岳母如此说道。

众人的手中都捧着一个大酒杯,一旁的马头怪和牛头怪拿着巨大的勺子,轮流将酒舀进各人的杯中。

女子娇笑着举杯接下,咕嘟咕嘟地一饮而尽。

"哎哟哟哟哟哟……"

女子喝完酒后,哭号起来,一边哭一边笑。

下一个轮到岳父。马头怪往岳父的酒杯中舀入酒,岳父饮下后,也跟着"啊啊啊啊啊啊"地号啕起来,一边哭叫,一边大笑。

牛头怪随即往岳母的大酒杯中斟满酒,岳母笑着举杯喝完,也"呜呜呜呜呜呜……"地边呻吟边笑。

"好烫啊,好烫啊。"

一团火焰从正在呻吟的岳母口中蹿出。

"啊啊,烫死了烫死了。"

"好生可怜哪。"

"好生可怜哪。"

其他人看着这一幕欢呼道。

"真不想在女婿入赘前就这么死掉啊。"

"是啊是啊。"

众人说道。

仔细一瞧,女子的耳朵和鼻子都冒着烟。岳父和岳母也同样从耳朵和鼻子中冒出烟雾。而厅中的其他人,只要是喝了酒的,无一例外都耳鼻冒烟。

盛季从藏身的暗处望去,震惊地发现马头怪和牛头怪往众人的大酒杯里舀入的,竟然是烧得通红的铜水。

"女婿现下如何?"

岳父烧焦的嘴巴里,无论是舌头还是口腔内的肉都漆黑一片。

"还在睡呢。"

一边回话一边口冒黑烟的,正是平日里被遣去接送盛季的男子。

"女婿累坏了吧。"岳父说道。

"累坏了呢。"

"累坏了啊。"众人都笑着附和道。

"时候也差不多了,该让女婿起身了。"岳母说道。

"没错没错,让人去把他叫醒!"

"去叫醒他。"

"让我们的好女婿也尝尝这铜酒的味道。"

"必须让他喝!"

"一定要他喝!"

"让他喝!让他喝!"众人起哄道。

"是。"盛季心仪的那位女子露出黑色的口腔,微笑着说。

"好烫啊。"

"真烫啊。"

"不过,我们那位女婿性子那么好,应该会乖乖听话喝下去吧。"

"肯定会全部喝光吧。"

"因为女婿人好嘛。"

"若是他不喝,就算强迫也要让他喝下。"

"对,逼他喝下!"其中有位男子如此说完,站了起来,"那么诸位,我去看看女婿的情况。"

"好啊,去叫醒他,叫醒他!"

"领命。"男子起身,脚步跄跄地走了出去。

盛季大惊失色,一路飞跑回房间,立刻用被子蒙住头,假装仍在熟睡。

由远而至的脚步声越来越近,有人伸手触碰盛季的身体。

"盛季大人——"那人摇了摇盛季。

"请起来了,喂,盛季大人——"

盛季充耳不闻,装作仍在熟睡的样子。

"怎么了?"

"发生了何事?"岳父和岳母闻声而至。

"啊,无论我怎么叫唤,盛季大人都不起来。"

"怎么会呢?"

"都过去这么些时辰了,应该睡够了啊。"

说着，男子又一次伸手去摇盛季的身体。

盛季吓得魂飞魄散，只能尽力装出睡得不省人事的样子。

"哎呀。"岳父惊奇地叫了一声。

"哦？"岳母也惊叹道。

"女婿的身体怎么抖得这样厉害？"

"真的在发抖啊。"

"为什么会发抖呢？"

"莫非他是……"

"他怎么了？"

"女婿他许是瞧见我们饮酒的模样了。"

"唔，有道理。"

"心里头害怕，所以装作睡着的样子，身子却抖个不停。"

"既然如此，也顾不得许多了，直接把铜酒给他灌下去不就行了。"

"也对。只要捏住他的鼻子，就算不愿意也会张开嘴，到时就把铜酒从嘴里倒进去……"

"若是死活不张嘴，还可以直接从鼻子里倒进去吧？"

"对呀。"

"对呀。"

二人在商量时，女子也闻讯赶到。

"怎么回事？盛季大人为何抖成这副模样？"

用被子蒙住头的盛季终于撑不下去了，"啊——"地大叫一声，就从被中飞快地跑了出去。

"哎呀，站住！"

"女婿啊，这是跑什么。"

盛季也不管身后的人喊些什么，撞开拦路的人一路跑出了屋子。

"他要逃走。"

"女婿——"

盛季背后传来追赶的声音。

"等一等！"

"女婿——"

叫喊声没让盛季停下脚步，他就这么赤着脚一路跑出了大宅。

"就算这次让他逃了，我们也能派车再把他接来！"

"没错，再逃也逃不出我们的手心！"

众人的叫唤传入盛季耳中，他依旧头也没回，一边大叫一边向前飞奔。

一路狂奔到西市附近，天光已然大亮，盛季这才发觉自己身上只披着一件来时穿的淡青色水干，除此之外几乎不着寸缕，近乎全裸地走在街道上。

事情的经过便是这样。

三

"这就是我遭遇的事情。"盛季对晴明和博雅说道。

他逃到西市附近时，恰好是昨日天明时分，平安回到家中后换了一身衣服，却怎么也待不住。

"我怕他们又派车来接我，心中实在不安得很。"

于是，昨夜他在一名熟识的僧人的寺庙正殿歇了一宿。

"还请二位救救在下。"盛季颤抖着说道，笼罩在身上的寒意显然不仅仅是这冬日严寒的缘故。

"我明白。"晴明点头说道，又问，"盛季大人，适才您提到的那件水干，不知现在何处？"

"想来……应该还在敝宅。"

"那真是再好不过了。我们现在就去府上取吧。"

"在下也一同前往吗？"

"正是。"

"他们……知晓我家住何处，此行当真无恙？"

"有我随行，无须担忧。"晴明说着，看了一眼博雅，"事情就是这样，博雅，你意下如何？"

"什么如何？"

"是否要和我们一同前往？"

"自、自然要去。"

"那么事不宜迟，即刻出发吧。"

"那走吧。"

"走吧。"

三人说着，随即起身出屋。

四

两辆牛车由前方的牛拉着，重重地轧过大雪覆盖的地面，发出"咔噔咔噔"的声响。

晴明和博雅所乘的牛车在前，盛季的牛车在后，一前一后慢慢地驶向前方。

空中仍在纷纷落雪，一层又一层地堆积在地上。

就在晴明和博雅的牛车前方，一件淡青色的水干正晃晃悠悠地往前移动。明明没有人穿着，这件水干却像穿在一个看不见的人身上那样，向前方行进。

晴明的牛车紧紧地跟着那件水干往前走。

水干的肩上已经积了薄薄的一层雪。

就快到西市了。

晴明和博雅所乘的牛车从出了盛季的宅子开始，就一直跟在这件水干后面。

之前在盛季家中，当下人把这件淡青色的水干拿上来时，晴明把一张符纸贴在了水干的背后。

符纸上写着"灵""宿""动"三个大字。符纸贴好后，晴明随即念出一句咒文，水干立刻就像穿在一个人身上那样，自然地"站"了起来。

晴明、博雅和盛季三人随后坐上牛车，追在这件"走动"的淡青色水干后面。

便服"走"过了西市，不一会儿，就来到一栋不知荒废了多久的破旧宅邸前，宅邸四周围着由泥土筑起的院墙。院墙内的杂草长得如同树林般繁茂，"走动"的水干从破裂的院墙一角钻了进去。

晴明、博雅和盛季下了牛车，留两名侍从候在墙外，带着另外两名侍从跟着水干追了进去。

宅邸的屋顶已经坍塌，柱子横倒在地上，依稀可见当年的华美气派，如今却已破败凋敝。

在纷纷而下的雪中，淡青色的水干"走"到一棵大松树前停了下来，衣服肩头的积雪越来越多，水干逐渐承受不住雪的重量，轻轻地倒在了雪地上。

"看来便是此处了。"晴明把水干挪开时，一双鞋掉了下来。

"这是……"晴明询问道。

"是在下的鞋。"盛季一脸胆战心惊地答道。

松树粗壮的树根大部分裸露在地表，根上残留着像是被烧焦的痕迹。

"哈哈……"晴明看着这些树根，像是知道了什么，微微颔首。

"喂，晴明，你是不是弄明白了什么？"

"还没有，还称不上是全然了解。"

说完，晴明对随行而来的两名侍从吩咐道："我们一路到了这里，途中经过几户人家，烦请二位去为我打听一些事情。"

"晴明大人想让属下打听何事？"

"我们所在的这间宅邸，有一棵松树的根被烧焦了，问问他们是否知道树根被烧焦的缘故。"

两位侍从领命后离开，不一会儿就回来复命。

"离此处最近的一户人家恰好有人，属下依晴明大人所言，向其询问了一番。"

侍从学着那人的语气，绘声绘色地把打听来的事情复述了一遍。

"那间屋子快有十年没人住啦，就这么荒在那儿。记不清是多久前，一窝貉子住了进去，干了不少坏事，还经常作弄人。有一天，这里的人们发现了它们的老巢，刚好就在那棵松树的树根底下。为了不让它们再使坏，那些被貉子戏耍过的人们联合起来，把烧得红通通的铜水灌进了它们的巢穴。这事就发生在今年春天，我记得，里头还有一只白色皮毛的年轻雌貉子，大家本打算抓住它，把那身雪白的皮剥下来，后来应该也一起被活活烧死在巢里了吧……"

"哦……"晴明听完侍从的回话，转身看向盛季，问道："盛季大人，那件事发生前，您是否在这附近遇见过什么不同寻常的事？"

"如此说来，的确有一件事——那天，就是那小眼侍从把写着和歌的折扇递往敝宅的三日前，我有事来到这一带附近。"

"嗯。"

"那时，有一只狗冲着这宅子那头倒塌的院墙不停地吠叫，我抬眼看去，见有一只貉子被追赶着跑到墙上，一副想跳下来又不敢跳的模样。那时，那只貉子往我的方向可怜兮兮地看了一眼，我也没多想，朝那只吠叫的狗呵斥了一声，貉子就趁狗转头看我的时候，一溜烟从墙上跳了下来，不知道跑到哪里去了。"

"看来，这就是盛季大人遭遇此事的原因了。"

"这指的是哪件事啊，晴明？"

"关于这点，博雅，我们还是直接问问更好。"

"直接问？"

"幸好盛季大人那日所穿的这件水干还留着，如果我推断无误，那名女子也触摸过这件衣服的话……"

晴明一边说着，一边将手中的淡青色水干轻轻地盖在被烧焦的松树根上，手掌贴在水干上，小声念起了众人听不懂的咒文。

晴明一边念咒，一边举起贴着水干的手掌，而水干也像是配合手掌的动作一样渐渐抬起，最后"直立"在众人眼前。

晴明停止念咒的瞬间，一名身穿白色窄袖便服的年轻女子，披着这件淡青色的水干，出现在树根处。

"是、是你?!"

见到这名女子，盛季不由自主地向后退去。

"盛季大人，让您遭到这番惊吓，实在过意不去。"女子说道。

"那只被您救下的貉子，正是我侥幸生还的同伴。我们被人用烧红的铜水灌入巢穴，活活烧死，一族老小几乎全部丧命，这份怨恨让族人们的魂魄在此处徘徊不去。从那只貉子的口中得知您的事后，大家很想把您一同拉上通往地府的黄泉之路。"女子凝视着盛季。

"我死后的第四十九日，那天本是我与同伴结为夫妻、外出寻找新巢穴的日子。哪知因为有人灌了铜水，不仅使我丢了性命，连子嗣都无法留下。当这份无法得偿夙愿的不甘和挣扎变成一缕执念时，盛季大人，我遇见了您。"

纷飞的白雪眼看着就要落在女子披的淡青色水干上，却从女子的身体和手腕处穿透而过。

女子仍旧在飞雪中诉说着：

"我们本来谋划在睡梦中让您饮下铜水，夺走您的性命，让您陪我们一同死去，最后却失败了。可如今，我反而觉得这样很好……"

女子在雪中定定地看着盛季，露出若有所思的笑容。

她的身影消失后，那件淡青色的水干便轻轻地落在了雪地上。

"等、等一等……"

盛季伸出手,女子却已不见踪影。

只余漫天飞舞的白雪,不断地落在松树根上。

五

积雪初融的时候,人们在那棵松树的根部附近,果真挖出了貉子的巢穴,里面一共躺着十二具死亡已久的貉子尸体。

虽然每一只都被烧得面目全非,但据说仍能看出其中有一只是年轻的雌貉子。

首樱

一

樱花就要迎来凋落的时节。

层层叠叠的花瓣压得树枝微微向下低垂。

怒放的樱花沐浴在阳光里,花瓣似乎随时会从枝条上飘落下来。

种在晴明宅邸庭院里的那棵老樱树,盛开的花朵如丰收的果实般缀满了枝条。

晴明和博雅这会儿正坐在屋外的廊檐下,一边赏樱一边饮酒。

晴明屈起一条腿,背靠着身后的柱子,把杯中的酒往嘴里送,视线却停留在院中那棵樱树上。

博雅也在看樱花,时不时还抬头看看掠过樱树上空的清风,酒就那么含在嘴里。

两人刚开始饮酒时,樱花还好好地缀在树枝上,不知从什么时候开始,已经一片又一片地飘落下来。

美酒一杯杯下肚,樱花纷纷飘散。

"我说,晴明啊——"博雅一口饮尽杯中的酒,叹了口气说道。

"怎么了,博雅。"晴明放下喝空的酒杯,一旁的蜜虫连忙斟满。

"那样随风而逝的樱花花瓣，该怎么说好呢，我觉得就跟人的心是一样的……"

"人的心？"

"说是人心，唔，可能心思这个形容更贴切一些。"

"什么意思？"

"人心不是会萌生好几种心思吗？就像樱花的花瓣一样……"

"嗯。"

"但是呢，这些心思不会永久地停留在人的内心，总是在不知不觉间，就像樱花的花瓣一样从心里慢慢消失不见。有所察觉时，已是繁花落尽、季节变换的时候了……"

"你是不是恋爱了啊，博雅。"晴明红润的嘴角含着笑意。

"恋、恋爱?!"

"对啊，是不是有了心上人？"

"怎么突然提起这个，我不是在聊这方面的事啊……"

"那你在聊什么？"

"你这么问让人很为难，我不是在聊人心吗？"

"聊了人心就不能聊恋爱吗？"

"我没这么说啊。也不是不能聊，只不过……"

"不过什么？"

"消失了。"

"消失？"

"你方才一提恋爱，此前还在我心中的那些感慨都消失不见了。"

"是花瓣飘散了吗……"

"是因为你摇晃树枝的缘故吧。"

"对不住，博雅。"

"你道歉我也高兴不起来，花瓣一旦凋落，就再也回不去了。"

"因为这就是大自然的法则啊。"

晴明嘴角还噙着笑意，举起蜜虫趴满的酒杯往口中送。

"算了。比起这个，你还是赶紧说说你的事情吧。"博雅不满地噘起嘴说道。

"事情？"

"你邀我过来饮酒的时候，不是说有件事情要拜托我吗？"

"是樱花的事。"晴明放下酒杯，看向博雅说道。

"樱花？"

"认识橘花麻吕大人吗？"

"当然认识，橘花麻吕大人虽然去年秋天仙逝，生前地位却和雅乐寮①的寮主无异，是一位无人不晓的抚琴大家。"

"他有位千金，名叫透子。"

"透子小姐算起来今年满十七了吧，虽然还年轻，但听说和她父亲一样，在抚琴一道上极有造诣。"

"正是这位透子小姐失踪了。"

"失踪?!"

"没错，听说昨天还在樱花树下弹琴，不知发生了何事，琴还留着，人却不见了踪影。"

"竟有此事？"

晴明找博雅商量的，便是此事。

二

昨日中午，透子提出想在屋外弹琴。

她让家中的奴仆取来父亲橘花麻吕生前用过的那把名为"天弦"的古琴，然后吩咐道："把琴放在'桃实'树下。"

---

①雅乐指奈良时代，由中国、朝鲜传入日本的音乐和相应的舞蹈，以及日本模仿创作的曲乐。雅乐寮为古代日本乐舞的教育机构。

"桃实"是种在透子家中庭院的一棵老樱树,满树的樱花恰在怒放之时。

"从很久以前开始,我就想在这棵樱树下弹一次这把天弦。"透子的双颊泛着微微的红晕,说道。

家仆们领命后,随即在"桃实"下面铺上绯红色的毛毡垫,将琴放在上面。

"我想独自一人抚琴,无论是谁,暂时不要过来打扰。"

在这样的要求下,家仆们都没有靠近透子所在的庭院,不过,倒是可以听见从庭院中传来的琴音。

家仆们各司其职,一边干着手头的活计,一边聆听透子弹奏的琴曲。不料,琴音却不知何时骤然停了下来。

家仆们对此略感诧异,纷纷竖起耳朵听,琴音却再也没有传来。

于是他们走到透子所在的院子,想看看究竟发生了何事,却见怒放的樱花树下,天弦琴孤零零地放在绯红的毛毡垫上,本应在场的透子却不见踪影。

仆人们起初以为透子是有什么要事暂时离开,岂料无论等多久,都不见她回来。

"虽然不知透子小姐去了哪里,但总该还在府中吧。"

家仆们这样想着,在府邸各处找了半天,却没发现透子的踪迹。

地台下、池塘里、连树木和庭中山石的背面,甚至屋顶都搜遍了,还是没有找到透子。

"难道透子小姐自行离开了府中,还是有人把她带了出去?"

家仆们这样猜测,却发现府邸的大门始终关着。而且门房也说了,这段时间不要说透子,根本就没有任何人进出过。

如果说透子离开了府邸,无论是独自一人,还是有人带她离开,肯定没有经过大门,而是直接翻墙出府。

最后,家仆们终是束手无措。

三

"这事发生后,橘贵通大人就来央求我帮忙,博雅。"晴明说。

橘贵通是橘花麻吕的长子,花麻吕身故后,他一直负责照顾透子。二人虽是同父异母,他也是透子名义上的兄长。

"但是,晴明,透子小姐失踪虽然不是件小事,但贵通大人为什么会找你帮忙呢?"

"你不知道吗,博雅?"

"不知道什么?"

"那棵樱树,除了'桃实'这个名字,还有一个'不凋零之樱'的别名……"

"这我倒是没听说过,你说来听听。"

"那棵樱树啊,即便樱花的花期结束,树上的花朵全部落尽,也会留下一朵不凋落的樱花。"

"只有一朵吗?"

"对,只有一朵不会凋落。"

春回大地,樱花盛开。渐渐地,"桃实"上的樱花纷纷随风落下,唯有一朵娇樱没有散落。

树上的叶子随着季节的轮转逐渐变黄,到了冬季落叶时,这朵娇樱仍稳稳地挂在枝头。

次年春天,当树上的樱花又一次盛开时,这朵娇樱逐渐被渐次盛开的樱花遮掩,让人无法分辨是哪一朵。而当花谢之时,人们发现这朵娇樱仍然留在枝头……

"这么一说,你应该就能理解这棵樱树的异乎寻常之处了吧。此外还有令人费解的一点,明明是棵樱树,为什么要取'桃实'这个名字呢?诸多匪夷所思的情形,当然需要找我这个阴阳师出面解决。此外,跟贵通大人交谈一番后,我觉得他似乎还有事瞒着没说……"

"他瞒着什么?"

"就是因为不知道,才把你请过来商量呀,博雅。"

"你的意思是需要我做些什么吗?"

"正是。"

"要我做什么?"

"放心,不是什么难事。"

"那是什么事?"

"我要你听一听樱花的声音。"

"听樱花的声音?"

"对,总之,去了你就明白了。我答应贵通大人,今天会去他府上一趟。"

"呃……"

"怎么了?"

"呃……"

"去吗?"

"唔,嗯。"

"那走吧。"

"走吧。"

事情就是这样。

四

"但是,透子小姐为何想在那棵樱树下弹琴呢?"晴明询问道。

"透子很久以前就非常希望能在樱树下弹琴,不过家父他……"贵通面露难色。

两人的父亲——橘花麻吕曾严厉阻止,之后也一直禁止透子到樱树下弹琴。

"这么说来,是因为花麻吕大人身故,阻拦这件事的人不在了,透子小姐这次才会去樱树下弹琴……"

"正是。"贵通点头应道。

"但是,花麻吕大人为何不准透子小姐去那棵樱树下弹琴呢?"

"这事,我也……"贵通支支吾吾。

"有何难言之处吗?"

"倒也不是。虽然我不清楚为什么,但在我看来,家父这么做必然有他的原因。"

"原来如此。"

"家父一向不许透子这般行事,如果昨天我也在场,一定会阻止透子去樱树下弹琴。"

"您昨天不在家吗?"

"我有事出门了。"

"透子小姐以前趁您不在家的时候,偷偷去樱树下弹过琴吗?"

"这就不知道了。"

"透子小姐昨天弹的,是哪首曲子呢?"

"不清楚。"

"不清楚?"

"是的。"

"可是,不是很多人都听见了院子里传来的琴声?"

"听是听到了,但是没人知道透子弹的究竟是哪一首琴曲。如果只是一般的曲子,多少还有人知道……"

"这么说来,昨天透子小姐弹奏的并非一般的琴曲?"

"不清楚,我要是昨天在家就好了,怎么也不会让透子她……"

贵通不知所措地看向晴明。

"贵通大人。"博雅开口唤道,"透子小姐的母亲,我记得数年前已经过世了吧。"

"是四年前。她并非我的生母,而是在家母身故后,家父花麻吕的续弦。"

贵通刚说完,晴明马上说道:"总之,能不能先让我们看看那棵樱树?"

五

三人一同来到庭院的时候,已经是日落时分了。

眼前是一棵缀满樱花的老樱树,树下铺着一张绯红色的毛毡垫,垫子上放着一把古琴。

"昨天到现在都没有下雨,我也就没让仆人们收拾,就这样保持原状。"贵通说道。

"这棵樱树,就是有'不凋零之樱'美称的'桃实'啊。"

晴明说着,把手伸入怀中,取出了一根约七寸半长的竹筒。

"这是……"博雅问道。

"如你所见,就是竹筒。"晴明回答道。

"我知道是竹筒。但为何……"

晴明拿出的竹筒,一端在竹节处切断,一端在竹节前切断,中空的地方似乎可以盛放水和一些其他物品。

仔细一看,竹筒的外侧,在靠近竹节的地方还有一个小小的孔。小孔上方贴着一张写着"听如语如疾疾言言"几个小字的白纸,看上去像是写有某种咒文的符纸。

"其实方才贵通大人相告的大部分事情,昨日我都有所耳闻。想着今日来府上应该会用到这样东西,便事先备好带了过来。"

晴明看向博雅。

"透子小姐昨日弹的究竟是哪一首琴曲,就用这个竹筒来确认吧。"

"办得到吗……用竹筒来找曲子……"

"如果是你，琵琶兼吹笛名家博雅大人的话，一定能听出来的。"

"我来听？"

"刚长出的嫩叶和刚盛开的花朵，其叶脉和花脉都可以将周围的声音录下来。"

"脉？"

"所谓的声音，说到底都是通过震动发出的。琵琶和古琴是通过琴弦的震动，竹笛是通过竹子制成的笛管震动。弹琴时拨弦的手离开琴弦，弦上的震动仍会持续一段时间，叶子和花朵也是如此，会将吸收的声音的震动在脉中保留一阵子……"

"你有办法听到保留在花叶中的那段琴音？"

"有。"

晴明说着伸出手，从头顶的樱树枝条上折下了几朵樱花，放入刚才取出的竹筒里。

"博雅，可以把耳朵贴在这截竹筒的敞口上吗？"

博雅从晴明手中接过竹筒，头微微一侧，把竹筒的敞口贴在耳朵上，问道："这样吗？"

晴明伸出右手食指和中指，放在竹筒上，小声念起了咒。

"什、什么都没听见啊……"博雅一脸不可思议的表情。

"啊，这是风，风的声音吗……"他又小声絮叨。

风从竹节附近的小孔灌进来，发出了细微的声响。

慢慢地，风声中夹杂进来一丝微弱的，仿佛是拨动琴弦的声音，比花瓣的叹息还要幽微，在竹筒中回响。

"不会吧，是我的错觉吗？这声音是……"

博雅停止喃喃自语，闭上了双眼。

"啊，竟有如此美妙的琴音……"

博雅忍不住赞叹道。他陶醉地闭着眼，似乎在辨别某支乐曲。

过了一会儿，博雅睁开眼睛，说道："我想，这首曲子应该是《樱散光》……"

"《樱散光》是……"晴明问。

"这首曲子是二十多年前,花麻吕大人创作的一首古琴秘曲。琴曲中饱含着花麻吕大人对春光中樱花凋落的所思所感。我也——在下年轻时也有幸听过几回。但是,后来不知是何缘故,花麻吕大人封存了琴谱,自己不再弹奏,其他人自然也不弹这首曲子了……"

博雅刚说完,就有人发出一声叹息:"啊……"

发出声音的,是橘贵通。

"您果然知道这首曲子啊,博雅大人……"贵通的声音听上去充满悲伤。

夜幕已在不知不觉间降临,四周一片昏暗。仆人们提着照明的灯笼过来。

明亮的灯火下,贵通神情僵硬。

就在此时,"嘻嘻——"响起一声轻笑声。

"嘻嘻——"

"嘻嘻——"

"嘻嘻——"

无数在耳边絮语般的轻柔笑声,不断地从三人的头顶上方传来。

博雅抬头一看,立刻倒吸一口凉气。

在烛光的照映下,只见樱树上的樱花丛中出现了无数张笑脸,都是同一位女子美丽的笑脸。

"嘻嘻嘻嘻——"

"嘻嘻嘻嘻——"

而且,这些美人脸竟是一边嬉笑,一边哭泣。

众人回过神来定睛一看,这才发现不知何时,树上的樱花竟然全部变成了女子的脸庞,像是花瓣随风摇动般发出了轻轻的笑声。

169

六

"能告诉我们事情的来龙去脉吗？"

三人回到屋内后，晴明开口问道。

屋中点上烛火后，晴明和博雅并排坐在贵通的对面。

贵通已让仆人们退下，在座的只有他们三人。

"好的。"贵通点了点头，缓缓道来。

"方才，樱树上出现的那张美人脸，与我那已亡故的母亲的脸一模一样。"贵通说话的声音不大，却能让人感受到其中的决绝。

"家母是在二十三年前去世的。那时，家父花麻吕已在宫中雅乐寮任职，全部心思都扑在了乐曲上，很是忙碌。那时我年纪尚幼，还不满十岁，却从来没有同父亲面对面好好聊聊的机会……"

七

像是着魔般地沉迷于某种事物——无论是谁都有过这样的经历，而让家父花麻吕疯狂热爱的正是雅乐。

我们常把一些异于寻常的事物称为"邪魔外道"，而家父花麻吕那时正像是鬼迷心窍、走火入魔般，眼里只容得下雅乐。

白日在雅乐寮时是如此，回到家中也是一心扑在乐曲上，尤其醉心于作曲。无论是什么样的曲子，只要心里有了念头，家父立刻就能以惊人的速度写出琴谱来。但适才博雅大人提起的那首《樱散光》，创作过程却是一波三折。

起初，家父只在心中对曲子的主题有一番构思，然后零零星星的片段开始浮现在脑海中，仿佛一伸手就能抓住，却怎么也无法拼成完整的乐曲。

家父为此绞尽脑汁，茶不思饭不想，不多久就消瘦得如同皮包骨一般。连晨间从家里去宫中都变得十分困难，甚至无法一个人坐上车辇，看这情形似乎随时都会离开人世。

也许真的是被某些魔物附身了吧。

樱花落尽之时，曲子仍未完成。如此过了一年，当次年樱花再次绽放时，曲子仍旧只停留在家父心中。

"实在可恨，若是樱花凋落前曲子还无法完成的话，我便只有死路一条了吧。"

家父这般劳心苦思，却未能如愿，曲子在樱花盛开又凋落后还是没有完成。

自然，其间也无暇去见家母。家母本以为家父在外另有新欢，跑去会情人了，后来才发觉是因为这首樱花的曲子。

"若对手是个女人倒也罢了，万万没想到夺去我夫君心神的竟是樱花……"于是，家母也陷入了魔障之中。

"只不过是樱花这般死物，夫人无须担忧啊。"

"夫人根本不必如此费神计较。"

身边的侍女们虽然不停地安慰劝说，道理也的确如此，家母却总也过不了心中的那道坎儿。

"我恨樱花。"家母心头的执念化作了对樱花的怨恨。

事后我从侍女口中得知，家母当时曾叹息道："既如此，就以我这一念为祭，换庭院里的樱花永不凋落吧。这样一来，夫君每次看见这棵樱树上盛开的樱花，不是都会想起我来吗？"

没过多久，家母就在那棵樱树上自缢身亡了。

不久，那棵樱树上的樱花开始凋零，然而，唯有一朵樱花牢牢地挂在枝头，始终没有飘散。

当家父花麻吕看见这朵不凋零的樱花，此前苦思多时的琴曲终于得以完成。

可是对家父而言，这首琴曲终究承载了许多不好的回忆。因此，这首名为《樱散光》的秘曲演奏了寥寥几次后，就被家父封存，更不允许在这座宅邸，尤其是种着那棵"桃实"樱树的院子里弹奏。

透子会失踪，想必就是因为在"桃实"树下弹了《樱散光》吧。

我虽请求晴明大人无论如何也要找回透子，却因牵扯家中这桩秘辛，没有一早就和盘托出，心中也甚是苦恼。

八

晴明、博雅和贵通再次来到"桃实"樱树下，已是第二日的中午了。

树下仍旧铺着绯红色的毛毡垫，透子弹过的天弦琴还放在上面，没有动过。

这是一张七弦古琴。春日明亮的阳光洒落在樱花和古琴上。阳光中，樱花的花瓣静静地飘落。

"博雅大人，开始弹奏吧。"晴明说道。

"好……"

博雅点点头，脱去鞋履，只穿着袜子走到毛毡垫上。随即在古琴前落座，指尖抚上琴弦，确认松紧。继而用指甲拨弹琴弦，进行调音。

过了一会儿，应是一切准备就绪，博雅抬头看向晴明，微微颔首。

"那么我开始了。"

晴明点头，博雅将视线重新落在古琴上，轻轻吸了口气，缓缓地将指尖搁上琴弦。

铮——琴音响起。博雅的指尖接连不断地拨动着琴弦。

铮——

铮——

随着琴弦的震动，琴音也接二连三地响起。

博雅的演奏开始了，所弹琴曲正是那首《樱散光》。

曲子一响起，樱花凋落的速度立刻变得与此前有异。

博雅弹出的琴音每触碰到一枚樱花花瓣,花瓣就即刻脱离花朵,飘落而下。

花瓣在阳光中簌簌而落,落在博雅的身上,也落在天弦琴上,纷纷扬扬,连绵不绝。

"这么多……"贵通喃喃道。

"樱花在阳光中飘散,《樱散光》想通过乐音表现的,就是这样一番情景吧……"

晴明说着,举起了双手。身上白色狩衣的宽大袖摆也随之翻飞而上,一股风刮了起来,仿佛是翻飞的衣袖带来的那般。

无数静静飘落的樱花瓣被这股风裹着,飞向了天空。

铮——

博雅的弹奏仍在继续。樱花也在不停地飘散。

散落的花瓣不计其数,都在风的鼓动中飞向碧空。

铮——

铮——

铮——

阳光下,樱花花瓣被清风接连不断地卷上晴空。已经分不清被卷上空中的,到底是樱花的花瓣,还是博雅弹奏出的琴音。

琴音和花瓣在阳光下闪动着光芒。高远的晴空中,花瓣在阳光的照耀下交相纷飞,琴音一闪一闪地舞动。

花瓣、阳光、琴音在青空中变得浑然一体,已经无法分辨。只见碧色的虚空中,花瓣熠熠闪光,琴音灿烂飞舞。

不久,博雅的弹奏结束,"桃实"樱树上的樱花也几乎飘散殆尽。

"啊,那里是……"贵通喊了一声。

花瓣散尽的樱树中央,树枝与树枝间横躺着一名女子。

"透子?!"贵通说。

躺着的女子正是透子。

仆人们将透子从树上抬下，横放在毛毡垫上，透子忽然睁开了双眼，倏地从毛毡垫上支起上半身，紧盯着晴明。"耍手段让树上樱花掉光的，就是你吗？"

"正是在下。"晴明点头。

"你不是透子小姐吧？"晴明看向透子，随即问道。

"哼，被看出来了啊……"

"您是贵通大人的母亲吧。"

"没错。"附身在透子身上的"东西"答道。

"母、母亲——"贵通情不自禁地唤道，"您、您为何、要做这种事……您就这般怨恨父亲大人吗……"

"不……"贵通的母亲说。

"既然不恨，那到底是为什么？"

"我的确憎恨过一味沉溺于雅乐、弃我于不顾的花麻吕大人。身为女人，再没有比得不到丈夫的关怀更令人难过的事了……"

贵通的母亲借透子之口说道。

"但是，更让我牵挂的是为了作曲日渐消瘦的花麻吕大人。既然他不来看我，那我不如干脆化作一朵樱花，将生命奉献于他。若他得偿所愿完成乐曲，我便活在那首曲子里。若无法如愿，他想必也无法苟活于人世，这样一来，我们便能在九泉之下再续夫妻之缘……"

"原来如此，所以您才在那棵樱树上……"

"正是这样。不过，我尚有一丝遗愿未了，就是生前没能亲耳听一次完成后的《樱散光》。不知是不是我的念想太过强烈，传达给了透子。今年春天，就在两天前，她提出要在这棵樱树下弹琴，我终于得偿夙愿……"

"原来如此——"

"此刻我已了无牵挂。生而为人，心中念想能有一二件得以实现，便不枉来这人间走一遭……"

最后一句话，贵通的母亲像是说给自己听的。

"呵呵。"透子的嘴边浮现出樱花瓣似的浅笑，缓缓闭上了双眼。

博雅连忙接住瘫软倒下的透子。

她闭着眼睛，面上带有一丝愉悦，在博雅怀中睡得正香。

而樱树枝头上残留着的那朵"不凋零之樱"，也在一阵风过后，散成五片花瓣，从枝头落了下去。

九

"原来还发生过那样的事啊……"

博雅坐在屋外廊檐下，喃喃自语。

此处是晴明的宅邸。

两人一如往常悠闲地喝着酒。樱花也一如往常地纷纷飘落。

"对了晴明，我还有一件事不明白……"

"什么事，博雅？"

"就是那棵樱树的名字，为什么取名叫'桃实'呢？忘记问问贵通大人了。"

"是这件事啊。"

"怎么，晴明，你已经知道原因了吗？"

"倒也不是，只是我个人的猜想而已。"

"什么猜想？"

"据我所知，那棵樱树被唤作'桃实'，似乎是在贵通大人的母亲在树上自缢身亡之后的事。"

"哦……"

"'桃实'的'实'字，除了'じつ'，还有什么读音呢？[①]"

[①]日文中"实"有"じつ"和"み"两种读音，后者与"三"的读音之一相同。

"'实'啊,是不是也能读作'み'?"

"没错。而这个读音与'三'的读音相同。"

"所以?"

"'三'字拆开,不就是'一'和'二'吗?"

"唔,嗯。"

"'桃实'中的'桃'字,还有一个读音可以读作'もも',跟汉字'百'同音。[①]把'三'字拆分后的'一'加入'百'中,就变成'酉',再把'二'字化作两点放在最上面,不就是一个'首'字吗?"

"哦……"

"我想一开始,他们是把那棵夫人自缢其首的樱树叫'首樱',但这个名字未免犯忌讳,所以将'首'拆分成'百三',又在不知不觉间,改成了发音相同、字形完全不同的'桃实'……"

晴明说完,啜了一口杯中的酒。

"原来是这样啊……"博雅点头答道。

"人为了忘却悲伤,会用各种各样如花瓣般美丽的辞藻来掩盖……"

院子里的樱花仍在不断地飘落。

[①]日文中"桃"有"とう"和"もも"两种读音,后者与"百"的读音之一相同。

首大臣

一

梅雨期还在持续。绵绵细雨不停地下着。

庭院里湿润的草丛中,一只蟾蜍正慢吞吞地爬动。

樱树、枫树、松树的绿叶,以及鸭跖草、萱草的叶子都被雨洗刷得发亮。由于没有风,树叶和草丛几乎纹丝不动。如果雨势大一些,下落的雨滴打在树叶和草丛上,或许会使其摇曳摆动;但现在细雨如丝,雨滴也细得如同针尖,即便滴落在树叶和草丛上,也不能使其晃动分毫。

唯有积攒在叶尖的雨滴慢慢变大乃至掉落时,叶子才会失去平衡骤然翘起,摇晃几下。而下落的雨滴打在下方的树叶或草丛上时,也才会引起晃动。

此时晴明家庭院中在动的东西,只有这些晃动的树叶和草丛,还有那只正在爬行的蟾蜍。

晴明和博雅正坐在屋外的廊檐下喝酒。

晴明身上穿着一件白色的狩衣。

按理说,狩衣吸收了潮湿的水汽,重量应该会增加,但穿在晴明身上却是轻飘飘的，仿佛微风吹过，袖子也会上下翻飞似的。

"我真希望这梅雨季赶快结束啊，晴明……"

身穿黑袍的博雅饮尽杯里的酒，喃喃自语。

"这绵延不绝的蒙蒙细雨虽有一番风情，但下的时间这么长，真是令人格外想念月亮，今晚刚好是农历十六的明月夜。"

博雅放下酒杯。随侍一旁的蜜虫往他的空杯内斟上酒。

他从屋檐下抬头看向落雨的夜空，叹了一口气。好像他望去的方向，本来应该有轮明月高挂在那里似的。

"满月自然是美的，不过变成缺月时，也别有一番风情……"

晴明说完，嘴边还带着一丝微笑和酒气。

"由盈转缺，再慢慢地消失不见，月亮的这种变化实在令人有伤怀之感，确实颇有意趣。"博雅点点头说。

"博雅啊，虽然我刚才用了缺月这样的形容，但月亮逐渐亏缺，乃至消失不见，不过是人眼看见的变化而已。实际上，那不过是月亮逐渐隐匿于自己的影子当中，是一种自然现象，月亮本身并不会消失，始终都是圆的，正如我们在满月之夜所见的样子。"

"是吗……"博雅点了点头。

"你说的或许没错，不过晴明，这样的说法听起来总觉得缺乏情趣。"博雅自言自语般说完，再度端起酒杯送至嘴边。

"你作为阴阳寮的天文博士，有这样一番言论自然是无可厚非，不过在我听来，就是觉得没意思。"博雅说完，一口饮尽杯中的酒。

"博雅啊，说起来……"

忽然，晴明似乎想起某件事，开口说道。

"什么事，晴明……"

"我之前没跟你说过吧，其实今天，东三条大人会来我家做客。"

"兼家大人要来啊。"

晴明口中的东三条大人，指的是时任太政大臣藤原兼家。

"他为何事而来？"

"情况好像颇为紧急。今天早上，他遣人过来传话，说是有一件十万火急的事，务必要登门拜访。"

"这样啊……"

"我说今日已和源博雅大人有约，可能不便相见。结果对方回复说，如果源博雅大人愿意，可以一起见面，所以我同意了，你不介意吧……"

"是不介意，不过，到底是什么事？"

"究竟是何事，我也不清楚。"

"如果是兼家大人，是不是他和某位交往的小姐之间发生了什么麻烦事，所以向你求助？"

"如果只是男女间的情爱之事，不可能特地来我这里吧。"

"那到底是什么事？"

"听他本人怎么说吧。车子好像已经到了。"

晴明说完不久，蜜夜就前来通报："藤原兼家大人已经到了。"

二

然而，来人并非兼家本人。

带着随从前来的人，是一名丰神俊朗、约二十出头的年轻男子。

"在下藤原道长。"年轻男子说。

藤原道长是藤原兼家的第五个儿子，后世称他为"御堂关白"，是一位权倾朝野的大人物。

"初次见面，久仰大名。"道长毕恭毕敬地向晴明问候。

"博雅大人也是许久未见了……"随后，他也向博雅点头致意。

仔细一看，和道长一同前来的三名侍从中，有一名双手捧着一个用锦缎包裹着的四方形物件。

众人从廊檐下离开。进入屋中后，道长屏退了一干侍从。于是屋里只剩下晴明、博雅和道长三人。蜜虫和蜜夜也跟着退出了房间。

道长的面前，放着刚才由侍从捧着的锦缎包裹。

"您到寒舍有何贵干呢？"晴明问。

"关于此事，我想还是由家父兼家向您说明比较好。"

道长一边说，一边伸手解开包裹。最外层的锦缎揭开后，露出了一个未经漆染的原木盒子。

"二位请看……"道长说着，随即掀起盒盖。

"天哪……"博雅发出惊呼。

原来木盒里装着的，竟然是一颗人头。

"兼家大人……"博雅叫道。

木盒的底部放着一张矮矮的台座，而搁在台座上的，正是博雅和晴明都熟识的那位藤原兼家的头颅。

而且——

"哟，晴明啊，以这副鬼样子前来拜访，真是不好意思。"

木盒里的人头不但活生生的，还会动、会讲话。

"两日前的早上，我在家中听到有人喊我的名字，过去一看，才发现家父已经变成了这样……"道长的声调没有丝毫波动。

三

两日前的早上。

"道长——"

道长突然听到兼家的叫唤。

"喂，道长，你来一下。快来啊！"

道长是藤原兼家的第五个儿子。他还有两个同母所生的兄弟道隆和道兼，但那天只有他在家。正因如此，兼家才会叫唤道长。

兼家的叫唤声听起来很慌乱，声音虽大，却又像深怕引起别人注意，压得很低沉，而且音调听起来非常急迫。

于是道长匆匆赶往兼家的卧房。推开房门，就看见兼家从寝具内露出头脸，正朝自己看来。

奇怪的是，盖在兼家身上的被子竟然一片平坦。一般说来，盖在人身上的被子应该鼓成人身的形状才对，但兼家身上的被子看上去却贴着底下的褥子。

"父亲大人，您这是怎么了？"

道长跪坐在兼家的枕边，掀开被子后，才发现兼家的身体已经凭空消失，只留下最上方的一颗头颅。

"父亲大人，这到底是怎么一回事?!"道长抑制不住惊呼，连忙问道，"您怎么会变成这个样子？到底发生了何事……"

"我怎么知道。"兼家虽然也惊慌失措，仍向道长讲述了事情的由来，"今天一早我醒来后，就已经变成这副样子了。"

通常情况下，人如果失去躯干只剩一颗头颅的话，应该会死。但只有头颅没有身体的兼家却还活着。

不仅如此，他还完全没有疼痛之感，颈部的切口也没有流血，这一点让人觉得不可思议。

就在两人不知所措时，兼家突然发出惨叫。

"好热……"

"好热啊……"

兼家感觉自己浑身发热，就像是被架在熊熊烈火上炙烤一样。可是，那炽热难耐的身体却根本不存在。

过了不久，兼家再次发出呻吟。

"痛……"

"好痛啊……"

"我全身上下痛得好像被尖枪刺穿一样……"

道长眼看父亲受苦，却一点办法也没有。

"在地狱的火焰之山被炙烤，在长满针尖的山里翻来滚去，原来竟是这种滋味？"

兼家痛苦地呻吟喊叫了一阵子，炽热和疼痛的感觉不知不觉间消退了，但只有头部没有身体的情况没有丝毫变化，两人对此束手无策，也不知道究竟是何原因。

"父亲大人，我去请大夫或寺里的和尚来想想办法，您看如何？"道长问。

"不必。我不想让别人看到我这副模样。"兼家说。

在两人都不知道如何是好的情况下，太阳渐渐落山了。兼家再次痛叫起来。

"热……"

"好热啊……"

"痛……"

"好痛啊……"

兼家此时所受的痛楚，和早上的情形一模一样。第二天，情况依旧没变，而且再也瞒不下去了。

兼家起初非常不愿意让别人看到自己的模样。

"如果是生病，请大夫开药治愈便是。若是难缠的咒术，是不是请和尚或阴阳师解决比较好……"道长这样劝道。

"让外人看到我这副模样，要是不慎传到了外头，我以后还怎么进宫觐见。"兼家没有同意，"事情既然是突然间发生的，指不定到了明天就会突然复原呢。"

然而一天过去了，兼家仍然没有恢复原状。

第二天请了和尚过来查看，情况依然没有得到改善，终于到了第三天——

"对了，还有晴明，去把安倍晴明叫来……"兼家突然叫道。

"这种事情让晴明来处理最适合了。去把他叫来。啊，不，不必叫他来，应该我们亲自去他府上拜访。"

兼家说着，即刻差人往晴明府上递了拜帖。

"这就是我们今日前来拜访的缘故。"道长说。

四

"对于这一变故，您心里可有什么头绪吗？"晴明向兼家问道。

"没有。"兼家立刻回答。

"您作为当事人可能不会在意一些细节，但在旁人看来或许就是事情发生的端倪。无论是多么细微的琐事都行，希望您说说看……"

"没有。"

"真的没有吗？"晴明俯视着兼家的脸。

"晴明，不要用这种眼光看我……"

兼家无法低头或转头躲避晴明的注视，只能将视线移开。

"那么，您有没有接触过什么不好的东西呢？"

"……晴明啊，别说这些有的没的了，快帮我想办法把身体复原好不好？你这样追问，不等于病人不把受伤的原因告知你，你就无法医治吗？但不管病人是因为摔倒弄伤手臂，还是因为自身缘故弄伤手臂，你应该都有办法治疗吧？"兼家把视线瞥向一旁，说道。

"兼家大人，"晴明把脸移到兼家视线的正前方，对兼家说，"您不能这样耍脾气。"

"我……"

"看来您心里有数。"晴明说。

"有是有……"兼家无奈，只能点头应是。

"那么到底发生了何事？"

"是纪长谷雄大人……"

"您说的，是那位文章博士？"

"对。"

纪长谷雄是一位生于承和十二年（845）的文人，距离晴明目前所在的时代相当久远。

他是菅原道真的门生之一，早已离世多时。关于他，在某本古籍上有这样的记载："学遍九流，艺通百家，朝野不可或缺之人。"

"这位长谷雄大人在朱雀门上和鬼怪玩双六棋的故事，你知道吧？"兼家问。

"知道。"晴明点头。

"我听说长谷雄大人最后赢了那盘棋，然后鬼怪就给了他一位绝世美人……"博雅说道。

长谷雄得到绝世美人时，鬼怪还特地警告他说："你听好，无论发生什么事，一百天之内，你绝对不能动这女子一根汗毛。"

但是就在第八十天的晚上，长谷雄还是忍不住触碰了那位绝世美人。结果美人的身体当场化作一摊清水，只留下衣服，就此消融得无影无踪。

鬼怪来到现场后，潸然泪下，说道：

"哎呀，你怎么这么不听劝啊？为什么就不能遵守约定呢？这位美人可是我搜集了一千具女人的尸体，从每具尸体的身上提取最完美的部分，好不容易才完成的杰作啊。你只要稍微忍耐一阵子，她就会变成真正活生生的美人啊。"

流传下来的故事里是这么描述的。

"唉，我也曾想得到故事里的那位绝世美人啊，晴明……"兼家向晴明说道。

大约一个月以前，在某个月色明亮的晚上，兼家在自家的廊檐下念起了上述故事。

念完后，兼家十分感慨地自言自语道："啊，这世上有没有这样的绝世美人呢……"

当天夜里，兼家刚刚入睡之时，听到耳边传来人的说话声："有啊……有这样的绝世美人呢，兼家大人……"

低沉的人声在兼家的耳畔窃窃私语，如同泥水煮沸时发出的咕噜咕噜的声响。

兼家忽然清醒过来，发现枕边坐着一位老人，透进室内的明亮月光落在老人的身上。

他满头蓬乱的白发，脸上布满了皱纹，还有一把长长的胡须。这是个双目发出黄光的老人。

"你、你是何人？"兼家从被褥中撑起身子。

"老朽名叫芦屋道满……"老人回答。

"你叫道、道满？！"兼家显然知道这个名字。

眼前的老人是一位法师阴阳师。

"我刚才途经府上，听到里头传来有人在讲故事的声音。细听之下，发现原来您很希望得到一位绝世美人啊。"

"你听到了？"

"是。"

老人的脸上浮现出一抹诡异的笑容，扭曲可怖的神情连妖怪见了恐怕都会自叹弗如。

"就让老朽来为您准备那位美人吧。"

"你说什么？"

"您没听清楚吗？老朽是说，由老朽来为您准备那位绝世美人。"

"但、但是，我所说的绝世美人，可不是那种普通的美人啊……"

兼家想要的，是鬼怪制造出来的美人。就是传说中提到的，鬼怪从一千具美人尸体上搜集各自最完美的部分，拼合而成的绝世美人。

这些美人想必都是年纪轻轻就已丧命，抱着对这人间的极度

185

不舍，哀怨地香消玉殒。

兼家真正想拥有的，就是这份来自一千位年轻美人的遗憾与不甘。那白皙光滑的冰冷肌肤上，应该凝聚着众多死去的美人的怨念，把它拥入怀中——兼家正是对此产生了欲念。

"您的心意，我全都明白，兼家大人。"道满笑道。

"道满，你、你的意思是，你能为我制造这样的绝世美人？"

"怎么可能……"道满露出一口黄牙嗤笑道，黄牙之间是一根摆动的红色舌头。"我能让您和朱雀门的鬼怪玩一局双六。"

"那样的事你办得到吗？"

"当然。"

安排他和鬼怪下棋，兼家相信道满应该办得到。眼前的老人身上似乎拥有一股让人信服的力量。

不说别的，光是那长发蓬乱的外表，就让人觉得比起人，他应该更接近鬼怪或魑魅一族。

"可是，你要什么报答？你为我做这种事，到底想得到什么？"

"没什么。"

"没什么？你这么说，反倒让我无法相信你了。"

"不，不，我并没有说什么都不想要。只是，兼家大人可能无法理解我想要的东西……"

"你说说看。"

"我想要的是人心。"

"人心？"

"在下向来以啖食人心的阴暗为生，兼家大人将你心中的阴暗作为报答，供奉于我即可……"

"我不明白。你说清楚一点。"

"那么，能不能让我在一旁看你和鬼怪下棋？"

"看我们下棋？"

"是，兼家大人和鬼怪下双六时，请允许我在一旁观战，当您内心动摇之时，便是我大饱口福的时候。"

"何必说得这般复杂。总之，只要让你在旁观棋就好了吧？"

"没错。"

"既然如此，那就好办。随你吧。"

"明白了。"

五

七日前的夜里，兼家瞒着家里人，只身一人离开了宅邸。

在大门外等候的正是芦屋道满。

兼家半信半疑地跟在道满身后走着，心中既感到不安，又满怀期待。

太恐怖了。深更半夜，自己居然敢和这个妖异可疑的男人在一起行走。

为什么要跟他来呢？

这会不会是一场骗局？

自己是不是上当了？

除了这些不安，兼家还抱有一种与之全然相反的忐忑——万一这一切都是真的呢？如果并非骗局，那么自己此刻正要去和鬼怪见面。

没有跟任何人提及此事，就这样独自一人赴约，究竟是好是坏？

"您的心正在颤抖呢……"道满喃喃道，"我知道得一清二楚，人心的这种恐惧和不安对我来说，正是无与伦比的美味。"

不久，道满带着兼家抵达朱雀门。

门边立着一道梯子，两人顺着梯子登上楼门。

楼门上放着一盏灯台，灯台上点着明亮的灯火。旁边坐着一名青年男子，身上穿着一件看似清凉的白色水干。

男子容貌俊美，约莫二十出头，肤色白皙，有一双细长的眼睛。

兼家不认识对方，心想：难道这名男子就是住在朱雀门的鬼怪？

男子面前搁着一张双六的棋盘。

"兼家大人，快点坐下吧。"

道满催促道。兼家于是隔着棋盘坐在了男子的对面。

"你就是兼家？"青年问。

"正是鄙人……"

"长相很普通嘛，但欲望之烈远超俗世凡人，你也就这一点还算有趣。"

青年说话间，道满已经在可以从旁观看棋局的位置上坐下了。

"你要赌什么？"青年问。

"赌、赌什么？"

"你想要的是女人吧。如果赢了我，就把女人给你。要是输了的话，你要给我什么呢？"

"这、这……"

"你没想过就来了吗？"

"请问长谷雄大人用什么作为赌注？"

"哈哈，真是一个令人怀念的名字。长谷雄用来当赌注的，是他拥有的全部才华。"

"那、那么，我也和他一样……"

"不行。"青年说。

"为什么？"

"你的才华在天下无双的文章博士长谷雄面前，根本就不值一提。你说说看，你到底有什么才华？"

"这、这……"

"道满，这个男人好没意思啊。"青年说，"过去我曾在这里和一个名叫源博雅的男子一起，吹了整整一夜竹笛，尽兴时还彼此交换了笛子，你有他一半功力也好，说说看，你会吹笛吗？"

"不、不会。"

兼家害怕如果回应会吹笛，万一对方要求吹吹看，事情就难办了，于是老实地答道。

"但是我可以给你黄金，或者一间大宅子。"

"无聊。"青年说道，"才华呢，是那些只有本人才有，而且只属于他的东西。女人之所以美丽，是因为这份美丽无法永远持续。女人之所以惹人怜爱，是因为她们迟早会年老色衰。花朵之所以美丽，是因为终将凋零。正因为女人会融化成水，男人才会加以爱惜。仔细想想，女人化成水后消融得无影无踪，对拥有她的男人而言反倒是件好事吧。正因如此，人们才会为他们的恋情留下如泣如诉的画卷与故事啊。"

兼家听到这里，不由得意气用事起来，不假思索地放言道：

"既然如此，我就以我的人头为注……就赌我这颗项上人头。"

"是吗……"青年的眼眸发亮，说，"这可是你说的。话一旦说出口，就没有收回的道理。好，就用你这颗人头作赌注吧。"

"不、不是的，我、我是说……"

"不能更改。这是赌博的规矩。你非要收回，也不是不行。那我也就不管这场双六棋局究竟谁胜谁负，现在就把你的人头吞了——"

青年嘴里的两颗犬齿忽然地变长了。

兼家本来还怀疑青年是和道满合伙，意图欺骗自己，见此情形，立刻打消了心底的疑虑。

眼前这位青年明显不是凡人。他口中吐出的气息，此刻正散发出青白色的光，零零星星地燃烧着。

"我、我赌。我愿意以自己的人头为注。"

兼家答道，内心对应约前来一事懊悔不已。只不过眼下也只能继续了。

他向道满投去求救的眼神,道满却只是噙着微笑看着他。

对兼家来说,双六算是一项擅长的游戏。

他心想,如果是武打比斗之类的较量,自己绝对没有任何胜算。而双六是根据骰子掷出的点数来定胜负的赌博游戏。

就算对方是鬼怪,应该也无法随意控制骰子掷出的点数吧。再说了,这个鬼怪不是曾经败给过长谷雄博士吗?

"你该不会暗地里动用什么神通,偷偷改变骰子掷出的点数吧?"兼家鼓起勇气,朝鬼怪问道。

"当然不会了,这还用问吗?"青年目光如炬,说道,"如果连掷骰的点数都随意变动的话,还有何乐趣可言?你放心,守规矩是我一贯的行事作风。"

棋局开始了。

本来双方始终保持一胜一败的平局,临近天亮时,青年终于赢了。

兼家脸色苍白,浑身发抖。

"接下来……"青年说着,看向兼家。

"啊!"兼家嘶喊一声,整个身体瘫软着倒下,大哭起来。

"放过我吧!请放过我!求求你,求求你,千万不要拿走我的人头……"兼家挥动手足,扭着身体,像个孩子般大哭大叫。

"实在丢人……"青年冷眼盯着,轻轻呵了口气,站了起来。

"算了,这种人的头颅给我,我也不想要了。道满,赶紧把这个丢人现眼的男人带回去吧。"

道满苦笑着,把兼家带回了宅邸。

"是我、是我赢了……"

兼家顶着满脸的眼泪鼻涕,用颤抖的声音向道满说。

"我赢了啊,道满。虽然双六棋局没赢,但我还活着,这颗头也平安无事。我还活着啊,所以是我赢了……"

"哈哈,您说的这句话,真是美味至极啊。"道满说。

兼家头部以下的身体消失不见，正是这晚过后的第四天，也就是两天前的早上发生的事。

六

"原来如此，芦屋道满大人也和此事有关啊。"晴明开口说道。

"您为何一开始不愿意将此事相告呢？"

"我、我说得出口吗？为了得到用尸体制成的美人，就和鬼怪下了一局双六棋，输给对方后又怕死不守约，大哭大闹了一番，这种事，我怎么说得出口……"兼家说。

"不过，既然您在与鬼怪的双六棋局中输给了对方，又没有履行约定，献上事先说好的赌注，应该猜得到会有什么下场吧？"

"果、果然我的身体消失一事，和那晚的双六棋局有关，是吗？"

"没错。"

"难道是那个鬼怪下的手……"

"暂且不管是不是鬼怪所为，要紧的是先找到兼家大人的身体。"

"你、你知道在哪里？"

"大致推测得出，不过，是否真如我所料，还要去一趟才能知晓。"

"去一趟？到哪里……"

"兼家大人的家中……"

"什么？你是说，我的身体在我自己家中？"

"要看过之后才能确认。"

"好、好的。"

"而且说到底，兼家大人的头颅和身体，其实并没有分开。"

"没有分开？"

"是。正因为没有分开，所以您现在还活着，也会觉得肚子饿。只是，您的身体可能正处于阴态。"

"阴、阴态是指……"

"就像天上的明月时盈时亏那样,月亮亏缺时,并不代表它的一部分消失了,只是隐藏在了它的影子中,人们看不见而已。"

晴明再度搬出了之前对博雅说过的那番言论。

"总之,我们先去府上走一趟吧。"

晴明看向博雅,问道:"博雅大人愿不愿意一同前往……"

"好、好的。"博雅点头。

"那么,我们走吧。"

"嗯,走。"

事情就这么决定下来。

七

一行人抵达位于三条的藤原家宅邸时,雨变得更小了,已经分辨不出落下的究竟是雨滴还是雾气。

进了屋,道长屏退所有家仆后,从木盒中取出兼家的人头。人头张口就道:"果真还是外面的空气舒服啊。"语气竟颇为悠闲自在。

兼家的头颅由道长捧着。

"好了晴明,说说你的猜想吧。"兼家说道。

"请问府上的早饭和晚饭[①]都是在哪里准备的?"晴明问。

"这边请。"

道长捧着兼家的头颅,先行一步在前方带路。

"这里就是寒舍的灶屋。"

道长领着晴明和博雅来到的,是位于宅邸西侧尽头的一间屋子。

这里半间屋子铺有地板,另外半间的地面是泥地。泥地的这半

[①] 日本平安时代的饮食习惯为二餐制,约在早上 10 点及下午 4 点用餐。

间设有四个炉灶，可以同时煮饭做菜。不过此刻，炉灶上既没有锅，也没有烧水壶搁着。

"唔，是哪一个呢？"

晴明走近炉灶，先把右手伸进最右侧的灶门。

"好像不是这个。"

说完，晴明收回手，接着又把手伸进右边第二个炉灶的灶门。

"喂，晴明，你那样就能找到我的身体吗？"兼家开口问道。

但晴明没有理会。

"看来好像也不是这里啊。"

接着，他又将手伸进第三个炉灶的灶门。

"哦？这是……"

晴明刚说完，兼家就边笑边说："怎、怎么回事？好痒啊。喂，这到底怎么回事？我怎么……"

"啊，这是……"

兼家话还未说完，晴明已将右手从灶门中收回。

"找到了。"

博雅看了一眼晴明手中的东西，立时发出惊呼："啊！"

只见晴明的右手握着一具赤裸的，比猫崽还小一圈的人的身体。那具身体还挺着个大肚子，手脚上上下下地挥动个不停。

"哈，好痒，哈哈……"兼家发出笑声。

"这就是兼家大人的身体。"晴明说道。

"你、你说什么?!"

"您看如何是好？是不是现在就恢复原状？"

"哦，越快越好，但是这身子现在这么小，要紧吗？"

"这具身体目前处于阴态，大或小都不重要，也无须施加什么特别的咒法。只要将头颅和身体合在一起，自然会恢复原状。"

"那么——"

晴明催促道长，让他将兼家的头颅高高举起，然后将手中的兼家身体的"切口"，对上道长举起的头颅的切口，两者自然地合而为一，原本小小的身体也慢慢地变大了。

不一会儿，兼家便恢复了原状。

"真是太好了，晴明。"

兼家全身上下不着一缕，高兴得手舞足蹈。

"不过，你怎么知道我的身体就在此处？"

"您之前曾说，每日一到早上和傍晚，身体就会发热疼痛。我想您府上朝夕都会用到火的地方应该只有炉灶。而且您还提到，有时感觉身体痛得像被尖枪刺穿一样，我想那是因为仆人们在炊煮过程中，有时会用火箸拨动炉灶里的火炭，不免会戳到炉灶内的身体，所以您才会感觉疼痛。"

"可是这样的话，为何我既没被烧伤，也没被烫伤呢？"

"处于阴态的物体，都是这样。"晴明回答。

"晴明，真是太好了。我向你道谢，日后必有奖赏，你等着吧……"

兼家一丝不挂，却毫无遮掩之意。

"还有，这次的事情千万不要外传。因为那样的赌博害得我只剩一颗头，这件事要是被人知道的话……"

"我明白，不过，还是请您千万小心一些。"

"什么意思？"

"请您绝对不要再随便接近非凡俗之物了。虽然此次惹出的事端已经解决，但下次再发生类似的事，或许就没办法像这次一样顺利……"晴明的嘴边浮现出一丝微笑。

"我会谨记的。"代替兼家回答的是年轻的道长。

"芦屋道满那种可惧之人，还是敬而远之为妙……"

道长清澈的眼神望向晴明，重重地点头。

八

到了晚上，阴雨初歇，云层散了开来。

黑漆漆的天空从云层的裂口处露出，天上的星星和月亮都闪烁着光芒。

"月亮总算出来了啊，晴明……"

博雅坐在廊檐下隔着屋檐抬头看天，端起酒杯喝了一口酒。

"话说回来，晴明，兼家大人那位名为道长的儿子，看上去是位聪慧之人呢。一路捧着兼家大人的头颅，竟面不改色——"

"的确，想必今后也一定是位大权在握的人物。"

晴明紧盯着庭院的暗处。

那里有几只发出青光的萤火虫在飞舞，一闪一闪的样子仿佛在吞吐黑暗。闪烁的青光中，有两个黄色的光点。那两个光点正慢慢地朝廊檐靠近。

晴明紧盯着的，就是这两个光点。

"你怎么了，晴明？"博雅停下端起酒杯的手，问道。

"看来，是他大驾光临了……"晴明喃喃道。

"你说什么？是谁来了？"

"芦屋道满大人啊。"

"什么?!"

博雅忙往庭院的暗处望去，那两个黄色的光点也从暗处移到了月光下。

满头凌乱蓬松的白发，身穿一件破烂水干的芦屋道满，正站在那里。

"这不是道满大人嘛，真是好久不见了。"

听到晴明的寒暄，道满咧嘴一笑："兼家的事，好像被你顺利解决了啊。"

"兼家大人这样身居高位之人，你可不能随意拿来开玩笑。"

"最近都没什么有趣的事，我只是和兼家小小游戏一下而已。"

"善后处理可是都转到我这边来了。"

"别卖乖了，晴明，解决那么一丁点小事，不但让兼家欠你一份人情，留有把柄在你手上，还让他那位年轻的儿子见识到了你的能力……"

"所以，我应该感谢您？"

"难道不该吗？"

"是该好好谢谢您啊，光是看到兼家大人只剩一颗头的样子，就让人觉得很好玩了。"

"是吧？"

"话说回来，让兼家大人的身体不见的，应该不是朱雀门那位，而是道满大人您吧？"

"没错。事情就那样结束的话，我的面子往哪儿放。朱雀门那小子说不要兼家的头，那我只好拿走兼家的身体，丢进炉灶内。他忍受不了热痛折磨，最后一定会向你求救，而你肯定也会出面帮他解决。"

"原来如此……"

"对了，今晚还有一位客人会来……"

道满刚说完，背后的黑暗中瞬间出现了某个"东西"的身影。

那是一位丰神俊朗的青年，身上穿着一件一尘不染的白色水干，衣袂微微飘动。

"您就是朱雀门那位吧。"晴明说道。

"博雅大人，久违了。"青年向博雅低头致意。

"啊，是你……"博雅叫出声来。

"您还留着我换给您的竹笛'叶二'吗？"

"我随身带着的……"博雅红着脸，从怀中取出叶二。

"许久未闻叶二的笛声了，我很想听听，所以特地前来。您能不能为我吹奏一曲呢?"

"当然可以,我很荣幸。"博雅露出喜不自胜的笑容,高兴得连嗓音都提高了。

"我想喝上一杯。"道满说。

"请两位到这儿来。"晴明说。

道满和青年走到廊檐下,就地坐下。

此时,博雅已经将叶二贴在了唇上。

当道满端起盛满的酒杯时,叶二的笛音已经滑入满院的月光中,变成令人心驰神往的乐曲了。

道满饮受美酒之事

一

橘琦麻吕自幼时起,便十分喜欢诵读《观音经》。

无论发生任何事,他每天至少会读一遍这部经书。

早饭和晚饭后必定诵读,有时甚至会念诵一整天。因为已将《观音经》的全部内容都背下来,诵读的时候也不必再去翻经书。

他自幼体弱多病,八岁时,家里有人将《观音经》教给了他,不知为何,他竟十分喜爱,并沉迷于研读这部经书,养成了每天诵读的习惯。

自从他开始诵读《观音经》以来,即便生了病,也很快就会痊愈。他本来自小体弱,被众人认定很难活到十岁,后来不仅顺利渡过这一难关,更和其他孩子一样健健康康地嬉戏玩耍。

只不过自十岁左右起,他的周遭发生了种种的怪事,也常有妖物现身。

十二岁那年,他发了高烧,全身疼痛。

用了各种各样的药,但无论是内服还是外敷,都不见疗效。

半夜里,耳边突然传来一阵嘈杂声,琦麻吕睁开眼睛一看,发现全身爬满了像是人偶的小东西。

这些小人身穿盔甲，待在他的头、眼、鼻、口、耳、手臂、手掌、双脚、喉咙、胸部、腹部、腰部等处，有些站着不动，有些走来走去。每个小人手里都拿着一柄小小的长枪，正一下又一下地戳刺他的身体。每刺一下，被刺到的地方就会发痛。

有些小人不时从琦麻吕的胸部和腹部钻出来，还有一些小人似乎在他的身体内部，拿着小长枪戳刺他的心脏、肝脏、骨头和血管等部位。

他数了数，大概有八十二个小人。

"你们到底是何方人物？为什么要这样拿枪刺我的身体，欺负我？"琦麻吕问。

"我们这样做是为了保护你。"

其中一个小人回答道。

"有坏东西拿长枪刺你，打算破坏你的身体。而我们这样用长枪刺回去，是为了把那些坏家伙赶跑。你的身体会痛，是因为那些被我们用长枪刺中的坏家伙在胡乱闹腾……"

原来是这样，琦麻吕心想，一阵睡意袭来，他又睡着了。

次日早晨，他醒来后，全身的疼痛竟奇迹般消失了。

除此之外，琦麻吕身上还发生过这样一件事。

他被一个素未谋面、腰部佩着一根树枝的男子牵着手，走在路上。两人所处的地方十分陌生，四周走动的也净是不认识的人。

过了不久，男子牵着他走进了一个好像是官府的地方，领着他来到一个红脸膛、留着大胡子、看似长官的人面前。

"喂喂，你为什么带这个孩子来这里？"

大胡子长官一边翻开一本类似账簿的东西，一边说道："这个孩子不能来这里。你快点把他带回去。"

"可是我都已经把他带来了，如果让他回去，必须再找一个可以

199

代替他的东西过来……"带琦麻吕来的男子说道。

"那倒也是。话说回来,你来这里是为了什么?"

"是因为这个。"男子将插在腰上的树枝拔出。

"这是什么?"

"柿子树的树枝。"

"那你就用这个吧。"

"好。"

男子点头应道,又牵着琦麻吕的手走出屋外。走了一会儿,两人来到一个十字路口。几只狗正在那里嬉戏玩闹。

男子让琦麻吕握住那根树枝,对他说:"用树枝去打那边的狗,随便打哪只都可以。"

琦麻吕手里拿着树枝走向狗群,朝离他最近的一只黑狗的背打了一下。

汪!黑狗叫了一声便倒在了地上,一动也不动。

琦麻吕记得的,就只有这些。当他清醒过来,发现自己正仰面躺在地上,四周有几个人俯视着自己。

"他活过来了。"

"太好了。"

围观的人异口同声地说。

"发生了什么事?"琦麻吕直起身问道。

"你爬到那棵柿子树上玩,结果摔下来了。"一个围观的人说道。

"因为你握着的树枝断了。看,就是那根。"

听对方这样说,琦麻吕看了看自己的右手,手里还握着之前打黑狗的那根柿子树的树枝。

虽然经历过好几次类似的事,琦麻吕还是平安无事地长大成人,不但娶了妻子,膝下也有了孩子。

二

琦麻吕是在四十七岁那年的夏天去世的。

众多的亲戚和他妻子、孩子以及家人聚集一堂,将他的遗体放入棺材,然后合力抬着棺材过五条大桥。

他们打算将琦麻吕的遗体埋葬在鸟边野一带的墓地。

众人抬棺走到五条大桥的中央时,与一位老人擦身而过。

这位老人身上穿着一件破破烂烂的水干,浑身上下看上去脏兮兮的。满头乱糟糟的长发披散着,多数都花白了。垂在额间的碎发后头,是一双发着黄光的眼睛,此时正透过碎发往外看。

老人和众人擦身而过时,望了一眼棺材。

"咦……"老人发出声音。

"等一下……"老人向琦麻吕的妻子说道。

琦麻吕的妻子随即停下脚步,送葬的行列也跟着停了下来。

"请问有何贵干?"妻子问。

"棺中过世之人是谁?"老人问。

"是我的丈夫,名字叫琦麻吕。"

"他怎么过世的?"

若是平时,琦麻吕的妻子大概会无视眼前这浑身脏兮兮的老人,径直转身离去。但今天毕竟是亡夫的下葬之日,倘若冷漠相待,对方因此怀恨在心,也许会影响到丈夫的来世。

"这个……其实我们也不清楚……"妻子用迷茫不解的声音说道,"三天前,我丈夫摔了一跤,撞到了下巴,下巴脱臼后一直没好。"

"然后就死了?"

"是的。"

"可是通常情况下,仅仅是下巴脱臼,是不会致人死亡的。还发生过其他奇怪的事吗?"

"您这么一说……"

接着,妻子向老人讲述了此前发生的一件事。

当时,琦麻吕独自一人坐在西边的廊檐下眺望着庭院。

因为下巴脱臼,嘴巴一直合不起来,他不但无法说话,也不能好好吃东西,口水还流个不停。然而,这和罹患疾病的情形又不一样。

他可以站,可以走,可以坐,这些都和平常人一样,并非成天缠绵病榻起不了身。

那时琦麻吕似乎正独自一人待在西边的窄廊。

但他的妻子说,她听到有人说话的声音。

"这回总算能把你带走了……"

那声音听起来似乎特别高兴。

妻子听到的,不是琦麻吕的声音。因为他下巴脱臼,根本没办法出声说话。

不知道是谁在说话,那声音妻子以前从未听过。她以为是哪位来访的客人,直接从庭院绕到了西边的窄廊。妻子决定过去一探究竟,结果到了一看,只见琦麻吕仰面倒在廊檐下的地上,已经死了。

听完妻子的讲述,老人点头道:"原来如此……"

送葬的队伍再次启程。奇怪的是,那个老人也跟在队伍后面。

一行人终于抵达鸟边野,正准备埋葬盛着琦麻吕遗体的棺柩时,老人开口说道:"怎么样啊,你们愿不愿意请老朽喝一杯酒……有人带着酒吧?我正好有些口渴……"

琦麻吕生前是个好酒之人,送葬的众人也确实在随葬品中备了好些美酒,打算同棺柩一起埋入土中。

妻子听到了老人的话,无法置之不理,于是回应道:"我们确实带了酒过来,但是为什么一定要请您喝酒呢?"

"哈哈,别这么说嘛,不过招待老朽喝杯酒而已,不会让你们吃亏的……"老人咧嘴笑道。

妻子突然觉得有些毛骨悚然。

"您不是道满大人吗？"送葬队伍中的一位亲戚开口说道。

"道满大人？"妻子不知是何人，便问那位亲戚。

"他是被称作道摩法师的芦屋道满大人。"亲戚说。

"您就是那位法师阴阳师？"妻子看向老人。

"正是老朽——"

老人咧嘴一笑。

三

老人，也就是道满，坐在棺材前面的草地上，优哉游哉地喝起了酒。

他把大约装着一升酒的酒瓶喝干后，边擦嘴边站了起来，说道："好了，接下来换我回个礼给你们。"

"回礼？"

"把棺材打开。"道满说道。

为何要打开？妻子本想问道满，话到嘴边又咽了回去。她全然被道满凶神恶煞的气势所慑，一点反抗的气力都没有。

除妻子之外，送葬队伍中还有几个人也曾听闻芦屋道满传扬在外的恶名，没有一个人敢违抗他的命令。

棺柩打开后，道满往里头打量了一番。

"原来如此，果然如我所想……"道满喃喃自语。

"什么事如您所想？"妻子问道。

道满没有理会她，接着说道："有没有人愿意过来，帮我把琦麻吕大人身上的衣服脱掉？"

此话着实令人不解。

就在众人犹豫不决时，道满再次吩咐："去把他的衣服脱掉。"

穿在琦麻吕遗体上的衣服被脱了个精光，他全身上下一丝不挂。

而接下来发生的事，更令众人觉得匪夷所思。道满竟然也当场脱掉了自己身上的衣服。

"那么，先睡上一会儿吧……"

道满说完，伸脚跨进棺柩里，并排躺在琦麻吕赤条条的遗体旁边，然后伸出双臂，紧紧地抱住琦麻吕的遗体。

"把棺材盖上。等到明天早晨，你们再来叫醒我……"道满说道。

妻子如果一早知道事情会变成这样，当初在桥上遇见道满时，一定不会回应他的话。没想到后来不知不觉请道满喝了酒，还让事情演变到如此地步，现在想来，着实不可思议。但事已至此，也只能依照道满所说行事了。

"你们再不快一点，天就要黑了……"

正如道满所言，太阳不知何时已经挨近了西边山头。

鸟边野是掩埋尸体的墓地，到处都是被丢弃的尸体和散落的白骨。有时常有野狗和乌鸦过来啃食尸体，这一带的景象很是骇人。挥散不去的腐臭味也令人作呕。

总之，琦麻吕的妻子等人只能听从道满的吩咐，仓促离去。

四

次日早上，琦麻吕的妻子等人一路踩着挂着晨露的杂草，再次来到了鸟边野。

"道满大人，道满大人……"

众人对着棺柩喊道。

"噢，你们来了啊……"棺柩中传来了道满的回应。

"睡得真香啊。"道满从打开的棺柩中走出，伸着懒腰说道。

"今天早上的天气不错嘛。"

他一边说着，一边把昨天脱下搁在草丛中的衣服穿回身上。

这时，棺柩中又传来一道说话声："这是什么地方……"

紧接着，琦麻吕的"遗体"从棺柩中站了起来。

他不但可以流利地说话，连脱臼的下巴也痊愈了。

"天啊！"

不用说，妻子一行人都难以置信地惊叹出声。

"这、这究竟是怎么一回事……"妻子问道。

"之前不是说过了吗，那时我正好有些口渴，想喝点酒……"道满说道，"恰巧遇见你们路过，似乎还带着酒，那酒的香味真是诱人。然后呢，我稍微一打量，发现棺材的周围有一层闪闪发光的彩云。你们是看不见的，也不知道这种彩云不会出现在死人身上。那么既然棺材里的人还活着，讨你们一杯酒喝，顺道让里头的人复活过来，倒也不是件坏事……"

道满没有继续说下去。

五

据复活过来的琦麻吕回忆，事情是这样的。

他说，当他回过神来，发现自己走在一条以前曾走过的路上，手被人牵着。

而牵着他的人，正是小时候带他去那处奇怪的官府的男子。

"怎样？我终于把你带到这里了……"

男子的声音听起来非常开心。

"本来呢，你九岁的时候就应该被带到这里。都怪你每天念诵《观音经》，害得我没办法把你带来。不过，今天总算如愿了。"

然而，琦麻吕完全听不懂男子在说什么。

"我从领受这项任务的那天起，就一直躲在你身边，想找机会把你带来，却一直没有成功。这次就不同啦，我绊了你一脚，让你摔倒，撞到下巴脱臼，这样一来，你就无法诵读《观音经》了。"

男子说着，牵着琦麻吕的手走进官府。

琦麻吕又被带到小时候见过的那个红脸大胡子长官面前。

"我终于成功把琦麻吕带来了。"黑脸男子说。

与之前那次不一样的是，红脸长官的旁边坐着一位头发和胡须都乱糟糟的老人。

"喂，黑长，听说是你亲自下手，让琦麻吕没办法念诵《观音经》？"红脸大胡子长官说。

"岂有此理。虽说人的寿命长短早已注定，但个人的信仰和行为却可以让寿命有所变动。如果是琦麻吕选择舍弃信仰，不再读经，倒也罢了。但如果是你强行让他无法读经，那就不行……"

黑脸男子听后，咬牙切齿地说道："我只是拼命想完成任务。你这么说的话，我、我就不干了！这份活计我不干了——"

说完，他继续在口中念念有词，却听不清在说什么，看上去非常不满。

坐在红脸长官旁边的老人走到琦麻吕身边，拉起他的手。

"事情就是这样。跟我回去吧……"

于是，琦麻吕又随老人顺着之前那条路往回走。

"不知不觉间，我就醒过来了。"琦麻吕说。

"对了，把我带回这里的老人是他，看，就是站在那边那位。"

琦麻吕指着站在草丛里咧着嘴笑的道满，说道。

六

"接下来，还有一件事情未了。"

道满说完，跟着琦麻吕一行回到他的家中。

琦麻吕和妻子都对道满所说的未了之事很是在意,但问也没有回答,只好作罢。

"给我一个锅子。"道满说道。

家仆们不明白他要干什么,但还是取来了一只锅。

"我想喝粥。"琦麻吕说。

家仆们一听,立刻去灶屋煮粥。

正当琦麻吕端起碗,准备啜一口粥时,道满马上伸手拿走他的碗,把碗里的粥倒进手中的锅,快速盖上锅盖。

道满拿着锅子走到炉灶前,把锅搁在灶台上,生起火,锅里的粥被煮得咕嘟咕嘟响。

就这么过了一会儿,道满掀开锅盖,只见锅内有一条被煮熟的六尺长的黑蛇。

"这家伙一直躲在屋子的地板下,准备伺机夺你性命。因为这回在阎罗殿上挨了骂,他打算亲手将你杀死,以泄心中的怨愤。"道满说道。

"您怎么知道这条蛇会躲在盛粥的碗里呢?"琦麻吕问道。

"这家伙挨骂的时候,不是小声在嘴里絮叨了些什么嘛,被我听到了……"

——我还是不服气。既然如此,干脆亲手杀了他,一了百了。这小子复活后一定想喝粥。那时我就偷偷藏在粥碗里,进入他体内,然后在他的肚子里乱咬一通,让他就此丧命。

道满看着琦麻吕和他的妻子,说道:"我又帮了你们一次,愿不愿意再请我喝酒啊?把酒装进这个瓶子里就行了,我打算去土御门大路那儿的晴明家,跟他一块儿喝……"

琦麻吕夫妻二人自然是乐意至极,依言将道满要的美酒送了上来。

无眼

一

胡枝子随风摇曳。

庭院中繁茂的野草就如秋天的原野,在微风的吹动下左右摇摆。

桔梗、黄花龙芽草、狗尾草、龙胆草,在这些秋季的花草丛中,胡枝子显得格外繁茂高挑,鲜红的花朵随风摆动。

夏日里让人觉得吵闹心烦的蝉鸣,现在已经听不到了。

晴明和博雅正坐在晴明家的廊檐下,悠闲自在地喝着酒。此处只有他们二人。

若是往常,蜜虫和蜜夜多随侍一旁为两人斟酒,但博雅说今天只想和晴明一起喝酒,晴明便令蜜虫和蜜夜退下了。

两人慢条斯理地把酒杯端到嘴边,再慢悠悠地饮下。

有时自饮自酌,有时互相为对方倒酒,思绪飘然时就将酒含在口中。

午后的阳光照进庭院。不冷不热的秋风拂上微醺的脸颊,令人十分舒畅。微风不知从哪里携来一阵菊花的香气。

"我说,晴明啊……"

博雅将空酒杯放回托盘。

"怎么了，博雅？"

晴明将端起的酒杯停在红唇前，看向博雅。

"每到秋天这个季节，我心里头不知为何总感觉怪怪的。"

"怪怪的？"

"不久前夏天那种燥热和万物繁盛的样子，都到哪里去了呢……"

"……"

"入秋后不但风变得温和，花草的气味也令人舒爽，烦躁的心明明已经跟着平静下来了，我心底却好像还有个地方空落落的。"

"空落落？"

"这种心情不好描述，总之，就是深刻地感受到'啊，就这样又长了一岁'，无所作为也无所成就，只徒增了年纪。这种心情让我觉得困扰，但又似乎没那么烦恼……"

"那你究竟是觉得苦恼还是不苦恼？"

"我刚刚不是说过不好描述吗？只不过……"

"不过什么？"

"对于年龄再长一岁这事，我并不怎么排斥，心里也似乎早有答案，晴明。"

"这样啊。"晴明低声说着，将停在红唇前的酒杯贴在唇上，含了一口酒，便把酒杯搁在地面。

"晴明啊，我隐约觉得对人来说，长岁数似乎并没有想象中那样不好。"博雅看着晴明。

"我之所以会这么认为，其实是……"博雅欲言又止。

"什么？"

"这世上有你这个人在，能和你像现在这样坐在一起聊天喝酒，所以长岁数对我来说并非一件坏事，晴明。"博雅说。

"博雅啊……"晴明说着，往手中的空酒杯里倒满酒。"这种话，不要突然间就说出口……"他端起酒杯,转头看向庭院里的胡枝子。

"喂,晴明……"博雅的嘴边浮现一丝笑容,"你是在害羞吗?"

"哪有,谁害羞了?"

"没有吗……"博雅笑意更深。

"没想到你也会有这种表情啊。"他往自己的酒杯倒酒。

"对了,博雅。"晴明换了个话题,说道。

"怎么了,晴明……"

"过会儿橘为次大人要来这里。"

"是吗?"

"他好像有事想找我商量,今天早上遣人来说过了。"

"哦。"

"对方说非常着急想见我一面,但今天又刚好是你我约好见面的日子。"

"需要我回避一下吗……"

"不是这个意思,传话的人说,橘为次大人也知道博雅大人经常来这里,如果源博雅大人不介意,务必请两人一同见面。我想这种情况也不是第一次了,就擅作主张回复说,你应该不会介意。"

"我是无所谓啦。只要为次大人不介意,我一点意见都没有。"博雅说。

不久,橘为次就由侍从牵着手,来到了晴明家中。

二

坐在席上的为次戴着一顶乌帽子,帽子下方,从额头到后脑系着一条麻绳。

麻绳下垂着一张白纸,为次的脸被这张白纸遮着,旁人无法看清他的容貌。

双方简短地相互问候了一番。寒暄结束后，牵着为次的仆人也没有离开他身边，依旧握着为次的手，坐在主人身旁。

"为次大人今日大驾光临，可是有要事相谈？"晴明问。

"是不是和从您额头垂下、遮住您容貌的白纸有关呢……"

"对。"

为次点点头，坐在身侧的仆人伸出手，轻轻揭下那张白纸，为次的脸展现在众人眼前。

"天哪……"博雅一看，忍不住惊叫出声。

"我前来商量的，正是两位此刻见到的状况。"为次说。

也难怪博雅会发出惊叫，为次的脸上，原本是眼睛的位置，现在只剩下两个空洞。

眼窝深深地凹陷着，里头看起来空荡荡的，像两个洞，眼皮沿着凹陷的眼窝内侧牢牢地贴着。

这张脸看上去古怪又骇人。

"能告诉我们究竟发生了什么事吗？"晴明问。

"好……"

为次微微颔首，讲起了事情的经过。

三

三日前的晚上，为次出门前往纠森。

纠森是下鸭神社南侧及周边一处广袤的原始森林，刚好位于高野川和贺茂川这两条河流的交汇处。

林子里除了糙叶树、朴树、榉树、青冈栎、山茶树等，还有各式各样长势茂盛的树木，遮天蔽日，整座森林即便在白天也很昏暗。到了夜晚，四下更是伸手不见五指。

纠森虽然在神圣的下鸭神社境内，却有无数的魑魅魍魉徘徊其中。

那么大半夜的,为次来这座森林做什么呢?

"我要去参拜贤木。"他如此说道。

纠森中有一条名为濑见的小河。这条小河旁长着一棵——不,应该说是两棵杨桐树。

因为它的树根有两个,树干也是两株。

但本应各自分开生长的两棵杨桐树,在向上生长的过程中,树枝不知何时竟贴到一起,并非互相缠绕,而是合而为一,变成了一根,也就是所谓的连理树。

这种现象,纠森中早已有之。据说如果已有的连理树老朽枯萎了,林中其他地方的某两棵杨桐树就会开始出现树枝相连的情形,再次形成新生的连理树。也就是说,在纠森这座森林里,连理树的现象从未间断过。

白居易所写的《长恨歌》中,就有歌颂连理树的诗句。连理树自古以来一直是夫妻恩爱的象征。正因如此,纠森中的这棵连理树,一直都被渴求美满姻缘的人们信仰供奉。

据传,若有人想和心仪之人缔结良缘,只要在深夜时分来到连理树前许下心愿,便能将心意传达给对方,日后自可顺利结为夫妻。这就是贤木参拜。

"老实说,我一直爱慕着一个人,可无论送去和歌还是书信,对方都没有回应,无计可施之下,我才会去参拜贤木。"

为次的参拜持续了二十八天,结愿日[1]那晚,他于深夜丑时(约凌晨两点)来到了纠森。

"正是三天前的夜晚……"

当天晚上,为次走在纠森之中。

---

[1] 日本民俗中,人们以一定的天数向神灵祈愿或修行,其最后一天即为结愿日。

为了实现心愿，参拜时必须独自一人。因此他让牛车和侍从们候在贺茂川上那座桥的桥头，只身一人走进纠森。

明月高挂在夜空中，月光透过树枝间稀疏的缝隙倾泻而下，映照在森林的深处。如果没了月光，四周就是漆黑一片。

为次的手里，拿着红纸符和白纸符。

到了连理树前，他要将红纸符和白纸符分别贴在连理树的两株树干上，再念诵祷词。而就在快要走到连理树的所在之处时，他看到了可疑的东西。

连理树附近，似乎有东西在动。

是一个看上去又蓝又白，还滑溜溜的东西。

那是什么？

为次刚要继续迈步往前走，就见这个发白的东西移动到了从连理树间洒下的月光中。

为次见状停下脚步，暗暗在心底叫道："天哪。"

那东西是个人，而且是个女人。

月光下，这女子赤裸着身体在地上爬来爬去。她不像狗那样趴在地面，而是类似蜘蛛或昆虫，手脚朝两侧伸展开，在地面爬动。

女子一边爬，一边用鼻子蹭着地面扫开落叶，再将脸朝下伏在地上。

当女子抬起脸时，为次不由得倒吸了一口凉气。

只见她口中叼着一只百足大蜈蚣。蜈蚣不停摆动着无数手足，露在女子嘴巴外边的躯体也在不停地挣扎扭动，啪嗒啪嗒地拍打着女子的嘴唇和脸颊。

蜈蚣慢慢地被吸入女子口中，她嚅动嘴巴，开始咀嚼起来。

吃完蜈蚣后，女子再次低下头，把脸伏在地上。

她就这样在林地四周爬动，以昆虫为食。

"啊……"为次极度震惊之下，不由自主地尖叫出声。

叫声传入女子耳中。

她抬起脸，一双发着绿光的眼睛看向为次。那是一双看上去既可怕又哀伤的眼睛。

女子摆动四肢爬向为次，口中仍叼着蜈蚣。

太恐怖了。

虽然被吓得魂飞魄散，为次却没办法逃走。女子的视线始终紧紧盯着他，让他避无可避。

"竟然被你看到了……"女子边说边爬过来。

"你竟敢……竟敢……将我这种凄惨的模样看在眼里。"说着，女子已经来到为次跟前。

"就是那双眼睛吗？就是你那双眼珠子看到了我这副模样？"

女子用脚站立起来，紧紧地搂住了为次。温热的双唇随即贴上为次的左眼。

哧溜——为次的眼珠被吸走了。

"好痛！"为次发出惨叫，却无法逃走。接着是右眼。为次感觉女子的嘴唇贴上自己的右眼，伸出舌头舔着眼珠的表面。

又是"嘶——"的一声，右边的眼珠也被吸走了。

后来，由于为次迟迟未归，侍从们害怕出事，担忧地前来查看，这才发现已经失去眼珠的为次在森林中团团乱转。

四

"大致情形我已经明白了……"晴明说道，"那么，您来找我商量的是什么事呢？"

"我想拜托你，帮我找回眼珠……"为次答道。

"找回眼珠？"

"是的。"为次点头。

"虽然眼珠已经不在我脸上了,但是,我似乎还能看见东西。"

"是吗?"

"我看见一棵高大的树耸立在大地上,大树的对面是一片蓝天……还有,非常神奇的是,那片蓝蓝的天空中,有鱼在游泳。"

"鱼?"

"对。虽然到了晚上,我又会变得看不见东西,但每天一早都会看见这相同的景象。"

"这么说,那女子应该是阴态之物。"

"阴态?"

"一般说来,人被取走眼珠的话,即刻就会丧失视力。不仅看不见,也无法让眼珠回到本来的身体。不过,若是阴态之物的话……"

"就能回得去吗?"

"没错。由于眼珠处于阴态,您才依旧看得见东西。而既然被取走的眼珠处于阴态,自然表示取走眼珠的那女子也是阴态之物了。"

"那、那么……"

"就是说,您的眼睛或许能恢复原状。"

"那真是太好了。"

"有件事,希望为次大人能为我解答。"

"什么事?"

为次睁着一双空洞的眼睛,转头看向晴明。

"您认识那名女子吗?"

"那女子?不,不认识……"为次答道。

"既然如此,我们这就出门一趟。"

"去哪里?"

"纠森。"

"要、要去那个可怕的地方?"

"难道您不想把眼珠拿回来吗?"

215

"去的话，就可以拿回我的眼珠吗……"

"应该可以。"

晴明点头，然后看向博雅："博雅大人，您怎么样呀？"

"什么怎么样？"博雅问道。

"您要不要和我们一起去……"

"呃，唔。"

"您要去吗？"

"去。"博雅说。

"那么，我们这就出发吧。"

事情就这么决定下来。

五

晴明站在濑见小河的岸边，抬头看着眼前的连理树。

原本各自生长的两棵杨桐树，树枝确实在空中缠绕在了一起，刚好高出人的头顶三尺左右。

晴明收回视线，看向为次。两名侍从搀扶着脸上垂着白纸的为次，站在连理树的树根前。

"为次大人，您现在看得见树木吗？"晴明问。

"看得见。"

"鱼呢？"

"鱼也一样，在空中游泳。"

"那么，如果鱼突然游开，您告诉我一声好吗……"

晴明说完，顺着濑见小河的河岸走向上游。没走多远，耳边就传来为次的叫声。

"刚、刚才，有几条鱼突然消失了！"

"原来如此——"晴明停下步伐。

"请您到这儿来。"晴明说。

侍从牵着为次的手,来到晴明所在的地方。

博雅也一起跟上来,问道:"你是不是知道什么了,晴明?"

"请一位侍从轻轻下到河中,从下游慢慢往上游走,边走边仔细看看河底。"晴明说。

"让我来吧。"

说话的,是牵着为次右手的侍从。他顺着晴明指的地方踏入河中。

河水很浅。浅处的河面只没到人的脚踝,深的地方也不到膝盖。

"从下游往上走,就不会将上游的河水搅得混浊不清,所以请你尽可能慢慢向上游走。"

侍从按照晴明所说,在河里深一脚、浅一脚地缓步往上游走。

"啊,这儿有东西!"

侍从叫了一声。他伸出右手探入河水中,从河底捞出一件东西。

"这、这是……"

侍从举起了手,手指间捏着的,是一颗圆圆的眼珠。

"啊,我眼中的景象一直变个不停,完全看不清到底是什么了。"

为次的身体摇摇晃晃的,如果没有侍从在一旁扶着,铁定会摔倒。

晴明从下河的侍从手中接过眼珠,双手拢住。

"啊,我感觉一只眼睛看到的景象变暗了……"

"变暗的是哪一边?右眼还是左眼?"

"右眼,不,不对,是左、左眼……"为次犹豫地说。

"所以,这只应该就是左眼吧。"晴明用双手罩住从河中找到的眼珠。

"现在呢?您看见了什么?"晴明问为次。

"树、是树……"

"鱼呢?"

"看不见了。现在只看得见树木。"

"那么，您看见了什么树？"

"是……是青冈、青冈栎……"

"好，接下来麻烦大家到附近青冈栎的树根下看看。手脚务必轻慢些，以免踩到为次大人的眼珠。"

众人按晴明所说分头找了一会儿。

"找到了，是这个——"

博雅在一棵青冈栎的树根处捡到了一颗眼珠。

晴明接过后，说："为次大人，您左右两颗眼珠都找到了。"

"能、能将它们安回我脸上吗……"

"当然可以。"晴明说，"博雅大人，您能不能先帮我拿着这两颗眼珠？"

"噢，好。"博雅接过眼珠。

"那么为次大人，我安回眼珠的过程中，您千万不能动。"

晴明说完，用左手捏着为次的左眼皮，提拉起来。

"博雅大人，请把左眼的眼珠给我。"

晴明从博雅手中接过左眼的眼珠，从眼皮缝隙中把眼珠哧溜一下塞回眼眶。

他用左手的食指和中指按住为次的眼皮，再伸出右手按住这两根指头。

"敕令复返，敕令复返，洁净之物本洁净，污秽之物化洁净，物有本源，应归本源，敕令复返……"

晴明念完咒文后，松开了手，问："您感觉如何？"

为次小心翼翼地睁开左眼。

"噢，噢噢，我看得见了！"为次大声叫道，"噢，我看见了！眼睛能看见了！面前这位是晴明大人，博雅大人在那边……"

随后，晴明以同样的手法将为次的右眼装了回去。

六

"接下来，为次大人，请把事情的真相告诉我们吧。"晴明说。

"什么真相？"

"就是三天前的晚上，您在这里遇见的那位爬在地上的小姐。"

"她、她怎么了……"

"您其实非常清楚那位小姐究竟是谁吧？"

"怎、怎么可能……"

"您请看看那个。"

晴明抬头指着头顶上方。那是连理树的树枝彼此缠绕在一起的地方。

"那个地方怎么了？"

"有一只巨大的络新妇蜘蛛，正在那里织网。"

"啊，是……"

"这近一个月来，您一直都在用那只蜘蛛，向您的心上人下咒。"

"你说我下、下咒?!"

"对。"

晴明点点头。

"用昆虫向人下咒的法术，除了巫蛊以外还有好几种。普通昆虫就能用于咒术，更何况这里是下鸭神社所辖的神圣领地。正因为所处位置神圣，这棵连理树才具有结缘的神力。而栖息在这棵连理树上结网而居的蜘蛛，其神力更是不同凡响——"

"……"

"祈愿也是一种咒术啊，为次大人，您在连自己都不知情的状况下，对您的心上人下了咒。"

"你、你说什么?!"

"对自然界的蜘蛛来说，捕捉昆虫为食是一种本能。您在自己都没有察觉的情况下,动用了连理树和蜘蛛的神力,把您的心上人捉到这里,让她像蜘蛛捕虫那样,也以吞吃昆虫为食。"

"什……"

为次震惊得说不出话,晴明再次问道:"那位小姐是谁?"

晴明的声音非常柔和。

"现在还来得及补救。但是,如果我不知道对方是谁、身在何处,也一样无力回天。"

"是六、六条堀川的,藤、藤原信麻吕大人的千金,通、通子小姐……"

"那么,我们现在就去六条堀川吧。"

"要去通子小姐那里吗?"

"是。"晴明面露微笑,"通子小姐现在应该因为某种不明原因的疾病,正处于昏睡之中吧。一到晚上,就会魂魄离体来到此地,又重复做着您之前看见的那种事……"

"真的吗?"

"对。说不定他们已经请了哪位和尚或者阴阳师,正想方设法解救通子小姐。这样一来,您对通子小姐下咒一事也许就会败露,甚至更糟糕,通子小姐可能面临比现在更危险的处境……"

"更危险的处境是……"

"通子小姐的魂魄离体在外漂游期间,万一不小心遭遇什么意外,导致魂魄无法回到身体内,那么她终生都将以那副模样游荡在纠森内,以吞吃昆虫为食,直到肉体消亡的那一天。"

"那、那该怎么办?"

"您只要把我带到通子小姐家里,然后向她家里人说您是听闻通子小姐抱恙,今日特地带我前来治病,请他们放心将通子小姐交与你我治疗——剩下的事情交给我来办即可。"

"那、那一切就都拜托您了。"为次向晴明低头恳求。

"那么，我们先找根木棍把那个蜘蛛网破坏掉，再出发去六条吧。"晴明说。

七

众人来到六条后，情况果真如晴明所言，通子小姐一直处于昏睡之中。

出门相迎的家人说，他们请的阴阳师今晚就过来给通子看病。

"有我在此，那位阴阳师便不必前来了。"

晴明说完，坐在了通子小姐的枕边，将右手搁在她的额上，低声念起了没人听得懂的咒文。

晴明念了一会儿，通子就睁开了眼睛，看向晴明。

"您清醒了吗？"晴明问。

"嗯……"通子答道，"我好像做了个可怕的梦……"

"从今天晚上起，您就不会再做那种梦了。"晴明温柔地笑着说，"这一切，都是托了这位为次大人的福。"

没过多久，为次与通子开始交往的好消息也传到了晴明和博雅的耳朵里，但是两人的缘分究竟能持续多久，谁也说不清楚。

新山月记

一

橘季孝是个性情清高孤傲之人。

他身材魁梧，体毛浓密。从脸颊到胸部、小腿，甚至是手臂都毛发旺盛，连手背处也长满了毛。而且，他臂力惊人。据说他曾赤手空拳打死一头野猪，并吃下那头野猪的肉。

不过，他颇有文采。自幼便能背诵《白氏文集》，还未学会握笔，就能用木棍在地上作诗。更奇妙的是，季孝作的诗与他粗犷的外貌截然不同，用词纤巧，情感细腻。

在所有诗人中，他特别钟爱唐朝诗人白居易。

"说起唐代的诗人，大家都会先提到李太白，但在我心中，白居易当属第一人。"他如此评判道。

"而在我日本国，首先应该举出菅原道真的名字，但逝者已矣，就现下而言，大概是橘季孝……也就是我当属第一。"

说着举起持杯的手拍了拍自己的胸膛，把酒洒了一地。

酒兴大发时，他会吟诵白居易的诗。

进入大学寮之后，他的梦想是有朝一日能成为文章博士，不料，每次应试都未能中榜。尽管如此,他还是在三十岁那年勉强考上了拟文章生。

眼看和他同批入学的人都纷纷高升,成为文章生或文章得业生,他也只能心怀不甘,咬牙切齿。

每次和同僚一起喝酒,他总是带着一身的酒气,口吐狂言:"我如此才华横溢之人,怎可与你们同沦为拟文章生?"

只要喝酒,他一定会耍酒疯,行为粗鲁莽撞。

"如我这般才高八斗之人,难道就要这么被埋没在最底层,籍籍无名直到死去吗……"

闹到最后,他干脆放肆地大吼道:"这辈子若不冠以大江之姓,我此生也绝无出头之日。"

季孝抬出"大江"的名头,是有理由的。

当时的文章博士共设两个名额。虽然可以让两人同时就任文章博士一职,但是在大江维时于延长七年(929)成为文章博士后,他的堂弟大江朝纲也迅速登上了另一个文章博士的席位。自那以来,大江一族便世代把持着两个文章博士之位。说文章博士这一官职已形同世袭也毫不为过。

季孝心怀不忿的正是这一点。不过,文章博士虽只设两名,其下还有两个文章得业生的名额,再往下的文章生更多达二十个名额。可季孝居于更低的拟文章生之位。

就文学领域而言,季孝认为无论是谁,才华都不如自己。正因为他总是这副德行,到最后没有一个人愿意亲近他,和他交朋友。只余一个叫濑田忠正的人,出于对季孝所作诗词的喜爱,常常奉劝他:"你把酒戒了吧。"

"不管你日后如何,我非常惋惜你的诗才,所以才会这样说。"

可是,季孝当作耳边风。他的生活日渐窘迫,本来就不多的几个下人也陆续离开,后来连食物也吃光了,终日只能饮酒充饥,最后一病不起。

高烧折磨着他的身体。

"好热!"

"好热啊!"

季孝骨瘦如柴,像亡灵般发出呻吟。他无法忍受体内发出的高热,犹如地狱的火焰炙烤着他的身体。

季孝终于疯了。

在一个凄怆的秋天,他嘶吼着冲出了屋子,之后便行踪不明。

二

"天啊,这还真是件离奇的事,晴明……"

源博雅把酒杯从唇边移开,说道。

"嗯。"

晴明点了点头,没有去拿已盛满美酒的酒杯,只看着夜晚的庭院。

此处是安倍晴明的宅邸。晴明和博雅正坐在屋外的廊檐下喝酒。

秋天已接近尾声了。蓝幽幽的月光映照着庭院里即将枯萎的野花和秋草。

正是秋冬交替的时节,初霜随时都可能降下。

刚才博雅说起的离奇事,指的是最近引得整个平安京人心惶惶的野兽事件。

第一起发生在八天前的晚上。那天夜里,藤原家文带着几名侍从,要去相好的女子家中相会。一行人沿着四条大路向西走着。

经过朱雀院一带时,从前方亦即西方,一头黑漆漆的不知道是何物的巨大野兽,正不紧不慢地走过来。

非狗,非狼,也不是山猪。那是一头从未见过的野兽。

非要形容的话,那东西看上去像一只巨大的猫,个头比拉着家文所乘牛车的那头牛还要巨大。

究竟是什么东西?一行人还来不及思考的时候,"吼——"那头野兽已经吼叫着冲了过来。

它先是扑倒了最前方拿着火把的侍从,一张嘴就把他的头咬了下来。接着用前肢拍倒了第二个侍从,啃咬他的腹部。

此时其他的侍从都已经逃得不见踪影,牛车里只剩家文一人。他瘫坐在车内,听着外面传来的野兽啃食侍从肚子的声音,身子抖得如同筛糠。

嘶——

嘶——

先是传来野兽撕咬人肉的声音。

咯吱——

咯吱——

继而是一阵嚼碎人骨的声音。

"好痛!"

"好痛啊!"

刚开始还能听见那被啃食的侍从发出的惨叫,不久再也没有人的声息传来,黑暗中只剩下那头野兽吞吃人肉和人骨的咬嚼声。

到底是哪里出了差错?

今天晚上出行,明明特意让家里专属的阴阳师事先算好吉凶方位,先到其他方位避凶后,才上路的。

应该不会算漏的。难道是不小心冲撞到了哪位连阴阳师也不知道的过路神灵吗?

家文涕泪俱下,双手合掌祈祷。

终于,那头野兽连着吃掉两个人,可能已经填饱肚子了,不知不觉间咀嚼人肉的声响停了下来,只剩下沉重的喘息。

野兽踩着地面离开,渐行渐远。

225

与野兽离去的动静同时传入耳中的，还有这样的声音："分散骨肉恋，趋驰名利牵。"

听上去像是诗。

"一奔尘埃马，一泛风波船。"

好像有谁一边吟诗，一边跟随着野兽渐渐远去。

那究竟是什么人？和野兽在一起，难道不怕被袭击吗？还是说，边走边吟诗的就是那头野兽？

"忽忆分手时，悯默秋风前。别来朝复夕，积日成七年。"

渐渐地，野兽的喘息和吟诗的声音都听不见了。但是，待在牛车里的家文依然一动也不敢动。

直到清晨，四散逃窜的侍从们回到这里，叫唤仍在牛车里的家文时，他的身子还是抖个不停。

七天前和三天前的晚上，也发生了类似的野兽袭击事件。

七天前的晚上是藤原定忠遇袭，三天前的晚上则是源信之遭难，两人的经历差不多，加起来共有五名侍从当场丧命，被吃进野兽腹中。

据侥幸生还的人说，野兽离去之时，他们都听到了一阵不知是谁在吟诵诗句的声音。

花落城中池，春深江上天。
登楼东南望，鸟灭烟苍然。
相去复几许，道里近三千。
平地犹难见，况乃隔山川。

那吟诵声听起来很是落寞哀伤。

不过究竟是谁在吟诗呢？

当时除了野兽，根本没看见有其他人在，所以众人都纷纷猜测，吟诵诗句的，会不会就是那头野兽。

事后，那些听到吟诵声的幸存者把大家听到的诗句合在一起后，有人发现："这不是白居易写的《寄江南兄弟》吗？"

经查验后，的确像他所说，是白居易的诗。可是，就算吟诗的真是那头野兽，它又为何要吟诵这首诗呢？

令人不解的地方实在太多了。而且为什么野兽能够说人话？

"哎呀，那应该不单单是头野兽吧。那些逃出生天的人都说看上去像是一只老虎。日本国虽然没有老虎，但传说中老虎是可与龙并称的神兽啊。既然是神兽，当然会说人话。"也有人如此猜测。

到最后，事情也没有水落石出，平安京内人人自危，没有人敢在夜里走到城中的路上。

三

"晴明啊，虽然我没见过所谓的老虎，但日本国真的有老虎存在吗……"博雅问。

"倒是从未听闻过。但就算是未曾亲眼见过、亲耳听闻，也不能断言老虎不存在……"晴明低声说道。

天气越来越冷了。

单凭廊上点着的一盏烛火，根本无法提高周围的温度。只有分别搁在晴明和博雅面前的火盆勉强带来一丝暖意。

因为这次的老虎事件，天还没黑，博雅就过来找晴明，今晚预计就住下过夜。

两人正慢悠悠地喝着酒，蜜虫过来通传道："有贵客光临。"

"来者何人？"晴明问。

"客人自称来自濑田忠正大人的府上。"蜜虫答道。

"这样啊……"

晴明微微歪头，自己应该没有应承过这次拜访。

今晚没有任何访客事先约好要过来。再说，由于老虎事件，宫里就算来人，也不会在夜里出门走动。

"晴明，濑田忠正不就是担任文章得业生的濑田大人吗……"

"嗯。这种时候来访，应该不是一般小事吧。"晴明喃喃自语。

"让他进来。"晴明吩咐蜜虫。

不一会儿，蜜虫便领着一名约莫六十岁上下、颇具风度的男子来到廊檐下。

"在下伴仲臣。"

男子在晴明和博雅面前坐下后，先行低头招呼。晴明和博雅也各自报上姓名回礼。

正在仲臣准备继续寒暄时，晴明抢先问道："您在这种时候来访，应该是发生了什么急事吧。客套话就不必了，还是先说说您此次前来的目的吧。"

"好……"

仲臣再度行了个礼，开始讲述事情的始末。

四

据仲臣说，三天前，濑田忠正曾对家里人说："我必须出门一趟。"

当时已是晚上。濑田没有解释原因，只是一味地说："我想出门。"

家里人纷纷劝他："近来传闻中的那头野兽都是在夜里出没，还是请您等到白天再出门吧。"

但濑田置若罔闻。"就是因为晚上会有野兽出现，我才想出门。白天野兽不出现，那时出门还有什么用？"

"您难道是为了去见那头不知是虎还是什么东西的野兽，才执意要出门的吗？"

"正是此意。"

"请您不要这样做。"

"不,我一定要出门一趟。"

"到底是为了什么?"

"总之,我一定要去。"忠正没有说出他执意出门的缘由。

"你们不必跟来。我一个人去就行。万一发生了什么事,也由我一个人承担。"

"您不能就这样出门。"

双方就此争执了三天。这天夜里,当家里人察觉时,忠正已经不见了。

"大人一定是出门去见那头传闻中的野兽了。"仲臣说,"然后,我们为了找回忠正大人,也外出了。"

四名侍从负责举火照明,五名侍从携带弓箭,五名侍从手持长刀,加上仲臣,一行共计十五人准备出门去找忠正。此外还有十四名侍从正候在门外待命。

"可是,你们为何来我这里?"晴明问。

"虽然搜寻队里多是持有武器的侍从,但大家还是惶恐不安。如果是野猪野鹿之类的活物,还能使用弓箭和长刀,我们也有足够的人力和武器可以抗衡。但是,传闻那头不知是老虎还是什么的野兽,不但会口吐人言,还会吟诵诗文。倘若真是如此,面对这种刀枪不入的怪物,我们恐怕并无一战之力。因此,我们想拜托晴明大人一同前去,明知这样做太无理,也很失礼,但还望晴明大人相助。"

仲臣重重地行了个礼。

"我等平素多受忠正大人恩惠,遇到这种事情,实在无法干坐在家里等待主人归来。如果晴明大人不能一同前往,我们也仍会出去寻找忠正大人。"

仲臣一口气说完,语气干脆得就像一刀砍断竹子那样。

"我跟你们去。"晴明也毫不犹豫地答道,"恰好我刚才也和这位源博雅大人在谈论那头老虎的事。"

"真是太感谢您了。"

"那么——"话还没说完,晴明已经站了起来。

"喂,晴明,你真的打算和他们一起去吗?"

"嗯。"晴明点头。

"博雅大人就在寒舍歇下,明早再起吧。"晴明向博雅行了个礼。

"我也去。"博雅也站了起来。

"您此话当真?"

"当然是真的。"

"您愿意跟我们一起去?"

"嗯,一起去。"博雅斩钉截铁地说。

"那么,走吧。"

"嗯,走。"

事情就这么决定下来。

五

博雅到晴明家做客时,就带有两名持弓和三名佩刀的侍从,加上这五人,还有他和晴明,找寻忠正的人便一下子增至二十二人。

深夜时分——

一行人找到忠正的地方,是在四条大路往西、朱雀院前方的淳和院附近。那里也是传闻中野兽第一次出现的地方。

濑田忠正独自一人站在四条大路的正中央,月光映照在他身上。

"忠正大人,幸好您平安无事……"

仲臣飞奔上前,没跑几步又停了下来。他看见眼前的忠正一脸茫然,正呆呆地站着,眼里有泪光闪过。

"他走了……"忠正喃喃自语,"终于还是走了……"

看到仲臣背后的晴明和博雅,他有气无力地招呼道:"啊,晴明大人,博雅大人。"

"到底发生了什么事……"晴明问。

"我的一位朋友,走了……"忠正轻轻地说。

六

为了寻找那头传闻中的野兽,忠正只身一人走在平安京大街上。

四周的照明之物只有头顶的月光。

他走过了朱雀大路、二条大路、三条大路,现在正走在四条大路上。

这条道路是第一起野兽事件中藤原家文遇袭的地方。

忠正朝西走着走着,发现前方的道路中央正蹲踞着一座小山般的东西。

他靠近一看,那庞然大物倏地站了起来,是一头比牛庞大许多的老虎。

这头老虎全身上下沐浴在月光之中,散发出淡淡的蓝光。一双闪着绿光的虎睛看向忠正,忽地张开血盆大口,尖锐的长牙在月光下熠熠生辉。

吼——

老虎大吼一声,跳起扑向了忠正。忠正被老虎一撞,仰面倒在地上。

老虎用前肢踩着忠正的肚子,张开大嘴正准备将他吞吃入腹时,突然停下动作。

"是忠正吗……"

令人意想不到的是,张开的虎口竟用人的声音在说话。

"真是危险,差点就把我唯一的老朋友吃掉了。"老虎说着,挪开了前肢。

"你、你是季孝吗?"忠正问。

"是我。"老虎用忠正老朋友的声音回答道。

"果然,和我想的一样……"

"忠正,你知道是我,所以才来的?"

"我听传闻里说,那头老虎吟诵了白居易的《寄江南兄弟》。你以前不是很喜欢这首诗吗?我想那头野兽会不会是你,所以就来了。如果我猜错了,被老虎咬死也无妨……"

"你怎么这么傻?我有时候会完全变成老虎,一点人性都不留。万幸今晚你遇到的我尚留有人的意识。如果是在失去人性时遇见你,一定会把你吃得半根骨头都不剩。就算是现在,我体内那股老虎的意识也疯狂地叫嚣着要吃掉你。有时候,我想吃人肉想得简直要发疯。所以我现在是忍着这股冲动,在和你说话。"

"你以前不是救过我一命么,就算现在要吃了我,我也无怨。"

"那事我早忘了……"

"十年前,我感染时疫生命垂危之际,多亏有你送药给我。"

"我只是从典药寮把药偷拿出来而已。当年对我好的,也只有你一个……"

"不,我只是很喜欢你的诗。那时你不是经常把自己写的诗念给我听吗?"

"有这种事吗……我都忘了……"

"到底发生了什么事,你为什么会变成老虎?"

听到忠正这句话,老虎抬头看向月亮,发出了一声凄厉的嘶吼。

七

有一天,我发了高烧。

高热持续折磨着身体，令人难以忍受。甚至让我觉得自己的手和脚已经被烧得变形，连骨头也烧得扭曲了。

后来身体开始发痒，我用指甲拼命去抓，却一点用也没有。

我那时就想："啊，如果指甲能再长一点就好了。"

结果指甲真的变长了，我用长长的指甲不停地抓挠身上的痒处，力道大得已经像是要把肉抠挖下来，却还是痒得不行。

等我回过神来时，衣服已经脱得一件不剩，全身上下都是被指甲抓出来的血，手上却还是抓个不停。

抓着抓着，手臂和腹部竟然长出了一根又一根的毛。那是野兽的毛。

然后"咯——"的一声，脊柱弯了，手也开始变形。

但不知为什么，这些变化竟让我心底生出一种格外舒爽的滋味。

在此之前，我活得痛苦不堪，自己的傲慢自负、争强好胜和嫉妒之心令我几欲发狂，但变化发生的那一刻，我突然觉得一身轻松。

我跑出家门，进入郊野荒山，不知过了多少岁月，回过神来，已经变成这副见不得人的野兽模样了。

不过倒也难怪。仔细一想，先前的我虽然还是人的样子，身体里的那颗心其实早已跟现在这种丑陋的兽心没什么两样了吧。

忠正啊，我变成如今这般模样后，也总算明白了一件事，人哪，无论是谁，内心深处多多少少都潜藏着一些兽性。而我呢，只是在这方面比一般人多了一些兽性罢了。

不过，在刚变成老虎的时候，我还保有大部分的人性。可一旦腹中饥饿起来，真的控制不住自己。

最开始是一只兔子。当我看到恰好出现在眼前的兔子时，已经饿得两眼发晕，根本不知道自己做了什么。回过神来，我已经咬死了那只兔子，正捧着血淋淋的兔尸贪婪地啃个不停。

之后无论是野鹿还是山猪，对变成老虎的我来说都能轻松捕猎。

而每次以这些动物的血肉为食时,我心里都很清楚,这样下去我会离京城和人群越来越远,残存的人性也将变成兽性,不复存在。

但是,不管我再怎么接近野兽,对诗歌总是无法忘怀。

有一天,我嘴里念着白居易的《寄江南兄弟》,吟诵到"积日成七年"这句时,突然意识到,我变成野兽的模样已经是第七年了。

于是,我便出了山野,回到京城。

你问为什么?

说出来你可不要笑,因为即便我变成现在这副鬼样子,内心深处仍然留有一股热血。

每当诗情翻涌而出,就会抑制不住。那时我便仰头朝天,大声将诗句怒吼出来。

虽然不是什么惊世佳作,我还是希望自己的诗作能有几首留存于世。

我想趁我的人性还未完全泯灭之前,找个人把诗念给他听,让他把诗记录下来。

然而,当我回到京城,看到人时,竟忘了本来的目的,不但袭击了他们,更把人都吞吃了。

就在我觉得自己的诗作大概存世无望,正在月下痛哭之时,忠正啊,没想到你恰好就出现在我面前。

拜托你了,能不能帮帮我,把我接下来念出来的诗都写下来?

你能做到吗?有没有带笔?带了的话,就以我的血为墨,把诗写下来吧。

你看,我可以咬破自己的手腕,让血流出来。

你就用笔蘸着我的鲜血,在你的衣袖上,写下这首诗吧——

老虎模样的季孝说着,抬头看向天上的明月,张口吟诵起诗来,那声音甚是清澈响亮。

拾得折剑头，不知折之由。
　　一握青蛇尾，数寸碧峰头。
　　疑是斩鲸鲵，不然刺蛟虬。
　　缺落泥土中，委弃无人收。
　　我有鄙介性，好刚不好柔。
　　勿轻直折剑，犹胜曲全钩。

老虎模样的季孝吟完诗后，说道："那么，就此别过了。"

随后，他站起身来。"我很想再和你多说些话，但就怕不知何时会控制不住兽性，一不小心把你吃了……"

说完，季孝长啸一声，踏着幽蓝的月光离开了。

这时，晴明和博雅、仲臣，还有一干人等也正好赶到。

八

"原来如此……"

晴明说这话时，远处传来一阵低沉凄怆的声音。

是吟诵诗歌的声音。

　　今日北窗下，自问何所为。
　　欣然得三友，三友者为谁。
　　琴罢辄举酒，酒罢辄吟诗。

原来诗中所说的三名好友即弹琴、饮酒和吟诗，看来变成老虎的季孝是一边吟诗，一边离去的。

　　三友递相引，循环无已时。

一弹惬中心，一咏畅四肢。
　　犹恐中有间，以酒弥缝之。
　　岂独吾拙好……

吟诵声渐行渐远。

忠正静静地听着，泪流不止。

"您为何哭泣呢？"博雅问。

"这首诗是……现在，季孝在吟诵的这首诗是……"

"是白居易的《北窗三友》吧？"晴明道。

"是。"

"刚才您所说的，季孝大人让您写下的他作的那首诗，其实也是白居易的……"

"正是白居易的《折剑头》。"忠正的眼中不断涌出豆大的泪珠。

"这么说来，季孝大人以为是自己作的那首诗，其实是……"博雅说。

"大概他在山中的时候，误把回想起来的白居易的诗，当作了自己作的诗……"

"这……"

那支折断的剑头，其实就是指季孝。

他到底和什么进行战斗，因而折断了自己呢？是巨鲸，还是蛟龙呢？没有人知道答案。众人只听见吟诗声逐渐远去，变得越来越小。

"我们好像什么忙都没帮上啊……"博雅说。

"帮不上忙是正常的，博雅。毕竟季孝大人自己变成老虎这事，旁人无法阻止。"

"是这样吗……"

"嗯。"

"或许如此吧，晴明。但是我现在……"

"你怎么了？"

"我不知道为什么突然觉得很哀伤，晴明。"博雅用轻柔的声音低低地说道。

吟诗声在月光中渐渐远去，也越变越小了。

　　……古人多若斯。
　　嗜诗有渊明，嗜琴有启期。
　　嗜酒有伯伦，三人皆吾师。
　　或乏儋石储，或穿带索衣。
　　弦歌复觞咏，乐道知所归。
　　三师去已远，高风不可追。
　　三友游甚熟，无日不相随。
　　左掷白玉卮，右拂黄金徽。
　　兴酣不叠纸，走笔操狂词。
　　谁能持此词，为我谢亲知。
　　纵未以为是，岂以我为非。

后来，那吟诗声已小得如同树叶细微的沙沙声，不一会儿就像融入月光中似的，再也听不见了。

　　遂问曰："子为谁？得非故人陇西子平？"
　　虎呻吟数声，若嗟泣之状，已而谓傪曰：
　　"我李征也。君幸少留，与我一语。"

　　　　　　——摘自《唐代传奇集卷二·人虎传》　张读著

牛怪

一

事情真的变得很古怪啊,橘贞则心想。

究竟是怎么一回事呢?

跟一个女人有关。

那女人虽然不是橘贞则的妻子,却跟他的妻子没什么两样。

贞则是检非违使手下的官吏,就任看督长①一职,底下约配有十名火长②。

他在平安京六条的东边,靠近鸭川一带,买下了一栋不大的屋宅,并配了几名仆人。

他早晨出门工作,黄昏便返回家中。

有市集的日子,他会前往巡视,骑着马穿过都城的大街小巷;遇到天皇陛下微服到某地私访的时候,便担任护卫的工作。出仕至今,贞则虽然没有立下什么大功劳,也从来没有出过大差错。

一直以来,他按部就班地升迁,一路爬到眼下这个位置。如果

---

① 检非违使厅内管理监狱的官吏。
② 负责看守犯人、打扫宫闱等的低级官吏。

不出意外，毫无疑问可以升任府生①，甚至是更上一层的少志、大志②等职务。

他遇到那个女人，大约是在去年秋天。

去年秋天的某天夜里，夜空中出现了不少流星，从天际滑落。

"此为凶兆。"传闻有位阴阳师做了这样的判断，"这次的天象应该是上天昭示祸事将临的征兆。"

虽然没有进一步对凶兆做出详细的描述，但天皇对这位阴阳师的话深信不疑，甚为在意，加派人手护卫皇宫和都城的大街小巷。

戒严状态持续了十天左右，结果什么事也没有发生。

那是当然的。斗转星移本是平常之事。每到秋天，总有一些流星出现。如果每次都要严阵以待，日子还过得下去吗？

众人恢复往常的工作状态，是在流星之夜后的第三天，抑或第四天。

那日，贞则带着火长前往西京巡视。

西京有几座破庙，也有不少无人居住、荒废已久的房屋，时常被一些山野盗贼用作落脚的据点，干些坏事。贞则就是在那里遇到了那个女人。

那个女人当时在一座四周围有土墙的破庙内。

她看上去约莫二十五岁，身上穿着一件虽陈旧，但表明身份不低的唐式衣装，身边只跟着一名抱着水瓮的老媪。此外，她们还带着一头大黑牛。

她们是从土墙一处崩塌的缺口进入破庙的，让那头黑牛去吃长满院落的野草。

这明明是放牛娃的工作，为什么这两个女人会干这种粗活？

贞则仔细地打量着，发现那女人的长相高贵，应该是那种端坐

---

① 检非违使厅的下级书记官。
② 负责宫城警卫的官吏，相当于禁军的下级军官。

在高位、隐于幕帘后的人物。此外她的衣服上似乎熏了什么香，越是靠近，越能闻到一股迷人的香味。

贞则对她很感兴趣，但出于职责，还是不得不审问她们。

"你们是何人，在这里做什么？"

老媪回答道："这位是我的主人幡音小姐。我们不能继续待在一直以来的住处，前些日子离开后便无处可去，所以暂避在这座破庙里。"

"到底发生了什么事，让你们不能住在原来的地方呢？"

"我家小姐有一位交往多年的人，而对方因为种种缘故，一年只能来访一次，小姐她过得相当清苦寂寞。后来，对方不知从何时起爱上了另一个女人。前些日子，对方到底还是和那个女人躲到不知什么地方逍遥快活去了，直到现在也不见踪影。碰巧对方留下了这头黑牛，我们想留些念想，就带着它离开了……"

"此前你们一直居住在何处？失踪的那一位又是什么人？"

贞则的询问虽然有些尖锐，但职责所在，不问不行，何况他自己也很好奇。

有这样一位美得如梦似幻的妻子，对方究竟是位什么样的人物？

贞则迅速在脑中过滤了一遍出入宫中的几位大人物，寻思最近有没有谁失踪，却完全对不上号。

"真的非常抱歉，因为考虑到对方的立场，我们有些顾虑，没办法向您说出他的名字……"

由于老媪如此解释，贞则也干脆地说了句："无妨。"

不管事情的原委如何，一个女人和一个老媪带着一头牛住在这种地方，贞则总觉得古怪得很。之所以没有深究，是因为那女人时不时会用水汪汪的大眼睛向他暗送秋波。

总之，先不论她们有什么隐情，最近这里也没发生盗贼骚动，就算发生了，贞则也不认为与眼前这两人有所牵扯。

"情况我就不追问了。不过，你们总不能一直待在这个破庙吧。

有没有什么去处?"

"没有。"老媪答道,"大人您不介意的话,可否让我们主仆二人暂时借住到大人的府上呢?我家小姐擅长织布,住在贵府期间,可以帮您织布匹。此外,我稍谙各种各样的杂活,到时可以帮您处理一些府上的庶务。"

"我明白了。"

贞则应承了老媪的请求,让这两个来路不明的女人和那头黑牛一起住进了自己家里。

二

那女人确实有一手织布的绝活。她织出来的布料纹理细腻,拿在手上轻得让人感觉不到丝毫重量,还非常柔软。

那名跟着幡音的老媪也所言非虚,无论是煮饭、洗衣还是缝纫,每一样都做得有板有眼,手脚非常勤快。

两人带着的那头黑牛系在马厩中,老实得很,无论跟它说什么都像是听得懂般,照顾起来完全不费劲。老媪似乎每天中午都会拉着黑牛外出一趟,带它到某处吃草。

贞则每天早上出门,黄昏回到家时,家里不但被收拾得整齐干净,晚饭也已经备好了。他在官府也愈发有干劲。

不到一个月的时间,贞则便与幡音亲密异常。

他的妻子于四年前去世,没有留下子嗣,父母也早就不在了,幡音便顺势以女主人的姿态,将府中的大小事务把持在手中。

贞则对幡音没有丝毫不满,打算干脆正式迎娶她为正妻时,发现了一件怪事。

他最开始察觉到那件事,是过了年之后。

那天夜里,贞则偶然醒来,往身边看了一眼,发现原本睡在旁边的幡音不见了。

因为正处于半睡半醒的状态,贞则没多想,直接倒头又睡了过去。第二天早上醒来一看,幡音还好好地睡在原处。

贞则原本怀疑自己是不是做梦了,之后的某个晚上,他半夜醒来一看,本该在身侧的幡音又不见了踪影。到底发生了什么事?他想着想着又进入梦乡,早上醒来一看,幡音仍好好地躺在身边。

而且,白天的幡音和平时一样,没有任何异常。

可能是起夜出去小解吧——贞则原本是这样想的。但是某天晚上,幡音出去后,贞则也没有睡,起身等她回来,哪知过了许久也不见她返回。贞则担心得不行,快天亮时,才等到幡音回房。

她回来后,慢慢地走到了贞则躺着的那侧,站在他的枕边,静静地低头俯视着贞则的脸。虽然幡音靠过来的时候,贞则已经慌慌张张地闭上了眼睛,却能感觉到她低头看着自己的动静。

贞则突如其来感到一阵恐惧。

他本想试着问对方:"你好像经常在夜里起来啊,去做什么呢?"但每次总是错过询问的时机,渐渐变得难以开口,只能任其发生,如今却是怕得连问都不敢问了。

但是,幡音每天夜里出门到底都去做些什么?贞则仍很在意,每晚都睡不好觉。

于是,他决定跟在外出的幡音后头,看看到底是怎么回事。

夜里,装作睡着的贞则在黑暗中,果然听到了幡音起身的动静。

他纹丝不动,继续装出一副呼呼大睡的样子。

幡音似乎查看了一会儿贞则睡着的样子,不久便起身走出房间。等了片刻,贞则也爬起来,偷偷跟在幡音身后。

月亮高挂在天上。

幡音来到屋外,在月光的照耀下往马厩走去。

"您来了吗?"一道声音传来,跟着幡音的那名老妪从马厩里走出来,手上牵着那头黑牛。

她的右手拉着拴在黑牛身上的缰绳,左手抱着一个水瓮。

"辛苦你了。"幡音跨到黑牛的背上,说道。

"那么,老身也……"

老媪将左手抱着的水瓮撂在地上,一脚跨了上去。水瓮在老媪的两腿间慢慢地膨胀变大,刚好能坐上一个人。

"那么,走吧。"

幡音骑着黑牛,轻飘飘地浮了起来,就这样一路往夜晚的天空飞去。

"老身也一起。"

说着,老媪用左脚的后脚跟蹬了蹬水瓮,载着老媪的水瓮也轻飘飘地浮到半空中,跟在幡音身后追了上去。

就那样,两人的身影飞向高挂着月亮的夜空,慢慢地消失不见。

贞则回到房间横躺下来,双目炯炯,根本睡不着。

次日清晨,贞则装睡的时候,幡音像往常那般回到了房里。她居高临下地俯视着贞则的脸,还观察了他的鼻息好一会儿。

即使闭着眼睛,贞则也能感觉到幡音在做什么。

他的心扑通扑通跳个不停,剧烈到太阳穴都跳动起来,他竭力让自己的气息保持平稳。

这是发生在昨天晚上的事。

三

贞则百思不得其解,面带难色地走在都城的大道上。

今天早上虽然设法蒙混过去了,但是明天,还有后天,接下来的日子,他还能继续装作若无其事吗?

一天两天的话,或许还瞒得过去,可是四天、五天、六天之后呢?

就是想瞒也瞒不住了吧。

到最后,如果幡音问起的话,自己肯定会将昨天晚上看到的事情说出来。

贞则愁眉苦脸地骑着马,从四条大路往西前行。

刚经过朱雀大路附近时,有人叫住他:"你有什么烦恼的事吧?"

是男人的声音。

贞则停下马,往声音传来的方向看过去,只见右侧的柳树下,一名穿着一身破破烂烂的黑水干的老人,正站在那里看着自己。

老人须发皆白,头发凌乱得如同杂草,扎成一束朝上竖起,满脸皱纹,一双发着黄光的眼睛正往上看着贞则。

两人的视线撞在一起时,老人咧嘴一笑,嘴巴里黄色的牙齿若隐若现,冲贞则说道:"看来这件烦心事让你感到很为难啊。"

对老人突如其来的搭话,贞则不知该如何回答才好。

"你、你这话是什么意思?"贞则反问道。

"哈哈哈……"老人站在柳树下,抬眼暗暗打量着贞则的脸,说道,"你为难的,是牛的事吧?"

"牛?"

"对,就是牛。"

"啊……你怎么知道的……"

"这个嘛,我来出面帮你解决这件事情吧。"

"不,啊,我并没有什么为难的事……"

贞则担心引起旁人的注意,回答道。

说是旁人,其实他身边只有跟在后头的两名火长和两名狱卒。

"无须掩饰。我知道你因为牛的事情头疼得很,所以才说出面帮你解决这件事。"

"你、你、你到底是什么人?"

"我是芦屋道满……"

被贞则问到的老人说着，再次咧嘴笑了起来。

四

开始亏缺的月亮，高高地挂在天空上。

月光下，贞则与芦屋道满并肩而立，一同站在马厩前。

贞则的身体微微颤抖着。

"真、真的有那样的事吗……"贞则的声音也在微微发颤。

"当然有。"道满说道。

"可、可是……"

贞则非常后悔。他想立刻逃离现场，现在就走的话应该还不算太迟。但是，一站在这个老人的身边，不知为何双腿动都动不了。

事情是怎么发展到这一步的呢？

昨晚，贞则在四条大路遇见了这个老人——芦屋道满。

当下，贞则让随行的火长和狱卒先去巡视。

反正大家都清楚巡视路线，先让他们过去，自己听完道满的话再骑马赶过去，应该能立刻追上他们。

芦屋道满的大名如雷贯耳，就连贞则也有所耳闻。

他是一位道摩法师，也就是法师阴阳师。但是有关他的风评却都不怎么好。

有传闻说，他可以往返地狱。还有传闻说，如果在走夜路的时候碰到他，连鬼也会躲开。但也有传闻说，他拥有强大的法力。

如果眼下无视这位道摩法师所说的话，日后还不知道会遭遇怎样可怕的事。再说了，对方既然是道摩法师，应该有能力解决自己正在头疼的事情吧。

除去对道满的恐惧，贞则心里还打着这样的小算盘。

只是，他为什么会知道牛的事呢？

对方既然把话都说到这个份上了,想必对自己的处境也很了解,想从这个老人身边避开,应该做不到。

所以,贞则打算先听听老人怎么说,便让火长和狱卒先行离开,自己也起身下马。

然而,道满竟不提他为何知道牛的事,反而催促贞则说:"好了,你先说说为什么事情为难吧。"

那双看向自己的黄色眼眸充满压迫,贞则无法拒绝,只能把事情和盘托出。

老人一边听着,一边应道:"原来如此,是两个女人啊。"

"是的。"

"嗯,你刚才说每到夜里,她们就会出门,是吗?"

道满听着贞则的讲述,不时很开心似的笑起来。

当贞则说到幡音和老媪骑上黑牛和水瓮飞往夜空时,道满露出满脸的笑容,高声笑道:

"哈哈——"

贞则把事情的始末说完后,道满便道:"好了,就像我方才所言,我会出面帮你解决。"

"真的吗?"

"真的。"

"怎么解决?"

"今天你回家后,就跟她们说你因为有事,明天晚上不回家,要到后天才回来。"

"但、但是……"

"随便编个理由吧,这件事情你自己来解决。"道满说道。

因此,贞则便在前一天对幡音说:"明天我不回来了。有公务在身,要护卫一位身份尊贵的大人物去比叡山一趟,事关重大,对方是谁就不方便告知你了。"

幡音定定地盯着贞则的眼睛，回道："唉，一人在家可太寂寞了，但既然是公务，那也没办法。请您一路多加小心。"

于是，当天贞则完成巡视后，便没有回家，而是在鸭川与道满会合。待到深夜时分，两人一起潜入贞则的宅邸，现在正站在马厩前。

"我们进去吧……"

说着，道满率先走进马厩。贞则紧随其后，也跟着进去。

那头黑牛就趴在离贞则的马不远的地面上，睡得正香。

月光正照在黑牛的身上。

明明是自己家的马厩，竟然要这样偷偷摸摸地进来，贞则心里总觉得奇怪。

不知是不是察觉到有人进来，那头黑牛睁开了眼睛，牛眼里闪着蓝幽幽的光。

"噢，就是这个。"道满在马厩的一个角落驻足而立。角落里放着的，是老媪的那口水瓮。

贞则不明白道满刚才说的"就是这个"是什么意思。

"这个究竟是什么东西？"

"这是天上的水瓮。"

"天上的水瓮？！"

"对。"

"到底是做什么用的……"

"钻进去用的。"

"钻进去？！"

"钻到这个水瓮里去。"道满若无其事地说道。

但是这个水瓮这么小，怎么看都不像能钻进一个大活人，就算是身材娇小的女子或小孩，大概也只能勉强塞进一只脚掌，顶多到小腿，再往上可就进不去了。

"这怎么可能……"

247

"怎么不可能。你不是亲眼见过这口水瓮变大,还飞向天空吗?"

"可、可是……"

"交给我办。"

道满把手伸进怀里,取出一张不知道写着什么的符纸,交给贞则说:"你把这个收到怀里放好。"

"好、好的。"贞则伸手恭恭敬敬地接过,把符纸放入怀中。

"这样一来,那些家伙就看不见你了。你千万要注意,在我说可以之前,一定不能出声说话。"

贞则闭起嘴,冲道满点了好几次头。

"现在还不用。等那两个女人来了,你再把嘴巴闭好。"

"是、是。"

"你看看里面。"道满说道。

"什么里面?"

"去看看那个水瓮的里面。"

"水瓮的里、里面?"

"对。"

贞则按道满的吩咐,心惊胆战地把脸凑近水瓮,从瓮口往里看。

瓮里漆黑一片,里面放了什么东西,完全看不见也猜不着。

"怎么样?有没有看到什么?"

"什么都看不见。"

话音一落,贞则的屁股就被人"砰"地踹了一脚。

"啊——"贞则的身体往前一扑,头扎进了水瓮中。

"你这、这是做什么?!"贞则大喊道。

"别吵。"

声音自上方传来。贞则抬头一看,发现道满的脸正俯视着自己。

"我也要进去了。"

道满的右脚先伸了进来。右脚全部进来后,道满接着把左脚也伸了进来。

右脚和左脚都伸进来后，臀部、腰部、腹部以上的身子也依次伸了进来，最后是头。如此一来，道满的整个身体都进了水瓮里头。

"这、这里是……"

"水瓮里面。"

"里、里面……那口水瓮的里面?!"

"对。"

"怎么可能?!"贞则刚说完，道满就示意他闭嘴。

"有人来了。你记住，从现在开始，不管谁说些什么，也不管发生什么事，除非我说可以，你都不能发出声音。"

"我、我明白了。"

贞则说完，水瓮外便传来有人进入马厩的动静。

"哎呀，怎么总觉得今晚这里的人气特别重。"

声音越来越近，水瓮口倏地被老媪的一张脸遮得严严实实。

贞则差点"哇——"地叫出声，幸亏迅速捂住了嘴巴，忍下了想尖叫的冲动。

水瓮被轻轻地拿了起来。

"都准备好了吗？"

外面又传来一声叫唤，是幡音的声音。

"是，马上就好……"

老媪行走时身体的晃动，都传到了她用手臂抱着的水瓮里面。

直到从瓮口处看见夜空，空中还高挂着一轮明月，贞则才知道他们已经来到马厩外边。

水瓮被老媪横放在地上。

"那么，我们出发吧，渐台女。"幡音的声音响起。

"是。"老媪回应的声音也响了起来，同时还传来她用脚蹬水瓮的声音。

水瓮轻飘飘地浮上天空。

贞则夹紧臀部,应对突如其来的悬空感。

外面是一阵"咻——咻——"的疾速飞行的声音。由于瓮口朝向前方迎风飞行,整个水瓮被风打得呼呼作响。

贞则偷偷地从瓮口往外瞧去,只见下方是一片云海,顶上则是漆黑的夜空。明亮的月光洒落在云上,为云朵蒙上了一层蓝光。贞则怕归怕,还是觉得眼前所见的一切实在是美不胜收。

飞在水瓮前头的,是骑在牛背上的幡音。她的衣袂在风的吹动下,不断地朝后方飘舞。

不久,前方出现了一座高山的山顶。骑在牛背上的幡音率先降落在山顶,接着老媪也跨下水瓮,站在了山顶上。

水瓮被横放到那只黑牛的旁边。贞则和道满一起从瓮内往外看去。只见山顶上到处是凹凸不平的岩石,岩石的顶端穿过飘浮在山顶的云层,朝着明月高悬的天空伸展。

那应该是一座高耸入云的大山。

从山顶望见的月亮看起来巨大无比。

岩石与岩石之间矗立着一栋红柱蓝瓦的高楼。一位头上戴冠、身着华丽服饰的白胡子老人从高楼里走了出来。

老人的衣服不知道是不是用龙鳞做成的,在月光的照耀下散发着七彩光芒,头冠上缀着凤羽饰物,颈间还戴着一条由玉石串成的项链。

"如何?找到你想找的东西了吗?"老人问道。

"不,还没有……"幡音回答道。

"你到现在还不死心,不打算回来吗?知不知道因为你们离开,现在全国上下都乱成了一锅粥……"

"找不到那个人,我不会回来的。"

"就算找到了,你又待如何?是把他剁得粉碎,直接勒死,还是活生生架在火上烤？"

"等我找到了，再考虑也不迟。"

"心这种东西，即便是吾等天上之人，也不可能永恒不变。没有一颗心可以在千年万年的时间里始终如一。这等虚幻之物，无论你再怎么追求，也是白费力气啊。"

"我明白的，父亲大人。"幡音垂下头，说道。

"请您再宽限些许时日。"开口说话的是老媪。

"哦，是你啊，渐台女。"

"我们正带着那位大人留下的黑牛，在他消失踪迹的地点附近四处搜寻。一旦靠近那位大人所在之处，那头牛定会有所反应……"

"它会知道吗？"

"是。从前些日子起，每次我们带着那头牛经过某座府邸时，它总会停下脚步，像是很不舍似的叫起来……"

"是何人的府邸？"

"是一位名为藤原兼家的大人的府邸前。"

"你们想找的人在那里吗？"

"只是猜测，不知道是不是藏得太好了，我们怎么找也找不到。"

"是这样吗？可是自你们离开后，这天地之间的灵气便乱了套。倘若一直置之不理，这片天地便会开始走向灭亡，到时就连天地本身也会一并寂灭消逝。亘古不变之物毕竟是不存在的……"

"我明白，父亲大人。请您不要再说了……"幡音说道。

"我再给你三天时间。三天之内，如果你还是找不到，就一定要回来。我实在无法继续瞒着众人。"

"好……"幡音说道。

三人间的谈话就此结束。

"那么，我们回去吧。"

藏在水瓮里的贞则和道满听到幡音说完后，感觉外头传来了老媪，也就是渐台女走向水瓮的动静。

老媪跨坐到水瓮上后，再次用脚后跟蹬了蹬水瓮的肚子。

水瓮飘浮起来，随即传来一阵"咻——咻——"的凌空飞行的声音。

过了一阵子，飞行的水瓮停了下来。

道满和贞则感觉外头没了幡音和渐台女的气息，才先后从水瓮里爬了出去，发现两人脚下仍是贞则家的马厩。

而且不可思议的是，人一爬出水瓮，身体立即恢复到原来的大小。

"真像是一场梦……"贞则喃喃自语。

"呵……"道满轻笑一声，将倒在脚下的水瓮环抱在左臂中。

"道摩法师大人，刚才我们去的究竟是什么地方呢？"贞则问道。

"噢，那里啊，你以后会知道的。总有一天——"道满一边说一边往前走。

"等等我啊，道满大人，那我今后应该怎么办才好？"

"你跟我来。"道满头也不回地说。

两人走到贞则的府邸外头，沿着六条大路往东继续前行，来到鸭川的河堤边上。那里有一辆牛车正停靠在月光下。

站在拉车的牛一侧的，并不是放牛娃，而是一名穿着唐衣的女子。除此之外便再无他人。

"噢，你们已经来了啊……"道满说道。

"蜜虫见过道满大人。"穿着唐衣、散发着熏香气味的女子回答道。

"晴明，我们到了。"道满开口道。

"恭候已久。"

牛车内传出一句回应后，两名男子随即从车内走出。一名穿着轻飘飘的白色狩衣，另一名穿着一件黑袍。

"这位是住在土御门的安倍晴明，这位是源博雅。"道满向贞则介绍两人。

"这……竟是二位阁下。"贞则惊讶道。

晴明的右手提着一只瓶颈处拴着绳子的瓶子。

"那么,一切都还顺利吗?"晴明问道。

"我何时有过失手的时候——"道满举起抱在怀中的水瓮。

"不愧是道满大人,这件事拜托给您果然没错。"晴明说。

"虽然不远万里飞到了那遥远的西方,但许久未见如此美景,倒是让我好生享受了一番。"道满心情颇佳,回道。

"至于地点嘛,恐怕就是那耸立在大唐国境西方尽头的昆仑山山顶。倘若我猜得不错,我们在那处见到的应是——"

"天帝吗……"

"八九不离十。那女人可是称他为父亲啊。"

"您没有顺便跟对方打声招呼吗?"

"别说笑了。那只会让事情变得更麻烦。我这样的人还是更适合跟冥府那帮家伙打交道。"

听完道满所言,晴明微微笑了起来。

"喂,晴明,听你们所说,道满大人见到的难道是天帝?"博雅问道。

"嗯,可以这么说。"

"什么……"博雅叫道。

望着惊讶的博雅,道满咧嘴笑道:"就是这么回事。"

随后,道满将贞则与幡音相遇的始末讲述了一遍,又将刚才发生的事情经过告知晴明。

"这样应该够了吧。"

"足够了。"

"那么,可以把约定的报酬给我了吗?"道满伸出右手。

"就在这瓶中……"晴明将提在手中的瓶子举起,"装着您想要的三轮山的美酒。"

"我收下了。"

道满从晴明手中接过瓶子。

"我怀里抱着的这个水瓮,怎么说也是一只从天河里汲水给牛喝的天壶。只要往里头装满酒,除非一次全部喝光,否则无论每次喝多少,里头的酒永远也喝不完。这个水瓮,就当作我跑腿的酬劳一并带走了。反正那群人肯定还有数不胜数的东西可以代替它。"

"您喜欢的话,请随意——"

"你那边的情况怎么样了?找到想找的东西了吗?"

"就在此处。"晴明轻轻拍了拍怀中。

"好了,那接下来就随你怎么处置吧,晴明。"道满说完,转过身去。

"那我、我该怎么办……"贞则跨出半步,朝道满喊道。

"去问晴明。"道满头也不回地答道。

五

放置在左右两侧的两盏灯台上,各自跳动着一点烛光。

烛光下,一侧坐着晴明、博雅、贞则,另一侧则坐着幡音和渐台女。

晴明恭敬地低头致意后,说道:"真是费了好大一番功夫才找到您呢,织女大人。"

"看来,您什么都知道了啊。"

被晴明称为织女的女人——幡音看上去一副了然于心的模样。

"应该是发生在去年秋天吧,那时有很多星斗从天上滑落至地面,有一些也落在了这座京城……"

"是。"

"我们阴阳师的工作之一,便是观察天上的星象。那日流星坠落大地后,我再次观察夜空时,惊讶地发现本应位于天河两岸、处于牛宿星野中的织女星和牵牛星,竟双双不见踪影。仔细查看后,发现还有两颗小星也消失了……"

晴明看向渐台女。

"那两颗一同消失的小星,一颗是位于织女星附近的渐台星官,另一颗则是牵牛星附近,处于女宿星野中的离珠星官……"

渐台女听着晴明的话,一言不发。

"对于生活在地面的凡人而言,天上的星斗位于何处极为重要。只有天地之间的灵气相互呼应,地上的生物才能正常地活下去。一旦本应处于某个位置的星斗消失,便会造成灵气混乱,久而久之,势必会给这广袤大地上的无数生灵带来不好的影响……"

"嗯。"

"我想,诸位应该都是去年秋天趁着众多星斗滑落时,混入其中降落在了凡世吧。牵牛星大人先行落下,织女星大人紧追其后,也落在了地面。而且,诸位落下的地点似乎都在这平安京。从那以来,我们便一直在搜寻下落星斗的去向,现在总算是找到了……"

晴明看向幡音,说道。

"是……"幡音静静地点了点头,"我就是你们正在寻找的织女星。"

"为什么您会从天上落到我们这里来呢?"

"那是因为一直同我交往的牵牛星,爱上了另一个女人,他们趁着那日星斗乱流之际,一起从天上逃走了。既然发生了此事,那么找出这两人,再把他们带回天上,就是我的使命,所以我们才会一同下落在这片大地上……"

"您一开始,应该和牵牛星大人在一起过得很幸福吧?"

"嗯。我深爱着牵牛大人,牵牛大人也十分爱我。因为太过恩爱,我忘了织布,牵牛大人也在牧牛一事上草率敷衍,我的父亲——天帝因此降下旨意,只准我们在每年阴历七月七日的晚上相会一次……"

"嗯。"

"尽管如此,一年一次见面之时,我们仍十分快乐。但是,最近牵牛大人爱上了另一个女人。"

"那是离珠星官中名为赤珠的那位大人吧?"

"是的。说实话,我下落到凡间,并非因为惧怕天地之气陷入紊乱,更多的是出于嫉妒,他们二人明知我的存在,竟然还一同逃走。找到这两人后,只要破坏他们的关系……"

幡音——也就是织女,用指尖轻轻地按住了眼角。

"小姐……"

渐台女用自己的袖子为织女拭去从双眼涌出的泪水。

"您打算用什么方法把牵牛大人他们找出来呢?"

"所幸牵牛大人留下了他在天上饲养的那头牛。我想只要有这头牛在,应该可以帮助我们找到牵牛大人,所以便将它一起带到了凡间。我们在西京的那间破庙,一边隐藏踪迹一边寻找,后来偶然在那里遇见了贞则大人。他好心收留了我们,我们便住进他家里,一边受他照顾,一边继续找寻牵牛大人的踪迹。每天晚上外出,一方面是为了告知父亲大人我们的情况,另一方面也可以顺便探听有没有什么新的消息。"

"织女大人打算怎么利用那头牛呢?"

"这头牛只要一靠近牵牛大人所在之处,便会发出类似猫狗撒娇的叫声。我们想牵着这头牛,在平安京的各处都走一走,看看它会在哪里发出叫声。只要这头牛在某处一叫,便能找到牵牛大人。"

"那么,这段时间传闻藤原兼家大人的宅邸附近,时常有一头牛发出叫声,想来就是织女大人从天上带下来的那头牛,对吗?"

"是的。"

"兼家大人的府上,每当外头传来牛叫声,便会跟着发生怪事,他近来为此头疼不已,便托我帮忙解决。我到他府上询问一番后,才知道了那头牛和有关您的事。我心中做了一番猜想,但没有凭证,便托道满大人去调查事情的始末。"

"原来如此……"贞则听完晴明的话,露出似乎有所了然的模样,点了点头。

"晴明大人,您刚才所说那府上发生的是何怪事?"织女问道。

"在我说出此事之前,另外一事希望织女大人能告知我等。"

"什么事?"

"两位找到牵牛大人了吗?"

"不,还没有……"

"既然如此,就由我来帮助两位将牵牛大人找出来吧。"

"此话当真?!"

"是。"晴明点头道,随即从怀中取出一幅书卷,放在了灯火下。

"这是什么?"

织女和渐台女一起探头查看起来。

书卷上写着书名——《古今和歌集》。

"据说每当外头传来牛叫时,兼家大人家中的这幅书卷就会发出蓝色的光,这便是我方才所说的怪事。"

"书卷会发光?"

"是。"晴明说完,打开了书卷。

"两位请看这里。"

晴明用手指着两首和歌,示意道。其中一首是《古今集》的编撰者,也是作者之一的凡河内躬恒所写的和歌。

纵为牵牛,相见亦难。
年仅一逢,独我断肠。

另一首则是小野小町的和歌——

你泪如珠,谈何恸哭。

我泪决堤,涌若激流。

"这两处有何不妥吗?"织女问道。

"奇怪了……"博雅微微歪头,疑惑地说。

"你看出哪里不对了吗,博雅大人?"

"说什么看出看不出的。躬恒大人的和歌,这里写着'牵牛'二字的地方,原来应该写作'彦星'才对吧;而小町大人的这一首,写着'珠'字的地方,不是应该写作'玉'①字吗……"

"就是如此,博雅。"

晴明一不留神,用上了只有和博雅独处时才会用的语气,但在场的其他人都没有注意到这一点。

"去年秋天的那晚,在下落至地面的诸多星斗中,有两颗正巧落在了兼家大人府上的这幅书卷内,而后便藏身在这两首和歌中。我日本国称牵牛星为'彦星',所以牵牛大人便躲进这两个字里,赤珠大人则躲进了小町大人那首和歌的'玉'字里。因此,这两首和歌中的那两个词,才会分别变成'牵牛'和'珠'……"

"什么?!"

"那么……"晴明将右手食指贴在自己的嘴唇上,小声念起了咒,然后用指尖点了点写在书卷上的"牵牛"和"珠"。

晴明的手指一点,这两个词即刻变成了"彦星"和"玉",紧接着,书卷发出一道青蓝色的光芒,一男一女随即出现在烛光下。

是一对穿着唐朝服饰的年轻男女。

"牵牛大人!"

织女出声唤道。

---

①日语中,"珠"与"玉"发音相同。

"在下能做的便只有这些。接下来的事情,织女大人、牵牛大人,就交给您二位了……"晴明微笑着说道。

六

"还真令人感慨啊,晴明,说来也真是一件奇事。"

博雅一边将装着酒的酒杯送至嘴边,一边说。

"世事无常,偶尔也会有那种事情发生吧。"

两人此刻正坐在屋外的廊檐下饮酒。虽然各自的膝盖前都搁着一个火盆,大气中仍透着阵阵凉意。

寒冷的夜里,两人在此处饮酒,是博雅的提议。

"牵牛大人和织女大人虽然一起返回天上了,可现在也不知道他们都怀着怎样的心情在过日子。"

"谁知道呢,毕竟天上的事,我们这些凡人哪能知晓得那么清楚。"

"不过啊,没想到天上的那些星官也会有移情别恋、吃醋嫉妒的时候啊。"

"那些天上的星斗,说来也属于这世间万物之一。既是万物之一,便终将有迎来消亡的时候。虽然各自的寿命长短不一,但总有一天会从这世间消失的命运,却是一样的……"

"哦?即便已经成为神灵,他们也会消亡吗?"

"嗯。"

"你说得也有道理,可能正因为有消亡的那一天,他们才会和凡人一样,身陷情爱之中……"

博雅深深感慨道,抬起头望向天空。

漆黑的夜空中,牵牛星和织女星正一闪一闪地发着光。

望月五品

一

梅花散发着清淡幽雅的香味。

不知庭院哪处的白梅开花了,香气乘着夜风飘散开来。

虽然一片漆黑之中,看不见那株盛放的白梅长在何处,但是随风而来的梅香,却令人更为深切地感受到那株白梅的存在。

夜空中,一轮尚未完全变圆的月亮堪堪升起,幽蓝的月光洒落在晴明宅邸的庭院中。

晴明和博雅的身侧各放着一个火盆,已经坐在屋外的廊檐下对饮了好一会儿。

博雅静静地看着映入酒杯中的月亮。映着明月的酒液表层漂浮着一股淡淡的梅香,与酒香相互融合,变成了一种无法言喻的令人沉醉的芳香,飘荡在四周的空气里。

博雅将映在杯中的明月和那股醉人的香气一口饮入腹中,陶醉般地叹了口气。

"呐,晴明,真是令人舒心啊。无论我喝了多少杯,明月和那股梅花的香味都未减分毫……"

博雅像是一边喝酒,一边在与月亮和梅香嬉戏玩耍一样。

"博雅啊。"晴明开口道。

"什么事?"

"月亮和梅花的香味或许不会减少,只是今晚这酒,可是有限的。"

"这我当然知道,用不着你特地提醒。不过,晴明,你就没有一点点喜好风雅的心吗?"

博雅如此询问时,晴明已经抬头看向月亮了。

"快到时候了……"晴明盯着月亮,喃喃自语道。

"什么快到时候了,晴明?"

"月亮。"

"月亮?"

"今晚是阴历十三。"

"那怎么了?"

"我的意思是,再过不久……再过两个晚上,就是月圆之夜了,博雅。"

"我知道啊,所以才问你怎么了,晴明。"

"我是在想,满月到来之前,必须要想个办法把那件事解决了。"

"是什么事情要解决?"

"式部卿宫[1]担心满月之夜有事发生,所以我才会说,在那之前必须设法解决,博雅。"

"真是的,晴明,我从刚才就一直在问你到底是什么事,你是不是不想回答,所以故意这般装模作样不告诉我?"

"这么说来,博雅,你对式部卿宫家发生的事,还一无所知吗?"

"什么事?"

"就是那位穿着五品官员的朝服,每到夜里都会出现,并四处徘

---

[1] 式部卿为日本古代掌管官员人事任命的官职,由册封为亲王的皇族男子担任时,在官职后加上"宫"字,以示皇族身份。

徊的大人的事……"

"那是什么事？我什么都不知道。"博雅说道。

此处顺带提一笔，方才晴明所说的那位式部卿宫，并不是宇多天皇的第八皇子敦实亲王，而是醍醐天皇的第四皇子重明亲王，也就是博雅的叔父。

"跟我说说吧，晴明。那位在夜里徘徊的五品大人，究竟是怎么回事？"

二

据传闻说，那位五品大人早在十来天前就出现了。

是在东三条殿南边的假山出现的。据说有个身穿五品朝服、身高仅三尺①的胖乎乎的男人在那儿走来走去。

他每天晚上必定现身，先是走过池塘中的渡桥，顺着小岛走到主屋正西的对屋，然后折返，来来回回不停地踱步。

一边走着，他一边还吟着诗：

> 花间一壶酒，独酌无相亲。
> 举杯邀明月，对影成三人。
> 月既不解饮，影徒随我身。
> 暂伴月将影，行乐须及春。
> 我歌月徘徊，我舞影零乱。
> 醒时同交欢，醉后各分散。
> 永结无情游，相期邈云汉。

---

①日本长度单位，1尺约为30.3厘米。

吟诗的声音听起来古怪得很。

含含糊糊的,还有点口齿不清,音量倒是非常响亮。传入耳中,让人感觉很舒服。

他吟咏的那首诗大意如下:
在花丛中摆下一壶好酒,没有知己的陪伴独自一人酌饮。
举起酒杯邀请明月一起喝酒,加上自己的身影正好凑成三人。
但是月亮不懂得什么是喝酒,影子也只会徒然在身边打转。
但就暂且以明月和影子为伴吧,春天的夜晚理应及时行乐。
我唱歌的时候月亮徘徊不定,我起舞的时候影子飘来飘去。
清醒的时候我们共同欢乐,酒醉以后便四散离去。
但愿能永远结伴尽情地遨游,下一次便相约在遥远的银河再会。

如此看来,对方是个相当风雅的人,也有一定的学识教养。

可是,身高仅三尺的话,不还是个小孩的高度吗?只是个小孩的话,又怎么会穿着五品官吏的朝服,还会吟咏那样的唐诗呢?

没有一个人能猜测出这样的人物究竟是谁。

那位五品大人在来回踱步一阵子后,总是在天亮前不知不觉间消失不见。没人知道他从何处来,更没人知道他消失后去了何方,实在是令人感到无可名状的恐惧。

唯独那吟诗声落寞寂寥,仿佛深深地渗透进听者的心里。听说他每晚即将出现的时候,连重明亲王也不会外出,而是待在西面的对屋里,屏息凝神地倾听那位五品大人吟诗。

"不行,还是令人无法放心。"重明亲王身边的一个侍从如此说道,"万一出了什么事……我还是得跟去看看情况。"

这名侍从偷偷地藏身在夜晚的庭院中,等着那位五品大人现身。

"花间一壶酒,独酌无相亲。"忽然,一道吟诗声传了过来,而

263

且越来越近。"举杯邀明月,对影成三人。"

侍从自院子里远远望去,只见一位身高三尺、穿着五品朝服的矮胖男人,在月光下渡过池塘中的桥,正向这边走来。

虽然是自己扬言要过来看看情况,但没想到真的身处其中,一个照面就让这名侍从口舌发干、心跳加快,甚至没办法出声叫喊。

等到那矮胖男人从身边经过,侍从才缓过气来,用尽全身力气从繁茂的草丛中钻出来,冲对方唤道:"请、请问……"

侍从询问的声音带着一丝颤抖。

"我歌月徘徊……"穿着五品朝服的男人止住声音,停下了脚步。

"你、你是何人?"侍从问道。

"我没有名字……"男人背对着侍从回答道。声音听上去仍是含含糊糊,却十分响亮。

"我是徘徊的月亮……"

"什么?!"

"真希望满月快点到来啊……"

穿着浅绯色五品朝服的男人说话的时候,下人才察觉到一件事。

虽然他身上穿的是五品朝服无疑,可头顶既没有戴乌帽子,也没有头冠,空空如也。

奇怪的还不止这一点。他头颅的形状,竟然是歪向一边的。常人不会如此。

这么看来,他既非一个矮个子男人,也并非小孩,根本不是人。

穿着五品朝服的男人回过头来。侍从看向他的脸。

那是一张令人毛骨悚然的脸。没有鼻子。虽然有眼睛,但也只是两个圆圆的洞,分别嵌在脸的左右两侧。连嘴巴也是个圆洞。

而且那张脸上全无表情。

"满月快点来呀……"

"满月快点来呀……"

侍从吓得汗毛竖起。因为那个回头看向他的男人,头颅右上角空了一大块。

从头顶到右眼稍稍往上的地方,不知是被打碎还是被割掉,又或者是被野兽啃噬,总之,头部有三分之一不见了。

侍从再也按捺不住心中的惊恐,"啊——"地大喊一声,转身就跑。

三

"唔,这是昨天晚上发生的事情,博雅。"晴明说。

"虽然不知道那位的真面目是妖狐之类的妖物,还是什么精怪,不过从他能吟咏诗仙李白的唐诗看来,是相当喜好风雅之物啊……"

"很厉害嘛,博雅,正是这样。如你所说,那个身穿五品朝服的男人,吟咏的正是诗仙李白的《月下独酌》。"晴明钦佩地说。

"这首诗我还是知道的。不过有一点我不太明白,那位穿着五品朝服的人为什么会吟咏诗仙李白的诗呢……"

"对此,我有几个猜想。"

"什么猜想?"

"那位五品大人,把自己比喻为月亮了吧。"

"啊,确实……"

"他自称是'徘徊的月亮',后来又说'真希望满月快点到来啊'。"

"唔。"

"诗仙李白所作的那首《月下独酌》里,不是也有一句'我歌月徘徊'吗?"

"有是有,不过晴明,那有什么特殊含义吗?"

"我不知道。"

"啊?原来你也不知道。"

"不过,重明殿下很担心。"

"担心什么？"

"他担心那位五品大人说过的'希望满月快点到来'这句话。后天就是满月之夜了。"

"唔。"

"重明殿下担心在满月的晚上，是不是会发生什么不好的事情。"

"原来如此……"

"所以今天中午，重明殿下遣人来问我，他应该怎么做才好。"

"这样啊。"

"我回复他说，今晚会去府上拜访。"

"所以你今天把我叫来你家，是为了……"

"正是想邀你一同前去。"

"不是想和我一起坐在廊下，赏月品酒吗？"

"就在东三条殿继续，你觉得如何？一边听那位五品大人吟咏诗仙李白的诗，一边在月下喝酒，这提议不坏吧。"

"呃，嗯。"

"现在就出发的话，还能赶在那位五品大人出现之前，抵达东三条殿的大宅。怎么样？和我一起去吗？"

"唔……"

"走吧？"

"好，走吧。"

事情就这么决定下来。

四

晴明和博雅在对饮。

两人所处的地方，在东三条殿庭院池塘的小岛中央。

此处的地势像一座小山微微隆起。地上种着松树，晴明和博雅在松树下靠近树根的地方铺了地垫,放好火盆,就这么喝起酒来。蜜虫随侍在两人身旁。

火焰在两人身侧的火盆中跳跃着,如果没有这些火焰带来的温暖,扑面而来的寒气不知会怎样冰冷彻骨。

抵达东三条殿的大宅后,晴明向重明亲王打听了几件事。

"原来如此,那位五品大人就是在池中的那座岛上来回走动,是吗?"晴明说道。

晴明看向小岛,发现月光下,小岛的中央有一棵松树,枝条的造型看上去很是美丽。

"那棵松树是……"晴明询问道。

"去年在神泉苑发现的,我很喜欢它的造型,就移植到这里了。"

"是吗……"像是想到了什么似的,晴明轻轻地点了点头。

"既然如此,我们就在那边……"

晴明亲自挑选了现在这个地方,让家仆们把松树周围的土地翻弄平坦,然后铺上地垫,点起火盆,和博雅一起喝起酒来。

以重明亲王为首,东三条殿的所有人全都躲在房间里,屏住呼吸。

西对屋尽头的走廊连着池塘的渡桥,走过渡桥便可以到达小岛的西边。

传闻中那位穿着五品朝服的男人,是从南边走过渡桥到达小岛,再挨近西对屋,然后折返,之后以小岛为中心来回踱步,直至次日清晨才消失。

只要守在这座小岛上,就一定能遇见对方,所以晴明才把地方选在此处。

这一晚,月色如冰。

深夜时分,寒气越来越重,月亮也愈发明亮起来。

"可是,这样做真的好吗,晴明?"博雅说道。

"怎么做?"

"我们在这里点着火盆喝着酒,也不躲起来,万一被那位五品大人撞见,因为害怕被人发现就不来了怎么办——"

"不可能不来……"

"怎么不可能?"

"你想,那位五品大人如果不想被人看见,也不想被人知道自己来过,又怎么会大声吟咏李白大人的诗?"

"嗯,有道理。"

"他会现身此处,应该也是有心事想向人倾诉,希望有人能听他说话吧……"

"嗯。"

"昨天晚上,那名侍从向他问话,五品大人不也回答了。若非那名侍从太过害怕逃离了现场,说不定早就把事情的始末打听清楚了。"

晴明正说着,一道吟诗声果真不出所料地传来。

"花间一壶酒,独酌无相亲……"

远处隐约传来吟咏着李白诗句的声音。

"月既不解饮,影徒随我身……"

那声音逐渐靠近了。

"真是好听的声音……"博雅喃喃自语。

一个身高三尺的矮胖影子渡桥而来。

"他来了,博雅……"

晴明放下酒杯,站了起来。博雅也一同站起,和晴明并肩而立。

两人仔细打量着"来人",果真如传闻所言,对方穿着一件破破烂烂的五品朝服,右侧头颅像是缺了一块似的,空荡无物。两只眼睛的部位只剩下两个空洞,嘴巴像个凹陷的洞穴,没有嘴唇,也看不见牙齿。

这张令人毛骨悚然的脸,在火光和月光的映照下,出现在两人眼前。

"行乐须及春……"

"五品大人,请留步……"晴明走到那个穿着五品朝服的"人"面前,对方随即停下了步伐。

那"人"将毫无波澜的眼洞转向晴明,似乎在盯着他看。

"您每天晚上都在这里徘徊,是不是有什么东西在此处?"晴明问道。

"满月快点来呀……"

"满月快点来呀……"

"他"用好像茫然无措又口齿不清的声音叫唤着。

"您是在找什么东西吗?"晴明问道。

对方点了点头。

"成为满月,为了成为满月,一定要找到那个……"对方茫然地说。

"原来如此。"晴明将右手伸入怀中,"您要找的东西,是这个吗……"

晴明伸出右手。搁在掌上的是素烧陶器的碎片,一共有五枚。

"啊……"对方一看到晴明手中的碎片,顿时发出高兴的声音。

"他"把晴明递来的五枚碎片放在左掌中,再用右手一枚一枚地抓起,贴到自己头部右侧残缺的地方。

贴上去的碎片和头上残缺的地方完美地贴合起来,最后一枚碎片合上时,对方脸上的缺损之处已经复原,看上去完好如初。

虽然眼睛和嘴巴还是圆洞,却不那么叫人目不忍视了。

仔细打量这张复原后的脸,原本还令人毛骨悚然,现在看来却颇令人敬慕。

"就是这个。就是这个东西。"对方高兴地连声欢呼,向晴明鞠了个躬。

"有了这些碎片,您那残缺的头就能变得完整,像满月那样恢复原来的样子了。"

"喂，晴明，你什么时候在怀里藏了那些碎片？"博雅问道。

"刚才让家仆们把这边的土地翻弄平坦的时候，从泥土里挖出来的，我想一会儿可以派得上用场，就先捡起来收着。"

"你……"博雅有些无言以对。

"对了，五品大人，能不能告诉我们，您为什么会变成这样？"晴明问道。

"好。很久以前，有一群人住在这一带，为了祭祀，他们用泥土烧出了一个人形陶偶，那就是我。后来世事变迁，不知过了多少岁月，我被埋在了土里，但因长年累月受人们祭拜，不知不觉间竟萌生出了心智。大概一百多年前，空海和尚在神泉苑作法祈雨时，我感应到那股神通之力，之后就慢慢变成现在这样，有了自己的意识……"

"那您为什么会吟咏那首诗呢？"

"那是小野篁大臣还在世的时候，与天皇在神泉苑举行过一场赏月宴。宴席上，小野篁大臣吟咏了那首诗，我也是当时记住的。"

"原来如此。"

"去年，这座大宅的主人重明殿下在神泉苑发现了这棵松树，而我正好被埋在这棵松树附近的泥土中。后来移种松树的时候，我的头被弄破了，碎片跟松树一起被搬到这里，正好就在那附近，与松树根埋在一起。"

"所以，您是来寻找那些碎片的？"

"没错。"对方点头道。

"我身上穿的这件五品朝服，不知是谁扔掉的，刚好遗落在神泉苑。虽然经历风吹雨打已经破烂不堪了，不过我想，来重明殿下的府上拜访时，全身赤裸总归太失礼，所以就穿在身上。"对方解释道。

"您刚才说，会背诵那首诗是因为在宴席上听过的缘故。但是，您为什么要吟咏那首诗呢？"

"我很庆幸当时记住的刚好是一首与月亮有关的诗。这些日子，我想借着口中吟咏的诗告诉重明殿下,就像残月变成满月那样,我也很想让自己的头恢复成完整的模样,所以才每天晚上出现在这里,吟咏诗歌。不过多亏了你们,我今天终于复原如初了。"

"原来是这么一回事啊。"

"那么,就此告辞。往后,我大概不会再出现在此处了。"

"偶尔来一趟也无妨。您离去前,能不能将方才没念完的诗继续吟诵下去,让我们一饱耳福呢?"晴明说。

"啊,这提议好。"站在晴明身侧的博雅说道,用力点了点头,"我们刚才只听到一半,很想把这首诗完整地听完。"

"那么,我从头开始吟诵给你们听吧。"

说着,那位五品大人当场从头吟诵起李白的《月下独酌》。吟诗的声音低低地回荡在四周。

"永结无情游,相期邈云汉。"

吟罢最后一句诗,"他"也同时不见了踪影。

自这天晚上起,那位五品大人再也没有出现过。

五

过了一阵子,晴明派人到神泉苑原来种着那棵松树的地方,挖出了一具样式古老的素烧陶偶。

陶偶头部的右上方虽然有破损过的痕迹,但是据说那些破损的地方紧紧地贴合在一起,被挖出来的时候也没有损坏。

晴明将这具陶偶带回自己家中,放在一间房里,时不时和博雅一边喝酒,一边听陶偶吟咏李白的诗。

夜叉婆

一

两个男人奔跑在夜里的山路上。

跑在前面的人手里拿着一把劈刀。

跑在后面的人手里拿着一把弓。

不知道是不是后头有什么东西追着他们,两人拼命往前跑的同时,还不时转头看看后面。

两人是兄弟,哥哥名叫多人,手里拿着劈刀跑在前面。跑在后面的则是弟弟,名叫真人。

虽有月光,但杉树枝条的阴影笼罩在山路上方,使得大部分的月光都无法照到地面。

尽管如此,兄弟二人仍拼命地跑着。

突然间,四周变得开阔起来。虽然还是身处森林之中,不过这个地方一棵树也没有长,月光得以毫无阻碍地一路倾泻到地面。

空地上有一道长满苔藓的石阶。

"啊,是一间寺庙。"

"真的是寺庙。"

兄弟二人立刻停下步伐，又转头看了看身后。

"事情既然变成这样，也只能祈求神明保佑了。"

"好，就这么办吧。"

两人商量完，马上就踏上石阶往上爬。

石阶的很多地方都已经残缺不堪，几乎像是从来没有人打理过一样。

两人沿着石阶爬到尽头，眼前是一座山门。

借着月光，勉强能分辨出刻在山门牌匾上的文字。匾上写着"明光寺"。

不过这座山门已经倒塌，门檐上似乎也长满了野草，是一座破庙。里面看上去没有人住。

两人从山门往寺庙的庭院里望去，只见蓝幽幽的月光照在长满院子的茂密杂草上。

"呃……"

"怎么办？这样下去会被追上的。"

两人正说话商量的时候，一道声音响起。

"你们好像惹上什么麻烦了啊……"

是男人嘶哑的声音。

山门的柱子后头，倏地出现了一道人影。

一双发出黄光、像是野兽般的眼睛正看着两人。

二

多人和真人是一对兄弟，两人都以捕捉野鹿和野猪为生，做的是猎人的营生。

两人一起入山，捕捉猎物。捉到后先吃肉填饱肚子，再把剩下的兽肉、兽皮和兽角一起带到城里，换取大米和衣服等物品。

他们住在丹波国的一座深山里,兄弟俩和他们年迈的母亲相依为命。

但最近这位老母亲不知是不是上了年纪的原因,竟开始不吃东西,好像是咬不动咸肉和风干的肉干。

"啊,真是讨厌,这么硬的兽肉,牙齿哪里咬得动。味道又这么臭,根本吃不下去。要是能吃上更新鲜、更柔软的肉,该多好啊。"

兄弟俩的母亲如此说道。

"啊,我可爱的两个孩子,多人和真人啊,你们都是我年轻的时候千辛万苦拉扯大的,现在轮到你们来报答我了。"

既然是母亲的要求,两人便一起进山找寻猎物。

两人最擅长的捕猎方式是"守株待兔"。

这种捕猎方式首先要找出野鹿和野猪可能路过的地方,在附近选择一棵大树,在大树高处的树枝间架上几根木头,然后上树待在木头上,用弓箭射杀那些经过树下的野鹿和野猪。

两人在第一棵树上架好木头后,接着又在四五十米开外的另一棵大树高处的树枝间,也架上了同样的木头。兄弟二人各自坐在两棵树的木台上,等候猎物的到来。

可是一整天过去了,两人左等右等,都不见一头野鹿或野猪路过。

天渐渐暗了下来。

"怎么办啊?"

坐在另一棵树上的弟弟真人问多人。

"没关系,天就算黑了,只要树下有野兽路过,我们就可以通过脚步声和气息来判断野兽的位置。只要知道位置,再用弓箭射杀,不正是我们最拿手的吗?"

听哥哥多人这么一说,真人也觉得有道理,于是两人继续待在树上等待着。

可直到夜幕降临,皓月当空,还是一只猎物也没有出现。夜渐渐深了，林子里显得更加昏暗，也许是被不知哪里刮来的风吹动，附近的树梢一阵摇晃，发出沙沙的声音。

突然间，好像有什么东西在摸多人的头发。

"沙沙——"

"沙沙——"

不知是什么东西碰到了头发。

多人一开始以为是树梢。应该是树梢被风吹得晃来晃去，摇动叶子碰到了自己的头发。

只是，事实并非如此。因为那个碰触多人的东西，紧接着一把抓住了他的头发。

"啊——"多人心下一惊，发髻已经被抓住了。而且那股抓握的力道大得像是要一口气把他提起来似的。

"啊啊——"多人压下内心的惊恐，伸出没有持弓的右手，碰到了那个抓着他头发的东西。那是一只瘦削干枯、露着骨头的人手。

"喀嚓——"

"喀嚓喀嚓——"

多人用力揪住那只手。

对方的力气非常大。如果多人没有用右手拉住那只枯手，恐怕会被这股抓住发髻的力道提起来。

由于发髻被抓，多人没法抬头往上看，也不清楚对方究竟是谁。

"喂，真人——"多人朝坐在另一棵树上的弟弟叫喊。

"什么事啊？"黑暗中传来真人的声音。

"不知是鬼怪还是夜叉，现在有个东西正抓着我的头发，要把我提起来。"

"你说什么？"

"你看得见对方是什么人吗？"

"看不见。"弟弟真人回答道。

275

兄弟两人虽然在黑暗中能大致分辨对方的位置，但看不清彼此，唯一能辨清的只有声音。

"那东西就在距我头顶八寸的地方。你能射中吗?!"

"根据哥哥发出的声音，我应该能射中。"

"好，那你快射。"

"是。"

弟弟真人将一支双头箭搭在弓上，"咻——"的一声射了出去。

对方想抽回抓住发髻的手，但那只枯手已经被多人牢牢抓住，跑也跑不了。

"咻——"一道破空的声音传来，紧接着是"咚——"的一声，双头箭已经射中了那只枯手，抓住发髻的力量瞬间消失，好像有什么东西耷拉在多人的头上。

多人拿下头上的东西，借着月光打量起来，那是一只满是皱纹、骨瘦如柴的人手，从手腕断开了。

"对方留下这只手，已经逃走了。"多人说。

"哥哥，既然发生这种事，我们还是别打猎了，先回家吧。"

"我知道了。"

兄弟两人从树上跳下来。来到树下，多人让真人看了那只手。

"原来鬼怪的手长这个样子啊。"真人说道。

之后，两人没有扔掉那只手，多人拿着它回到了家里。

"母亲大人，我们回来晚了。"

"非常抱歉，今天一只猎物也没捉到。"

两人叫道，却不见母亲从壶屋①出来。黑漆漆的屋子里只传出一阵呻吟："好痛啊，好痛……"

"这是……"多人十分不解，歪着头说。

---

① 日本古代民居中，由主屋西侧接建出来的小房子，主要用于收纳杂物。

"你们这两个混账，胆敢用箭射断我的手！"屋里传来充满怨恨的声音。

到底是怎么回事？多人想着，开口问道："请问……"

"痛死我了！"

有人大喊着，从壶屋跑了出来。这个头发凌乱、神情可怖的人，竟是兄弟二人的母亲。

那一瞬间，多人本能地把拿着的枯手扔了，举起弓往那张可怕的脸上打去。

弓击打在母亲的嘴上，母亲立刻用发黄的獠牙紧紧地咬住了那把弓。

咔哧咔哧，那把弓竟被她咬得支离破碎。

弟弟真人把箭矢搭在弓上，对准了母亲，但对方大喊了一句："混账东西，存心想射死你母亲吗？"他终究没能把箭射出去。

"好饿啊，快饿死了……"

兄弟俩的母亲一边说着，一边向他们袭来，两人只能转身跑出家门。

由于弓已经被咬烂，多人便从腰间拔出劈刀抓在右手中，一路飞奔向前。

一边跑一边回头看，青白色的月光下，母亲正在后头穷追不舍。

"我好饿啊！"

"我好饿啊！"

母亲追赶着两人，一双眼眸像野兽般发出青光。

多人和真人就这样一路逃跑，好不容易发现了一座寺庙，没想到竟然还是座破庙。

就在两人不知如何是好时，一个上了年纪的老人从山门的柱子后头站起身来，对他们说道："你们好像惹上什么麻烦了啊……"

三

"怎么了？后面有人在追你们吗？"那人问道。

借着朦胧的月光，可以看见那人似乎是个老人，身上穿着一件跟破布没什么两样的黑色水干，随意束起的头发蓬乱如杂草。

慢慢地，老人从柱子后头站起身来。

"你、你是谁？"问话的是多人。

"我叫芦屋道满……"老人回答道，"是个法师阴阳师。"

"阴、阴阳师……"

"好不容易找到这个地方正睡得舒服，没想到被你们吵醒了。"

真是个古怪的老人。身为阴阳师，为什么会在这种远离都城的破庙山门下睡觉呢？

"你们又是谁？"老人——也就是道满问道。

被这么一问，兄弟俩总算想起还没有自报家门。

"我叫多人。"

"我叫真人。"

兄弟两人各自报上名字。

即使在夜间，道满的视力也很好。他无所顾忌地打量了两人一番后，问多人："那个是什么……"

"哪个？"

"那个呀。"道满抬了抬下巴，用眼神指了指多人脖子的后面。

真人跟着道满的视线望去，哇的一声大叫起来。

多人的后颈上，此刻正吊着一只满是皱纹的右手。

真人抓住那只手想扯下来，但它似乎用了很大的力气，紧紧地揪着多人的衣领不放开。

"等一等——"

道满说着，走到多人的背后，嘴里小声地念着某种咒，伸出右手食指往唇上点了点，然后碰了碰那只抓住多人衣领的手。

咚的一声，手掉在了地上。

"这是谁的手？"道满问两人。

多人看着月光下掉在地上的手，回答道："这是我母亲的手。"

"你说什么……"道满喃喃自语。

两人随即向他简短地讲述了一路逃至此地的来龙去脉。

"先前不知道是母亲的手，所以才能用箭射它。可现在已经知道后头在追我们的正是母亲，就没办法拿着弓箭射向她了。"真人说。

"这样啊，原来是你们的母亲在后面追你们啊。"

"咯咯——"道满低声笑了起来，说道，"真是讨人喜欢。"

"什么讨人喜欢？"

"你们的母亲啊——"

"为什么这样说？"

"为人母者，无论自己的孩子长到几岁，都想一直疼爱呵护他们。就算已经垂垂老矣、死期将至，也绝不会一心赴死。那些所谓的'母亲都想死在孩子前头'的说法，全都是骗人的。不过是俗世的蠢货用来愚弄世人的戏言罢了。做父母的，哪个不想一直看顾孩子、疼爱孩子，比孩子活得更久，好在孩子死去的时候也能继续为他们做点什么，这可都是做父母的苦苦追求的愿望哪……"

道满看向兄弟俩，笑道：

"衰老到将死的那一刻，有些母亲会因为放不下这个强烈的执念，从而化身鬼怪。化作鬼怪后，就能在死前把自己的孩子给吃了……"

道满看着兄弟俩。"对吧，这不是很讨人喜欢吗？"说完，他的嘴角再度溢满了笑容。

那笑容甚是吓人。这个老人究竟过着怎样的生活，又活了多少年头，才能露出这种可怕的笑容呢？

"不过对你们两兄弟来说，就算对方是亲生母亲，应该也不愿意就这样被乖乖吃掉吧？"

"请您、请您救救我们。您是阴阳师的话，这种事情对您来说应该是得心应手吧。"

"嗯……"

道满用右手摸了摸长着白色胡须的下巴。"也不是没法子帮你们……"他定定地盯着多人和真人，问道，"有酒吗？"

"酒？你要酒吗？"

"对。"

"家里有酒，我们俩每年都去山里摘些山葡萄，回家酿酒。"

"既然如此，就把这山葡萄酿的酒给我。"

"您愿意的话，随时都可以给您。"真人说道，"只是，眼下我们该如何是好？"

"你们那位母亲到现在还没过来，应该是在你们到达这个破庙的时候，不小心追过头了。她迟早会察觉到这一点，然后掉头追回这里。毕竟她的手在这儿……"

兄弟俩闻言一看，只见先前从后颈处掉落的那只手正蠕动着指尖，像蜘蛛般准备爬进草丛。

"你们的母亲已经不是这俗世的人了。也许在几天前就已经死去，现在不过是凭着心中一股虚妄的执念，操纵着身体做这些事情。既然是这样……"

"我们应该怎么做？"

"跟我来。"

道满先行一步，走进寺庙中。

拨开草丛，三人来到一座小小的正殿前，从已经坍塌的土墙一角走了进去。

正殿内也是满目荒凉。月光从破败的屋顶缝隙恣意地流泻下来。地板已经腐烂，长出了许多野草。

"噢，这里有佛像啊。"道满开口道。

两尊用木头雕刻的佛像倒在地板上。佛像身上缠着藤蔓，一部分已腐烂，长着青苔。大概是雨雪从坍塌的屋顶灌进来，淋湿佛像造成的。

"是观音菩萨和势至菩萨。"

道满一边说着，一边将两尊木刻佛像夹在腋下，出了正殿，回到山门下。

"好了，现在把你们的头发给我吧。"道满说道。

"头发？"

"对。"

道满说着将两尊佛像立在山门下方，立起身来的佛像高度正好到道满的腰间。

他用右手从怀中取出一把小刀，走到多人面前，伸手抓住多人的发髻，干净利落地削了下来，然后把削下来的头发缠绕在观音菩萨雕像的头上。接着他伸出手指轻点在观音菩萨雕像的背上，转动着手指写下"灵""宿""动"三个字。

轮到真人了。道满也持刀将真人的发髻削下，缠绕在势至菩萨雕像的头上。然后和刚才为多人做的一样，用手指在势至菩萨雕像的背上写下同样的三个字。

"这样就好了。"道满看似满足地点了点头。

接着，道满又捡来一根掉在地上的树枝，让兄弟两人站在山门外。之后，他与两人并肩而立，手持捡来的树枝在三人站着的地面四周画了个圆圈，口中小声地念着旁人听不懂的咒。

做完这些事后，道满说："接下来无论发生什么事，你们一定不要发出声音。"

多人和真人互相看了看，朝道满点了点头。

之后过了不久，石阶下方传来呼喊声：

"在哪里？你们在哪里啊？多人啊，真人啊……"

"我知道了！你们原来在这里！就在这个石阶上面……"

呼喊声越来越近。

多人和真人吓得魂不附体。

先是一只满是皱纹的右手沿着石阶一级一级地爬上来。

从石阶爬上来后，这只右手慢慢地朝两尊佛像的位置爬去。

接着是一道人影追在那只右手的后面，现出了身姿。

那是个披散着满头白发的老媪——多人和真人的老母亲。

"在哪里？你们在哪里啊？"

她的身体散发着一层淡淡的蓝光，仿佛月光变成了水滴，打湿了她的衣衫，快要从她身上滴落下来似的。定睛一看，她白色的头发中长着两根长角。

老媪睁着一双闪着绿色幽光的眼睛，视线停留在佛像身上。

"啊，原来在那里，原来你们在那里。"

头上长角的老媪露出一副开心的样子，笑道："啊，高兴，真是令人高兴，瞧啊，多讨人喜欢。"

老媪慢慢地走近两尊佛像。

"多人啊，多人啊，我想把你吃了，我想把你的肉都吃了。"

老媪先咬上观音菩萨雕像的头脸，将撕咬下来的木头大口大口地嚼碎咬烂，一口吞进了肚子里。

"噢，真是美味至极。如甘露般甜滋滋的血啊。"

接下来是势至菩萨的雕像——也就是老媪眼中的真人。

老媪转头看向势至菩萨的雕像。"真人的肉是什么滋味呢？让我尝尝就知道了。"说完，她咔的一声张开大口，双手抱住雕像，一口咬住头部。

"吭哧吭哧——"

"吭哧吭哧——"

"吭哧吭哧——"

老媪不断地从雕像上咬下一块又一块木头,用牙齿嚼碎,然后咽进肚子里。

偶尔吃到尽兴,还会摇晃着脑袋,用鲜红的舌头舔舔嘴唇,口中喃喃自语道:"噢,好吃,真是好吃极了……"已然是一副疯癫失常的模样。

老媪将两尊佛像抱在怀里疯狂地啃食着,啃着啃着,突然间"扑通"一声,倒在了地上,一动也不动了。

"好了……"道满说。

多人和真人兄弟俩胆战心惊地走到躺在地上的老母亲身边,一起轻轻地抱起了她的身体,让她脸朝上躺着。

那张脸已经不再是鬼怪的样子,头上没有长角,嘴里也没有獠牙。只有一抹看起来心满意足的微笑浮现在脸上,任月光静静地照着。

"噢,真是一张讨人喜欢的脸,多么讨人喜欢的一张脸啊……"道满说道。

"母亲大人……"

"母亲大人……"

多人和真人抱着母亲的身体,放声大哭起来。

图书在版编目（CIP）数据

阴阳师．醍醐卷／（日）梦枕貘著；胡欢欢译．——海口：南海出版公司，2019.6
ISBN 978-7-5442-9599-4

Ⅰ．①阴… Ⅱ．①梦… ②胡… Ⅲ．①短篇小说－小说集－日本－现代 Ⅳ．①I313.45

中国版本图书馆CIP数据核字（2019）第068996号

著作权合同登记号　图字：30-2018-024

Onmyôji-Daigo no Maki
© 2011 by Baku Yumemakura
First published in Japan in 2011 by Bungeishunju Ltd.
Onmyôji-Suigetsu no Maki
© 2012 by Baku Yumemakura
First published in Japan in 2012 by Bungeishunju Ltd.
Simplified Chinese translation rights arranged with Baku Yumemakura
through Japan Foreign-Rights Centre/ Bardon-Chinese Media Agency
All rights reserved.

阴阳师．醍醐卷
〔日〕梦枕貘 著
胡欢欢 译

出　版	南海出版公司　（0898）66568511
	海口市海秀中路51号星华大厦五楼　邮编 570206
发　行	新经典发行有限公司
	电话（010）68423599　邮箱 editor@readinglife.com
经　销	新华书店

责任编辑	翟明明
特邀编辑	陈文娟
装帧设计	韩　笑
内文制作	田晓波

印　刷	唐山富达印务有限公司
开　本	850毫米×1168毫米　1/32
印　张	9
字　数	222千
版　次	2019年6月第1版
印　次	2019年6月第1次印刷
书　号	ISBN 978-7-5442-9599-4
定　价	49.00元

版权所有，侵权必究
如有印装质量问题，请发邮件至 zhiliang@readinglife.com